她没有结婚

陈果 著

She didn't marry

CHENGUO WORKS

测绘出版社
SURVEYING AND MAPPING PRESS

图书在版编目（CIP）数据

她没有结婚 / 陈果著. — 北京：测绘出版社，
2015.10
ISBN 978-7-5030-3821-1

Ⅰ. ①她… Ⅱ. ①陈… Ⅲ. ①长篇小说－中国－当代
Ⅳ. ①I247.5

中国版本图书馆CIP数据核字（2015）第236112号

策　　划　王苏辛
责任编辑　赵　强
执行编辑　任　航
装帧设计　粉粉猫　刘珍珍

出版发行	测绘出版社	电　　话	010-83060872（发行部）
地　　址	北京市西城区三里河路50号		010-68531609（门市部）
邮政编码	100045		010-68531538（编辑部）
电子邮箱	smp@sinomaps.com	网　　址	www.chinasmp.com
印　　刷	北京京都六环印刷厂	经　　销	各地新华书店
成品规格	150mm×220mm	印　　张	18
字　　数	241千字	版　　次	2015年12月第1版
印　　次	2015年12月第1次印刷	定　　价	32.80元

书　　号　ISBN 978-7-5030-3821-1
本书如有印装质量问题，可联系调换。质量投诉电话：010-82069336

目录

Contents

Prologue

楔｜子

她叫章琰，是本文的女主角。在我的内心深处，我跟她非常熟，而实际的交往中，我俩一直是君子之交淡如水。我们认识的那一年，房地产限购政策刚刚对外公布没几天，上海的房价虽仍旧坚挺，但周边城市，昆山、无锡、苏州，已经有些小开发商蠢蠢欲动，准备着降价了。我们这些并不算特别资深的房地产从业人员，大都陷入了莫名的恐慌之中。甚至有些同在这一行业的夫妻档开玩笑说，这个政策若一直持续下去，夫妻俩只怕要一起抹脖子了。

那天，我坐在格子间，做一张限购政策出台之后的市场分析图，老板的电话打来，让我到他办公室去。我进门时，看见老板办公室的沙发上坐了一男一女。女的看不出年龄，看皮肤三十出头，而那气势又差不多有四十岁了。她坐得特别端正，腰背挺直，一条腿架在另一条上面，抽着烟和老板说着闲话，唇色分明，气场很足。男的穿着黑T恤、牛仔裤，二十出头的样子，像是她的下属。

我推门进去时，他们并没有因为我的到来而停止谈话，三个人只是抬头看了我一眼，继续他们的聊天。彼时，我还是一个小职员，尚未升职，我的出场尚不足以让人重视到停止谈话的地步。老板不开口招呼我，这一男一女自不会主动开口，我只好捡了沙发头坐了下来，听他们讲话。

只听见老板开玩笑说："这限购嘛，对你章大老板又没有影响喽！你名下的房产证放一起都能打扑克牌了。"

女的还没说话，穿黑T恤的男的说："现在已经不是打扑克牌，是打麻将了。"

"看看，看看！"老板边说嘴里边发出一系列啧啧声。

"哪里哦，还不是在你们开发商手底下讨生活？"女的不动声色瞪了男的一眼，转眼又对老板摆出一副笑脸。

老板跟着一起笑，然后介绍我："小陈，我们公司的策划。别看年龄不大，能耐不算小。以后项目的事情，主要跟她对接。"

又对我说："新政出台，谁都不知道接下来会怎么变天，现在大家能做的就是等。但也不是没动作。政策不好，买房的人观望情绪严重，那么我们一方面要做好打攻坚战的准备，另一方面要节省开支。你上次提的方案，以线下活动为主，老客户带动新客户买房，我觉得很适合这阶段。这不，我给你请了个大神，章老板！她可是跟万科、龙湖、金地长期合作的。我们公司也打算跟她签一年的合同。你和章老板商量着先把年度活动方案做出来，后面就你们配合着做事情了。"

那女的也就是老板口中的"章老板"，主动伸手和我握手，又笑着寒暄了几句，敷衍功夫是极好的。我也没太把她的热情当回事，随便敷衍过去。

在上海，在房地产行业做，经常有机会见各种身家过亿的人，他们内心深处未必真瞧得起我，不过是看在我是甲方他们是乙方的分儿上罢了。聪明的乙方不会轻易得罪任何一个甲方的人，包括我这样的小职员。就像是县城里无论多大的官儿，见了记者都会摆出一副笑脸，尽着好酒好肉款待，不是真有大交情，而是不愿意落了口实。

俩人给了我名片，我们一起出了老板的办公室。我们简单聊了几句，他俩就告辞离开了，只答应过几天把年度方案拿出来给我。

女的就是章琰，是沪上一家知名活动公司的总经理。男的叫刘国棉，又名杰森，是这家活动公司的总监。

他俩一走，就有资深同事凑我跟前说：“嗨，章琰哎，现在跟你对接啊？”

“你认识她？”

“章大老板，上海房地产圈做过十年以上的哪个不认识？说她是传奇一点儿都不为过。”

同事一脸神秘，却又故意卖关子不肯直讲，我忍不住催促：“一听就是有八卦的，快点儿讲啦！”

“她是开活动公司的，在咱们这个行业，活动公司基本都是乙方，有的甚至还是丙方。做乙方，哪个不唯甲方之命是从？做了丙方，有时候还得看乙方的脸色。章琰倒好，脸色也照看，甲方里看大门的，她见了都摆出一副笑脸，就凭那八面玲珑的手腕，凭一人之力包揽了上海在售一手房项目的大部分现场活动。品牌宣传、开盘、续销期老客户维护、封盘……只要是活动，她都能做。遇到那种需要请明星的活动，别的公司请，要价贵不说，极有可能遇上明星没档期。她章琰去请，价格起码压下三分之一，而且基本上你说什么时候需要明星到场，她顶多就给你错个一两周时间，不会拖你几个月。这就是本事。”

大牌明星出场费向来不便宜，压下三分之一的价，真心不算少。听同事这样一说，我心里开始琢磨，我们的年度活动，是不是也可以搞一场稍微大点的。

“听说章琰男女关系挺乱的，跟很多大牌开发商有一腿，连咱们老板都……嘿嘿，不知道是不是真的？”另一同事凑上来说。

他刚说完，脑袋上就挨了一下，是资深同事。资深同事说：“少听那些不干不净的传闻了。像咱们老板那种人，动辄几十亿上百亿的资产在运作，他想要什么样的女人会没有？犯不着打合作伙伴的主意。章琰又不是特别漂亮。而且对于章琰来说，以她的背景，她犯不着靠出卖身体赚钱。”

“什么背景？”大家凑得更近了。二代的故事于我们来说，向来只是以故事的形式存在。但若有八卦，听听也是好的。

“新仁医院知道吗？章琰爸爸是新仁医院的院长。”

我们都倒抽一口凉气，沪上数一数二的三甲医院，普通人去住个院，想弄张好点的床位，都得挤破脑袋，找各种关系。章琰若是院长千金，确实不必用一些见不得光的手段去赚钱。

“她家算是医学世家了。她妈妈是外科医生，她叔叔是另外一家民营医院的合伙人，她哥在做医疗器材。她做活动公司，主要对接房地产公司，也算是他们家族的异数了。”资深同事补充说。

几天之后，这个叫刘国棉的，果然把我们的年度活动方案发来给我。我看完之后，约他叫上活动策划一起到我们公司，讨论下修改方案。方案讨论了大半天，结束时天也黑了，同事们该走的都走光了，刘国棉以他们公司的名义请我吃了顿饭，这次，章琰并没有出现。

完全可以理解，老板只用做好公关就行，她要请客的对象是我的老板。但我毕竟是执行这个项目的，对于方案的修改以及后期活动执行有一定的话语权，为避免小鬼难缠，让他们的总监请我吃饭，和我搞好关系，也无可厚非。

方案定下来，就是签合同阶段了。合同签订之后，突然有一天，老板似乎心情特别好，在我汇报完工作之后，突然跟我说了句：“你跟杰森挺熟了吧？她是章琰的男人。”

这个消息打得我一踉跄。虽然章琰不太看得出年龄，但目测起码比刘国棉大十几岁。刘国棉看起来比我年龄还小呢，居然会是章琰的男人！另外，他俩根本不在一个段位，章琰是那种不笑的时候很有气势、很威严，让人忍不住心里怕怕的，一旦笑起来却又让人感觉受宠若惊的女人。她是典型的上位者，一颦一笑都抓紧人的情绪。而刘国棉呢，典型的小男人，他太年轻，没有心思，喜欢把所有的牌都亮在桌面上，反而容易让人轻看。

他们俩，怎么都不像一对。就算是刘国棉给章琰打工，做她公司的总监，我也觉得刘国棉的能力差了些。

老板说："章琰给杰森生了个女儿，前一阵子才办了一岁酒，我也去封了个红包。"

看见突然变得特别八卦的老板，我不知道该说什么好。但我明白，此时的我，能跟着同事们一起八卦，却不能跟老板一起。老板的八卦对象是章琰而不是我，他若有闲心说，我听着就好，适当的时候接个腔，之后闭嘴。

老板说到这里，留了个悬念，没再说下去。这是老板向来的讲话风格，说话只说三分，或者开个头就结束，以保持老板的神秘性。他不说，我自然不问，谈完工作就出去做事情，这才是稳重安全的好员工。

之后，和章琰公司的合作顺顺当当进行，我们的活动每个月都有，小型活动，刘国棉控场，大型活动，章琰偶尔出现。但凡章琰来活动现场，活动结束，只要不是太晚，她总是会请所有工作人员一起吃饭，也不是多贵的地方，当便餐吃吃罢了，这无疑也是她做人的手段。

晚的话，大家吃公司订的工作餐，章琰会开车送我们回家。章琰很低调，开速腾，十多万的车，倒真让人无法想象她手里的房产证能用来打麻将。刘国棉就不同了，和章琰一起的时候，开章琰的车，一个人来参加活动，开牧马人，一副特别高调的样子。

据说刘国棉的车是章琰送的。

虽然我是甲方，章琰是乙方，但我毕竟只是一个小打工仔，而章琰是老板。我从来没想过，有一天会和章琰这样的人有什么交集，想必她也没想过吧！

一次活动结束，坐章琰的车回家，车上就我们两个人，章琰半真半假地跟我说："你有没有想要跳槽啊？我跟龙湖的老板私交很好，以你的能力，去做个经理应该没什么问题的。”

我不知道她是在试探我还是怎么的，虽然觉得她没必要这样做，但我毕竟还在上班呢，看起来她跟我老板私交也不错，谁知道是不是替我老板试探我？我委婉地拒绝了。

之后的合作，偶尔也有不咸不淡的聊天。从章琰的只言片语中，我大致了解到，她有两个女儿，大女儿上初中了，小女儿刚刚会走路；她家的保姆阿姨人不错，各种水果切成小块，装在乐扣杯中放她包里，还不忘记在乐扣杯里放几根牙签……

从章琰大女儿的年龄我基本判断出，大女儿不是刘国棉亲生的。除非刘国棉七八岁就有本事让女人怀孕……好吧，这个话题扯起来就远了。

这个项目结束之后，我跳槽去了别家公司，跟章琰断了联系有近两年。之后，我所负责的项目又需要做年度活动方案，想着跟章琰合作还算愉快，我打了她的电话。这一次不同于前次，这次我是项目营销总监，有足够的话语权。

而这次，她待我的态度，与前次又有很大不同。她拿出敷衍老板的态度敷衍我。我跟刘国棉也熟了，他们之间的事，知道得越发多起来。

房地产圈也有一个圈子，之后，不经意间，我给章琰介绍了好几单生意，算起来，经过我的介绍，她赚的钱五百万都不止。她提出给我佣金，我想着，迟早还要在这个圈子里混，便拒绝了，宁可让她收费便宜些，把好处让给了朋友所在的甲方。

越来越熟之后，她对我居然惺惺相惜起来。而我也由她带着，参加了几个她朋友圈的聚会，不谈工作的话，也混成了普通朋友关系。

今年年初，我辞职回家带娃，发了条短信给她。本以为若不到上海的话，跟她的缘分就止于此。哪知沉寂两个月之后，她突然联系我，跟我掏心掏肺很久，才最终说了她的目的：她听人介绍看了《她是怎样一步步成为白富美的》，这个故事给了她很大的触动，她想跟我讲一讲她的故事。

大致讲了一些之后，章琰发来她的博客链接。而我，也花了一周的时间，把她的博客看完、理顺。这个博客，2003年开始写，是她的树洞，不仅是日记，还有各种回忆。也正是这个博客，让我彻底了解了章琰这个外表强大、内心却极为辛酸的女人的所有过往。

Chapter 1

强 | 扭 | 的 | 初 | 恋

01.

你相信命吗？我是信的。

这世上有些人，生下来手里就抓着一副好牌。只要不出意外，正常成长，一辈子都会过得非常舒服。

章琰就是这样好命的人。

章琰出生于1970年，这一年，中国第一台具有多道程度分时操作系统和标准汇编语言的计算机研制成功；这一年，中国首枚人造卫星“东方红一号”发射成功；这一年，葛洲坝工程开工；这一年，上海开始大规模的上山下乡运动，改变了一大拨普通人的命运。

这一年，上海人均住房只有几平方米，买东西凭票，有些东西，没关系就算是有票都买不着；这一年，大部分的上海家庭，起夜用痰盂，一家人共用一个，早上起来和邻居一起就着院子里公用的水龙头用竹刷刷洗干净。

而章琰，她家里吃穿用从来不缺，就连当时极为稀缺的水果，也能常年供应。当百分之五十以上的上海居民，一家几代挤在人均几平方米的公房里时，章琰家已经住上了三室一厅。房子不算大，尚不足一百平方米，但对于一家四口来说，却足够保证每一个人都享有独立的空间。章琰自出生起，家里就是用抽水马桶的。不光是抽水马桶，还有独立的卫生间，每天都有几个小时供应热水，有个大浴缸，有淋浴喷头，一年四季都能舒舒服服地洗上热水澡。不仅如此，家里空调、电视、洗衣机，样样都不缺。

这让章琰在成长的很长一段时间里都被小伙伴们深深羡慕着。

章琰的家庭，是典型的知识分子家庭。章琰的爸爸章教授是心脏移植方面的权威，经他的手抢救了好几个当时举足轻重的人物，这让他们家常年访客不断。有人来访，自然会带点东西，一袋水果、一篮子花生、一筐鸡蛋，病人家属拿出来的都是好东西，到了他们家，因为多，就显得平常了。而章琰的妈妈，在新仁医院外科素有“圣手”之称，受人尊敬。

章琰的父母在医学界拥有很高的权威，在单位也备受尊崇，那些年，知识分子普遍遭遇不公平对待，她的父母却能幸免于难，想来也是跟他们的专业有关，也跟他们手术刀下救活不少大人物有关。因此，即使大部分人普遍过得都不好，他们家却住着三室一厅，用着抽水马桶，每天还能享受几个小时热水淋浴。而这一切，在所有认识她父母的人眼里，却都是理所当然。

章琰和她的哥哥章冰，就是在这样的环境下长大的。章琰十八岁时，她的父亲章教授，称呼变成了“章院长”，从此他们家就更受关注起来。

章院长夫妇，对一双儿女寄予厚望，希望他们能继承老两口的事业。哥哥章冰还算乖，人聪明，学习认真，考上了上海最有名的那家医学院。章琰就不行了，她从小就看不进去书，爱打扮，小女生心思足，只念了个专科。学的是护理，不出意外的话，将来毕业出来会是一个护士。

章院长夫妇内心虽然失望，却也无可奈何，章琰念不进去书这件事，他们已经习惯了。习惯了也就麻木了。只好自我安慰：姑娘家，干得好不如嫁得好。等她再大一点儿，好好物色一下，在医院里帮她找个好老公，一辈子平平安安地过，倒也挺好。

反正，他们挑的人，总是会细心栽培的，只要有能力，自不会被埋没。

老两口的计划，没跟章琰透露，他们总觉着，等章琰大学毕业了，上个一两年班再挑也不迟。

这一年是1989年，章琰刚上大二，十九岁。章冰大学即将毕业，二十四岁。

章冰的工作早已内定，实习期一结束即可转正，新仁医院，外科，在章妈妈的势力范围之内。

和章冰一起在新仁医院实习的，是章冰的同学兼好友夏晓军。夏晓军品学兼优，人也斯文帅气，在医学院念书时，就备受女孩子瞩目。然而跟章冰比较起来，还是相对差了点儿。

章冰和夏晓军，若论相貌，夏晓军略胜一筹。若论身材，两人倒是差不多，都一米八左右，章冰相对壮实，看起来也更加匀称，夏晓军偏瘦些，看起来倒更加斯文。若论性格，章冰活泼开朗，爱说爱笑，又极爱运动，夏晓军却相对内向，性格有些沉郁，没事时爱钻图书馆。若论学业，夏晓军更强，章冰也不算差，只是他的时间花在了很多地方，不像夏晓军，一门心思读书。

在医学院念书的，将来基本都会成为医生，能分配到哪家医院，却又有讲究。虽然那个年代人相对淳朴，工作竞争亦不如现在这般激烈，但不得不承认，任何年代，朝中有人，办事会顺利许多。章家父母是上海医学界的泰山北斗，这是章冰在医学院更受瞩目的原因之一。

章冰和夏晓军是好朋友，是医学院一道亮丽的风景线，章冰朋友遍天下，而夏晓军貌似只有章冰这一个好友。

章冰父母的名号在医学院并不是什么秘密，学校里不少教授都是章冰父母的好友，也因此使得他各方面备受老师照顾。家境好，本身也是个人魅力的一种，章冰从念大学的第一天起，就收到情书和表白不断，即使他交了女朋友，也只是让情书和表白的数量减少了而已。

章冰的女朋友名字叫周梦君，是医学院的同学，比章冰低两届，章冰实习的时候，周梦君还在念书呢！自从谈了这个女朋友，章冰的业余时间，就有很大一部分分给周梦君啦！

夏晓军长得比章冰好，学业也比章冰好。但他的性格太沉郁，女孩子对着他说半天话，他不仅不回复，还通常面无表情。夏晓军是弄堂里长大的孩子，他的父母都是工人，他的父亲“文革”期间，无意间说了句话，被抓了进去，虽然没多久就放了出来，但一条腿却瘸了，精神也有些失常，不能再在工厂里工作，厂里也没给个说法，就这样让他赋闲在家。夏晓军一家就靠夏妈妈一个人的死工资以及偶尔帮邻居或者其他人洗洗衣服赚点钱过活。

贫苦家庭出来的孩子，自卑总是如影随形，沉郁的性格通常也由此而来。

曾经有很长一段时间，夏晓军特别仇富，也深信之所以过得苦是命运不公，看到家境比他好太多的人，会忍不住握起拳头；听见他们讲话，哪怕无意之间的几句话，也会多想，认为是针对他。

毕竟是男孩子，心思再怎么动，也没在面上表现出来，同寝室的章冰根本就不知道夏晓军的心里有这么多弯弯绕绕。章冰这二十多年一直过得风调雨顺，性格相对单纯些，夏晓军在专业上能力强，话不多，但思路清晰，章冰很佩服。夏晓军孜孜不倦的学习精神，章冰很尊敬。佩服和尊敬是好情绪，足以让一个人产生对另一个人的结交之心。

章冰一开始和夏晓军做朋友的时候，夏晓军并不太能接受。章冰是天之骄子，在外，他有医学界泰斗的父母；在学校，老师宠着他，学生惯着他。而且，大部分人还是发自真心地喜欢他。两相对比，这让夏晓军很不舒服。

然而这种不舒服的情绪并没有持续多久，夏晓军所有的心思都在肚子里，并没有表达出来。接触了一段时间就发现章冰只是一个比较单纯的大孩子，虽家境好，却并无骄娇二气，待人是真心好。至于夏晓军的家境，章冰根本不在意。倒不是说看明白了差距产生的不在意，而是这件事从来没在章冰的心里走过过场。这让夏晓军感觉很熨帖。

章冰对夏晓军像哥们儿一样，见他就着白开水啃馒头，自然而然把自己碗里的饭菜与他共享。夏晓军学习的时候，遇到的一些困难，章冰若曾经听父母或叔伯讲过，立刻就分享了出来，一点儿都不藏私。

夏晓军是聪明人，自然能看出谁是真心待他。没多久就放下了内心深处的弯弯道道，跟章冰处成了好哥们儿。虽然有时候仍然会自卑会黯然神伤，但对章冰这个人却不再心有芥蒂。章冰自然也一心一意待他。

那时候的大学，虽比现在气氛更淳朴些，但毕竟也是染缸。夏晓军眼看着老师和同学对章冰的好，难免不会动心思。若他俩不是好友，或许他会不屑，会暗暗嫉妒，却不会主动做什么。但现在，两人既然处成了好友，偶尔夏晓军就会存着这样的期待：跟章冰把关系处好了，或许会对他将来的事业有帮助。

快毕业的时候，章冰随口跟父母一提，夏晓军就跟着他一起到新仁医院实习，这让夏晓军对章冰产生了感激之情。要知道，即使在很多年前，新仁医院也不是谁想进就能进的。

章琰从来没见过像夏晓军这样的男孩子：他的五官棱角分明却又特别清秀；他的眉毛特别粗特别浓，却从来没有舒展过；他的眼睛狭长，总是半眯着，却隐隐有光透出来；他的鼻梁像刀锋，生生割出人与人之间的距离；他的嘴巴不大，偶尔抿一下，充了血的唇色看起来好无辜，让人忍不住想要触摸。

这个人看起来比哥哥要瘦很多，却又瘦得恰到好处，再稍稍胖一分，就没了现在沉郁的书卷气。

他身上的一切，看起来都刚刚好，恰到好处的那种好。以至于第一次见到他，章琰的心就整个沦陷下来。

夏晓军不是第一次遇见一个女孩这样愣愣地盯着他，却是第一次遇到一个这么怪异的女孩，这样愣愣地盯着他。

章家的房子，离新仁医院很近，夏晓军跟章冰一起，去章家取一本书。门刚打开，就看见客厅沙发上坐了一个女孩，正吃着零食看着电视。

这个女孩，十八九岁的样子，看打扮，却又不像十八九岁。上世纪九十年代，女人流行穿喇叭裤烫爆炸头，这个女孩就顶着一头卷，穿一条白色的大喇叭裤坐在沙发上吃着零食看着电视。她极没坐相，一条腿蜷着压在另一条腿下面，半坐半躺，手里抱着零食罐子。听见开门声，扭头过来看，手里的饼干还是什么正要朝嘴里送，看见章冰和夏晓军进门，手里的动作就停了下来，而嘴巴却还半张着……

这个女孩盯着夏晓军的眼神，让他感觉极不舒服，愣愣的。而最让他不舒服的，不是女孩的眼神，而是她的穿着打扮。

夏晓军是个古板的人，他心目中的好女人，是像他妈妈一样吃苦耐劳，像他妹妹玲玲一样穿着朴素、文静沉默、从小就帮着家里做家务的女人。

家庭对一个人的影响很大，有了妈妈和妹妹做榜样，夏晓军看那些朴素认真的女孩子会更加顺眼些。

夏晓军曾经听章冰提过，章冰有个妹妹，念护理。章冰也曾经说过，他这个妹妹，念不进去书，就爱吃爱玩。看到这个坐在沙发上的女孩第一眼，夏晓军就知道，这是章冰的妹妹。他没想到，一个家庭出来的两个孩子，章冰的妹妹和章冰的差别会这么大。

对于女人烫头发这件事，大街上到处都是，就连和夏晓军家同住一个弄堂的池阿姨，都顶着一头卷，夏晓军对此见怪不怪。然而他却是第一次见到一个十八九岁的姑娘，把头发烫得跟大妈似的，明明很年轻，却顶着满头的卷。这倒还是其次，最关键的是，这个女孩放在沙发上的脚，指甲上涂满了红色的蔻丹，根本没有学生样。虽只是在家里看电视，脸上却化得五颜六色。眉毛漆黑，脸很白，脸蛋红彤彤，嘴巴还好，因为吃东西倒没有那些乱七八糟的颜色。可就是因为吃东西，嘴巴的周围，沾了很多食物的粉末，看起来很不文雅。

这个女孩，一看就是沉迷于享受的。明明是个学生，却装扮成这个样子，像是社会上混的不良青年。夏晓军忍不住又握紧了拳头，有些痛恨这个女孩子——明明家境那么好，却不珍惜，不好好学习，连本科都考不上，整天只知道吃，只知道打扮。若他的妹妹能有这女孩的好福气好出身，也不至于念了高中就退学……

念头在心里转瞬即逝，夏晓军想法虽多，却不会轻易发表意见。他正胡思乱想着，就听见章冰很温柔地问那女孩："今天没课啊？"

"嗯。"女孩很久才反应过来，乖巧地点头，脸瞬间红了。

02.

章冰觉得妹妹今天有些怪，以前每次见他开门，妹妹嘴里随口一句"回来了啊"算作问候，接着继续津津有味地看电视。今天却像是被人点了穴，只愣愣地盯着他，不说话，还脸红，真是太奇怪了。

也就奇怪了两秒钟，章冰就发现那眼睛盯着的，是他身后的人，那脸红，也是对着他身后的人。章冰只好咳了两声，问了句"今天没课啊"，打断她的神游。

章冰和夏晓军取了书，很快就走了。他们走的时候，章琰还坐在沙发上发愣呢，连章冰出门时跟她说的话都没有听到。然而关门的声音却又那么清晰，"砰"的一声直直撞进她的心里。

章琰的脸发烫，手脚却冰冷，过了很久很久，才双手捂脸，哀叹一声“完了”，重重地躺倒在沙发上。

章冰本以为，以章琰那啥事都挂脸上的性子，当天晚上就会跟他打听夏晓军。哪知道一等就是三天。这三天不算白等，是章琰给自己的让自己下定决心的时间。三天过后，章琰敲开章冰房间的门就开门见山：“这事我憋了三天，也想了三天，还是得问你，他是谁？多大年纪？做什么工作的？家住哪儿？家里几口人？父母都是干吗的？结没结婚？有没有女朋友？”

章冰坐在书桌前做笔记，闻言缓缓抬起头，故意装糊涂：“谁呀？你问的究竟是谁呀？查户口似的。”

“少来，别告诉我你不知道我问的是谁。就那天我在家看电视跟你一起到咱家的那个人。”

“你在家看电视，我不止一次带人到家里来，我怎么知道你问的是谁？”章冰继续装糊涂。

章琰上前一步，瞬间掐住了章冰的脖子，咬牙切齿：“冰坨子，你少来这一套，你要是不肯跟我说他是谁，我从明天起就跟踪你，我就不信我自己查不到。至于你那个女朋友周梦君，咱爹妈可是一点儿都不知道呢，要不要我提前帮你透露一下呀？”

从小到大，章琰高兴的时候，就叫章冰哥哥，不高兴的时候叫章冰，特别生气的时候，就叫他冰坨子，章冰见怪不怪了。他只是没想到，章琰会用周梦君来威胁他。章冰这时候二十四岁，与周梦君谈了大半年，却没肯跟家里说。不说的原因之一是周梦君还有两年才毕业，不着急。另一个原因是，章家父母对章冰的婚事另有打算，几年前，他们就提过，等秦音大学毕业的时候，就让章冰和秦音结婚。

秦音何许人也？秦家唯一的孩子，秦爸秦妈的掌上明珠，章琰的发小，章冰的“青梅竹马”。

秦音比章琰大三岁，念的音乐学院，还有一年毕业。秦家和章家是世交，秦爸是药监局的局长，秦妈和章琰爸妈是同事，新仁医院某科的主任。

秦音喜欢章冰，这事儿熟悉他们的人都知道。从小，章爸就开玩笑，等秦音长大了，就迎回来做媳妇，章冰从来没反对过。他和章琰在感情方面都比较晚熟，一直长到二十多岁，章冰都没对哪个女孩子动过心。他不讨厌秦音，秦音性格好，人爽朗大方，和她相处起来极开心。章冰有亲妹妹，自然也不会把秦音当妹妹看。从小别人都开他俩的玩笑，开得多了，他也稀里糊涂认为，将来的妻子非秦音莫属了，直到遇见周梦君。

严格来说，周梦君并不是什么美人，相貌只是清秀罢了，气质也不如秦音高贵。但不知怎的，章冰跟周梦君一起，就感觉很舒服，是那种极为放松的舒服。学生会里两个人一起工作过，也没接触多长时间，章冰就对周梦君特别信任，踢球时外套脱下来，愿意让周梦君给拿着。中场休息时，第一时间跑到周梦君那里喝她递过来的水。在食堂吃饭，看见周梦君一个人，也愿意拉着夏晓军跟她坐一起。哪怕大家都不说话，安安静静坐一起吃饭也是好的。

一切都是自然而然，当章冰发现自己的感情时，他们已经相交很深了，于是顺理成章地，周梦君成了章冰的女朋友。

两个人交往，章冰并没有打算瞒着谁，妹妹章琰自然是第一时间知道。她知道后的第一句话是：“那秦姐姐怎么办？”

这一句话，就足够让章冰抓破脑袋了。他虽然并没有喜欢上秦音，可也不讨厌她，他们之间相处得非常愉快，若没有周梦君，他并不介意和秦音在一起。可现在偏偏有了周梦君，他就不能和秦音在一起了。而双方父母却不知道他有了女朋友，有事没事还总爱拿他和秦音开玩笑呢！

章冰虽单纯，却了解自己的父母以及自己的女朋友。他的父母，一直对他期许很高，也喜欢秦音。秦音已经先入为主了，想让父母再接受周梦君，只怕会比较难。而周梦君呢，她是那种清清淡淡的性子，平时没事还好，人也温顺，真遇到事情，特别犟，十头牛都拉不回来。章冰不知道，若周梦君知道了他父母曾经一门心思想撮合他和秦音，会是什么态度，他实在怕她一扭身就走，再也不回头。而且，周梦君实在不擅长交际，见了他爸妈，只怕问完好就只能干坐着。这一定会让他们不喜欢。从平时他们对待秦音的态度就能看出来，他们喜欢的是秦音这样嘴甜、会哄人、擅交际的姑娘。

章冰不愿意勉强女友，也不想贸贸然把女友拉到父母面前，惹他们反感，于是两个人的恋情就一直没跟父母说。想着反正秦音和周梦君两个人都还没毕业呢，来日方长，过两年再说也不迟。却没想到，今日被章琰拿来威胁他。

听到章琰的威胁，章冰笑了："我正不知道该怎么跟老两口说呢，你要帮我说，那我谢谢你哪！"

章冰把章琰吃得死死的，知道怎样说才能达到效果。果然，章琰泄了气，放开他，坐到了旁边的凳子上："哥，我是真喜欢他，你就帮帮我吧！"

章冰说："他叫夏晓军……"

章冰还没说完，章琰就打断他："他就是夏晓军啊！我听你提过他，可算是对上号了，我听你说过，他家里挺苦的。哎，他没女朋友吧？"

"没有。他自尊心挺强的，家境这种事，不喜欢跟人讨论。"章冰说，"而且这件事，也并不重要吧？"

"嗯，没错，不重要，知道这个只是为多了解他而已。"章琰重重点头。

"以我对他的了解，他喜欢的女孩子，应该不是小妹你这种类型。要不要我帮你试探一下？"章冰忍不住泼冷水。

章琰一听这话就急了："那他喜欢什么类型啊？居然不喜欢我章琰，我都没见过多少人不喜欢我呢！"

章冰摇摇头宠溺地笑："还不是看在咱爸妈的分儿上。"

“我性格好！”

章冰举手投降：“好吧，没多少人不喜欢你，可是我也没听说过谁喜欢你啊！”

章琰跺跺脚：“哥，你最讨厌了。哎，你跟他说话的时候，别问那么直白，就简单试探一下，看他对我有没有意思。”

第二天，章冰刚回到家，章琰就蹦过来，拉着章冰的手问：“他怎么说？”

章冰瞪了章琰一眼：“给我倒杯水去！”

“德行！”章琰乖乖转身倒水去了。

章冰抱着杯子喝了一大口才说：“夏晓军说‘我都没看清楚你妹妹长啥样’。”

“耶？他真这样说？”章琰愣住了。

“嗯。”章冰重重点头。

章琰失魂落魄地往自己房间走，章冰喊住她：“你老叫我冰坨子，夏晓军才是真正的冰坨子。以前在医学院里，都没听说过他跟哪个女生走得近。平时有女生凑上来主动搭讪，他也不看人家，不跟人家说话，让人好没面子。他就是这样的性格，你别放在心上。”

章琰扭过头来笑：“上次见面时间太短了，我会让他看清楚我长啥样的。”说完蹦蹦跳跳走了。

对于那句“我都没看清楚你妹妹长啥样”，章冰的理解是，夏晓军不近女色，不朝女人身上看，才会没看清楚。

章琰最初的理解是，完了，我一厢情愿！经章冰解释后的理解是，第一次见面时间实在太短了，长一点儿的话，他自然会对我加深印象。

而夏晓军的原意其实是，她那张脸，装扮得风云际会，谁知道那红的白的下面长什么样啊！

章琰第一次对一个男人动心，她又是从小到大没经历过什么挫折的主儿，自然是毫不犹豫冲上前线，主动追求了。

反正新仁医院离家近，每天都可以有好几个小时泡在医院里。不去别的科室，就在外科医生办公室里待着，见到夏晓军就凑上去说话。夏晓军非常头疼：他不过只是一个实习生，还指望好好表现，科室里的前辈们给他打个高分，好留在新仁医院。如果将来，能当个主治医生，那就太好了。哪里知道，院长千金这么高调，总凑上来拉着他说话，硬生生地凑上来，好像看不出来他不喜似的。偏又不能得罪她，她除了有一个院长爹，还有一个在外科很有话语权的妈，更有一个很宠爱她的哥哥，而这个哥哥偏偏还是他夏晓军唯一的好友。

这姑娘，根本就是一烫手山芋，拍也不是扔也不是推得远远的也不是。

可是，他就是看不惯她啊！你听她笑的声音，咯咯咯咯，一点儿都不矜持。医院明明是上班场合，她还把在家吃的零食都带这里来吃，还不停地让他吃，真尴尬啊！

别的医生逗她："别只给小夏啊，咱办公室好多人呢！"

章琰一吐舌头："那我下次多带点儿，今天拿得太少了，不够这么多人分。"下次果然带来一大包，每个人都有份，大家跟夏晓军打趣："这都是沾了你的光。"

也有抹得开面子的老医生，直接问章琰："琰琰，你是不是对夏医生有意思啊？"

"对啊对啊，被你看出来了。"一个女孩子，也不害羞，直接承认了，还发出咯咯咯咯的笑声。

章琰的妈妈看不下去了，骂章琰："赶紧回去，像什么话。"

她只嘻嘻笑，抱着妈妈的胳膊摇来摇去撒娇："妈，你就原谅我这一回，我人在家里，心在医院，在家待不住啊！"

章冰也劝她："你注意点儿影响行不行？"

她还是笑："我又没耽误你们工作。晓军跟你们一起去查房，我还不是乖乖待在办公室里，又没跟着去。"

"你还想跟着去呢！"章冰丢给她一个大白眼，起身走了。

晓军晓军晓军，她总是叫这么亲热，好像他们已经多熟了似的。

夏晓军算是看出来了，没人真心阻止她的这种倒追行为。她嘴上说不影响他工作，能不影响吗？他伏案写案情分析，她脑袋凑上去："晓军你写什么呢？哎，你的字怎么这么漂亮呢！我的字就写得好难看。"他根本写不下去。夏晓军跟别的医生探讨病情，她脑袋凑上来，问一些很幼稚的问题，别的医生看在她父母的面上，多幼稚的问题都认真回答她，生生把医学探讨弄成了居委会大妈聊天。

夏晓军只好躲着她，能待病房的时候，尽量不去医生办公室。她若许久不见他回来，会一个病房一个病房去找，见着他只是说："没事儿，看你这么忙，要不我去给你打饭吧！都中午了，你别饿着。"

夏晓军说："你哥哥会帮我带的。"

她咯咯笑："我帮你打也是一样啊！"

夏晓军终于忍不了了，约她出去摊牌："我现在没心思谈恋爱，只想好好实习，多学点东西，将来能留在新仁医院。"

她误会了他的意思："我跟我妈妈说，在你的实习报告上打优，别的医生我也去说，他们平时对我都挺好的，应该会帮你留下来的。"

"我是说，我想凭自己的努力留在新仁医院。"

"嗯，行，我知道了，那我不去说。"

"你这样每天跑来找我，很影响我工作。就算是将来，我能留在医院，别人也会误会是因为你的关系。"

"误会就让他们误会呗！你和我心里清楚不就行了？"

夏晓军咬咬牙，这女孩怎么说什么都听不懂呢？只好说得更直白："我是来实习的，你是院长千金，总这样高调找我，对我影响很不好。我希望你下次别来找我了。"

“你不喜欢我来找你？”

“嗯，不喜欢。”

“哦！”

03.

院长夫妇又何尝不知道章琰高调追求夏晓军。夫妻俩晚上躺床上讨论这件事。

章院长说：“琰琰这样做，真是把咱们老脸都给丢光了。”

院长夫人说：“她整日唉声叹气叫无聊的时候少了。”

“夏晓军怎么样？”

“不错，稳重、踏实、严谨、认真，对前辈也够尊敬，是真心爱好医生这个职业。”

“可以培养？”

“或许不用我们插手，假以时日，自己都能起来。”

“听说他家里负担挺重的。”

“上海人，能穷到哪里去？咱们就这一个女儿，多帮衬点儿，日子也能过下去。以夏晓军的心气儿，将来不会差。”

章院长见夫人这么说，便也没多说什么，算是默认了这件事，还曾经借着视察工作的名义去外科见了夏晓军一面。他们根本没想过，夏晓军有可能不喜欢他们的宝贝女儿。在他们的脑子里，根本不存在这样的想法。他们的女儿，在夏晓军眼里不算什么，在他们心中，可是宝贝得很，他们不相信夏晓军这样一个小小的实习医生会不喜欢她。他们只认为，章琰喜欢夏晓军，是夏晓军高攀。很多高位置的人，都如此想，章家父母亦不能免俗。

章琰被夏晓军拒绝，心里多少有些难受。“哦”了一声，便没多说话，夏晓军见话已经说明白，就走了。他本以为，章琰不会再到医生办公室了，松了一口气。哪知道第二天不到中午，章琰又来了，这次，她进办公室，只笑着跟夏晓军打了声招呼，便找了个空位置坐下来，也不吃零食了，从包里掏出一本书，默默看起来。

有人跟章琰打趣：“转性了啊！”她也只是笑笑不说话，默默看书，只偶尔抬起头看夏晓军一眼，冲他一笑。

所有人都明白是怎么回事，看着夏晓军，笑得很暧昧。夏晓军虽觉得不舒服，但也决定就这样，做自己的事情，当她不存在好了，至少她没把脑袋凑过来笑得咯咯响。

反而是章琰，装了几天自己装不下去了，气呼呼地一把把书装包里，跟夏晓军说：“你跟我出来一下。”

明明气势汹汹叫人出来，两个人时，章琰的气势又弱了下去：“你怎么看都不看我一眼呀！”

“医院病人多，每天都很忙。”夏晓军一副公事公办的腔。

“你只是一个实习生。”

“越是职位低，越要多做事，才能不被看轻。”

“那你总得抽个时间跟我说句话吧！”章琰的语气越发楚楚可怜。

那边是死一样的沉默。夏晓军最大的本事就是沉默，当他不想回答女孩子的问题时，觉得女孩子莫名其妙、不可理喻时，就沉默，死一样的沉默。不看对方，眼神不知道飘忽到哪里去，反正就是不说话，憋死你。最后通常是女孩子自己受不了，主动打破僵局。

也不知道沉默了多久，章琰狠狠一跺脚：“夏晓军，算你狠！”转身跑开了。

章琰跑医生办公室装模作样看书这件事，是章冰的主意。那天，夏晓军说不喜欢章琰去找他，章琰感觉很受挫折，回家之后就闷闷不乐。

章冰跟她说话，她的语气极为不善，把在夏晓军那里受的气都发泄到章冰身上了。

章冰问清楚情况，跟章琰分析："他说不喜欢你去找他，应该是觉得你给他的压力太大。他为人低调，不喜欢你这样大张旗鼓，弄得全科室都知道。"

"那我怎么办呀？我不缠着他说话，他根本就不理我。"章琰很委屈。

"你少去找他行不行？就像以前一样，和同学逛街，在家吃零食看电视。"

"我每天睁开眼睛就想见到他。"

章冰沉默，咬牙帮章琰想办法。

"哥，你说，他只是不喜欢我去找他，而不是不喜欢我这个人对吧？"章琰问。

"他不喜欢的女孩子，会躲着走，我看你每次跟他说话，他虽回应不多，但也没有讨厌你的样子。"章冰这样分析，却没想到，夏晓军有可能只是因为他和章院长夫妇，才没把事情做绝。

"那我怎么办呢？怎样既能每天看到他，还让他喜欢上我，主动跟我说话呢？"

章冰想了想说："哎，这样，晓军呢，平时喜欢看书，他应该喜欢跟他一样爱看书的女孩子。你到医院去，不跟他说话，就抱本书看，这样既不打扰他，又能每天见到他。"

章琰还没说话，章冰接着说："你一定要忍着，千万别主动跟他说话。他忍不住了，会来找你的。这叫欲擒故纵，懂吗？"

两人计划得好好的，却在夏晓军面前铩羽而归。章琰感觉很挫败，她人虽不娇气，但毕竟是院长千金，平时何曾受过一丁点儿的挫折？却接二连三地在夏晓军那里碰钉子。

章琰的情绪自然会被家人获悉。章冰是很希望自己的好友跟妹妹在一起的。这也是私心，一个是最疼爱的妹妹，另一个是知根知底的好哥们儿，把妹妹交给他，放心。他俩若在一起，朋友关系也将更加亲密。

章琰的妈妈，对夏晓军的印象一直不错。知女莫若母，章琰有几斤几两重，院长夫妇比谁都清楚，这个女儿，也不能说是不学无术，只是不爱念书罢了。章琰不爱念书，只爱逛街、爱吃零食、爱打扮。这些对于女孩子来说，只是无伤大雅的小毛病，但男人娶妻时，却会衡量许久。上世纪九十年代的人，观念里对“享受”这个词，虽不深恶痛绝，但也绝无好感。但是没关系，谁让章琰是他们的女儿呢？就算是有些小毛病，章琰未来的丈夫看在他们夫妻的分儿上，也不会对章琰多差。

夏晓军符合章爸章妈对章琰未来丈夫的设想：医生，人品不错，能力不错，能培养起来。刚好章琰又喜欢夏晓军，那还有什么理由不促成他们俩呢？院长夫人对章琰追求夏晓军这件事，虽冷眼旁观，但内心深处却是乐见其成的。见章琰在夏晓军面前吃瘪，院长夫人心里多少是有些不舒服的。

章琰在夏晓军处受了挫折，第一个找夏晓军的是章冰。吃饭的时候，章冰随口一提：“哎，你小子，可把我妹妹心给伤了。”

夏晓军心里一紧，还没说话，章冰又说：“我就看不出来，你哪里好。我那死心眼儿的妹妹怎么就喜欢上你了呢！”

章冰说完，就把话题岔别处去了，夏晓军从前到后，都没有说话。他心思向来重，不说话不代表不想，千回百转地想一想，章冰的这些话，就够他像热锅上的蚂蚁一样，纠结很多天了。

过了一两天，院长夫人带夏晓军约谈一个即将做手术的病人家属，家属走了之后，就两个人时，院长夫人问夏晓军：“这几天也没看见琰琰找你，你们没闹矛盾吧？”

朋友说话，可以不搭理，上司说话，却不能不应声。不管怎么说，在外科，夏晓军也得叫院长夫人一声“老师”。章琰妈妈是夏晓军嘴里的老师，更是他的上司。章妈妈问话，夏晓军嗓子有些发紧，哑着声音说：“没有。”

“那就好。琰琰平时被我们宠坏了，你多让着她点儿。”院长夫人说。

章琰憋了几天憋不住了，又跑来找夏晓军。这次，夏晓军不敢像之前一样，冷眉冷眼待她了，可也不想她那么高调，弄得全科室都知道，只好跟她约定，下了班两人再见面。

章琰很高兴，她根本不知道夏晓军态度的转变与她的亲人有关系。每天晚上，踩着夏晓军下班的点儿，章琰兴高采烈地跑来找他。一开始，夏晓军推着自行车送章琰回去，站在章琰家楼下说几句话就走了。后来，章琰推着女士自行车，坚持要送夏晓军回家，她想多跟夏晓军相处一段时间，半个小时也是好的。章琰家住静安寺，夏晓军家在外滩附近，早的话，章琰会硬拉着夏晓军去外滩吹吹风，然后才回家。

章琰家里人不放心她晚上一个人骑车回家，这事儿还得章冰去说。章冰跟夏晓军说：“你晚上不要让琰琰送你回家，她一个女孩子，夜里骑车很危险。”

夏晓军又何尝愿意这样？他有苦说不出，毕竟是自己的好友，他只能跟章冰摊牌：“你跟你妹妹说一声，让她别来找我了行吗？我也觉得挺别扭的。”

听了这话，章冰怒了：“你真是身在福中不知福，琰琰何曾对人这样过？自从喜欢上你，家里她爱吃的零食、水果都搬来给你吃。你不吃，她拿去讨好你妹妹。上次，别人送的从美国带来的牛肉干，我刚撕开袋子吃了一粒，就被她抢了去，说要跟玲玲分享。有好吃的，她不想着亲哥哥，却想着你的妹妹。这究竟是为什么，我想你不会不明白吧？你不让她白天去找你，她就不去，她跑你们家找你妹妹玩，只想多打听点儿你小时候的事。看见你妈妈坐在院子里帮人洗衣服，她搬着凳子就过去一起洗。她从小到大哪里洗过衣服？那天晚上回家，她的手泡得白白的，有些地方还起了皮。她不让我告诉你，怕你知道连你家都不让她去了。她一个娇生惯养的女孩子，每天晚上送一个大男人回家，这种事你也好意思。自己不自觉，我提醒你了，你还让她别找你。你的心被你自己给吃了吧？”

听着章冰含沙射影的骂，夏晓军唯有懦懦：“又不是我让她这样做的。”

“你说什么？”章冰一拳打了过去。

这是章冰第一次跟夏晓军红脸。之后，章冰一直不肯搭理夏晓军。夏晓军也觉得自己做得有些过分，主动跟章冰说话，章冰理都不理。

章琰并不知道章冰打了夏晓军，那天下午看见章冰气冲冲回家，问了两句不肯说，只钻进房里，连晚饭都不肯吃，问多了就发火，便不好再问了。到晚上，再去找夏晓军时，章琰看见他脸上的伤，问是怎么回事，夏晓军不肯说，只让章琰不要再来找他。

章琰并不笨，三言两语间判断出这事儿跟章冰有关，也没坚持再送夏晓军，而是返回家中，抓住章冰质问。

章冰很爽快地承认了：“是我打的，我就看不惯他这样冷眉冷眼地对你。我妹妹这么漂亮，又不是嫁不出去，何至于受他这样欺负。”

章琰知道哥哥疼她，她也知道她不算漂亮，哥哥爱她，才觉得她处处好。虽感动，却也心疼夏晓军，只说：“我是自愿的。”

章冰说：“你还好意思说，我跟你说，夏晓军他就是一块冰，你焐了这么久也该焐热了。既然焐不热，就该离他远远的，免得自己受伤害。”

章琰说：“哥，你能不能别管我的事？”

章冰特别生气，就因为这个妹妹，他和最好的朋友闹翻了。他冲着章琰嚷嚷：“你一个女孩子，能稍微有点自尊吗？哪儿有你这样追男人的？”

章琰在夏晓军面前不敢大声，在章冰面前可不这样，仗着他疼她，向来张牙舞爪惯了。章琰冲着章冰嚷嚷：“我愿意。”说完就回房间哭去了。

章琰倍感委屈，追夏晓军这么长时间，他不为所动，生生把自己弄成了个笑话，一个院里住的叔叔伯伯，都拿夏晓军跟她打趣。哥哥为了帮她，打了夏晓军……长久以来积累的压力，瞬间得到释放，章琰哭得恶声恶气。

章冰听见章琰哭，也觉得有些不好意思，又跑去找她：“如果你真喜欢夏晓军，起码得知道他喜欢什么样的类型。而不是一门心思在他妈妈和妹妹身上下功夫……”

第二天上班，章冰拿了瓶药膏走到夏晓军面前：“还是涂一涂，好得快点儿。”

夏晓军没说话，章冰把药膏塞他手里：“真不知道我妹妹看上你什么了。哪儿有你这么吝啬的人，眼窝都紫了，却舍不得几毛钱的药膏。毕竟咱在医院哪，还拿着工资哪，咱们拿药还比外面人便宜哪！”

两人就这样和好了。当天晚上，章琰来找夏晓军，夏晓军不让章琰送，章琰不吭声，只默默骑车跟在他后面。夏晓军只好停下来，章琰说：“我哥是我哥，我是我，你别管我哥如何，你知道我喜欢你就行了。”

夏晓军说：“我跟你哥没事，早就和好了。”

章琰的脸立刻开出花儿来。夏晓军看章琰笑得灿烂，不知怎的，心里轻松不少。

那天晚上，章琰先把夏晓军送回外滩，夏晓军又把章琰送回静安，再一个人骑车回去，来来回回花了近两个小时。

夜里清凉的风吹在身上，章琰感觉特别好，即使夏晓军不爱说话，即使她有时候也不想说话，但是就这样一起骑着车，吹着风，那也很好啊！

到章琰家楼下，夏晓军问："学校里允许烫头发吗？"

"不允许。"

"那你这头发怎么办？"

"盘起来呗！"

"怪不得指甲油只涂了脚上，平时在学校都不露出来吧！"

"嗯。学校里烦死了，这也不许那也不许，早点儿上班就好了。"

夏晓军沉默很久，跟章琰说："我不喜欢女孩子烫头发，不喜欢女孩子化妆，也不喜欢红指甲。"

"哦！"

04.

听了夏晓军的话，章琰兴奋得几乎要跳起来，独角戏唱了这么久，他总算是有回应了。虽然一开口就是提要求，可只要有回应不敷衍就已经很好了，不是吗？这是他们关系近一步的最好证明。

章琰轻轻"哦"了一声，对夏晓军挥了挥手，道了再见。停好自行车，转身上楼时，才忍不住笑出声来。

夏晓军也不知道为什么，会在那一刻脱口而出不喜欢她卷发，不喜欢她化妆，不喜欢她把脚趾甲涂得红艳艳。或许他的内心深处，只是想让两个人相处起来稍微轻松一点儿吧。既然话已经说出口了，他便没多想，骑车回家去了。

第二天晚上，再见到章琰的时候，夏晓军几乎认不出她来。那一头乱糟糟的卷发被剪了去，变成了清爽短发，花衬衫和大喇叭裤变成了白色的连衣裙，外加一件薄薄的风衣，脸上也没了那乱七八糟的颜色，看起来很清爽。

借着医院外昏暗的路灯，夏晓军第一次看清了章琰的五官。虽不是特别漂亮，却很耐看。

夏晓军没说什么，面无表情吐出两个字：“走吧！”率先骑上了自行车。

章琰跟在他后面，嘴巴咧到了耳后根，心里很高兴：以前每天晚上来接他，他只面无表情看她一眼，默默骑车朝前走，虽然不反对她跟着，虽然骑着骑着也会停下来等她，但大多数时候都是一副“不好意思，我跟你不熟”的表情。

“走吧！”简简单单两个字，说明他认可了两人同行，不再事不关己。这是两人关系进展的一小步，却是章琰在倒追路上的一大步。

从此，每天晚上下班，都是两人骑着车，章琰先把夏晓军送到他家楼下，夏晓军再把章琰给送回去。虽然大部分时候，都是章琰说话，夏晓军偶尔“嗯”“好”，或者简单几个字回应一下，并没有像章琰一样，表现得那么热情，但章琰已经很满足了，起码他已经不再拒绝她了。

夏晓军不拒绝，章琰就越发自来熟起来。夏晓军调休的时候，如果恰逢章琰没课，章琰就提出让夏晓军陪她去逛街，或者一起去做点什么事。夏晓军通常是没什么时间的，作为一个实习生，正式的医生一周休息一天（那时候还没实行双休），夏晓军一个月只能休两天。在这两天里，他要待在家里修坏掉的水龙头、给断掉的椅子接条腿，或者做做其他家务，若空下来，就在家看从章冰处拿回来的书或其他医生的经典案例报告。

夏晓军还在上大学的时候，逢着休息，会去邻居家帮忙修修简单的水电或通通下水管道，赚一两毛钱补贴家用。现在实习了，夏妈妈怎么都不肯让他再做这些“腌臜”的事情了，他实习结束，就是正式的医生了，还在赫赫有名的大医院，是要面子的。

而且，自从夏晓军去医院上班，领一份实习工资之后，家里的生活就逐渐好起来了，起码夏爸爸的医药费已经不是什么问题了。

夏晓军休息，章琰想让他陪她逛街，他不肯去，章琰只好到他家里，反正他们家她不是第一次去。夏晓军虽然知道章琰不是第一次到他家，但第一次见到她出现在家里的时候，多少还是有些窘迫的。

夏晓军家的房子极小。十几户人家共住在一栋三层老公房里。夏家住三楼的某一个房间。房间大概只有十六七平方米，住着一家四口人。好在还有一个亭子间，是玲玲的卧室。屋子里摆了一张床，摆了些简单的家具就再也放不下任何东西了。阳台大概有三平方米，收着一张行军床，晚上撑开来给夏晓军睡，白天收着，免得占地方。就那小小的三平方米的空间，夏晓军还弄了块木板，支起了一张小小的书桌。书桌上面下面都放着书，那是夏晓军的天堂。阳台上，放了几个很大的、废弃的搪瓷盆，白瓷差不多都掉光了，露出那一层黑乎乎的铁片，分别栽种着一盆蒜苗、一盆小葱、两盆韭菜、两盆青菜、一盆辣椒，还有一个盆里支了棍子，种了两棵丝瓜，藤蔓攀在阳台上，开着黄色的小花。

夏晓军睡觉的时候，那一盆盆植物，除了最角落的丝瓜，其他的都需要挪动到“客厅”里，才能放得下一张行军床。早上醒来，收起床，再把植物一盆盆摆进去。

章琰到得特别早，而前一天晚上，夏晓军熬夜看了会儿书，才刚刚起床。床已经收起来了，他正搬动着一盆盆植物。看见章琰，感觉很尴尬。

章琰冲夏晓军释放出最灿烂的笑脸，扬了扬手中的袋子：“都还没吃早饭吧？我买了生煎，一起吃。”

夏妈妈和玲玲早就起来了，实际上，夏妈妈已经洗完一盆衣服，玲玲已经做好了饭，夏妈妈收拾收拾，准备要到厂里做工了。

夏妈妈跟章琰说：“饭都已经做好了，你还没吃吧，一起吃一点儿。”

“那我买了生煎，岂不是很浪费？”

“没事，拿过来一起吃。”

夏家的人，都让着不肯吃生煎，一人才吃了一个就不肯再吃了。最后，章琰和作为病人而特殊照顾的夏爸爸一人吃了几个，剩下的就都留着了。

一上午的时间，夏晓军简单修理了些东西后，就埋头看书。夏晓军修理的时候，章琰在旁边给他递递工具，说说话。夏晓军看书的时候，章琰就过去跟玲玲说话，或打打下手。玲玲的手脚也没闲着，屋子虽然不大，家务却不少，正是因为房子小，一切才更要井井有条。夏妈妈大清早起来帮别人洗了衣服，自己家的衣服，留下来给玲玲洗。一上午工夫，玲玲的事情并不少。

转眼就到中午了，章琰却没有要走的意思。夏晓军自不好赶人，就任由她留下来。

实际上，这是章琰第一次在夏家吃饭，以前，每次一到饭点，她就跑了，喊都喊不住。以前没有夏晓军在，何必留在这里讨人嫌？现在就不同了，反正迟早要在他家里吃饭，迟不如早。

章琰很想跟夏晓军一起吃顿饭，认识已经几个月了，除了在医院吃食堂的时候跟他一起吃过，其他的时候都没有。夏晓军不肯跟章琰一起逛街，自然更不肯跟她一起吃饭了。

像这样，跟他和他的家人一起吃一顿家常便饭，是章琰一直想要做的事情。章琰固执地认为，跟他和他的家人，在他家里吃顿饭，就像在自己家一样，才更显得两个人亲密。而且，这些人，将来都会是她的家人。

所以，这一次，她假装不知道快要到饭点儿了，硬撑着留下来没有走。夏家人虽然为难，却不好硬赶人，只好勉为其难留下她吃饭。

到了饭点儿，玲玲利索地把手头的活儿收拾好，跟章琰说："早上你带的生煎基本都没吃，热热也就够了。我做个汤，炒个菜，咱们简单吃点儿。"

章琰说："简单才好呢，你要是弄很多菜，我反而不习惯了。"

玲玲也只是笑笑，没有说话。

亦步亦趋跟着玲玲，章琰才发现，"做很多菜"不过是根据她以往在家来客人时的经验判断出来的。夏晓军家，并没有"做很多菜"的条件。

只见玲玲拿着剪刀，去阳台剪了一把韭菜，拔了几根青菜，又剪了几片蒜苗叶子，也不知道从哪里摸出来两个鸡蛋，就下楼去了公用水龙头处清洗。

章琰很震惊，原来她们家，吃蒜苗是论片的，剪刀剪两片就够了，也不影响蒜苗的生长。

一栋楼十几户人家共用一个厨房，一到饭点儿，厨房里油烟滚滚，章琰本打算跟着去，被玲玲推了出来。玲玲手脚很快，不一会儿就端着饭菜上来了。

一盘韭菜炒鸡蛋，一盆只有少量青菜的青菜汤，汤里漂着一丁点虾米和几片蒜苗叶子，就着生煎，一顿饭吃得倒香。

下午四五点钟，章琰本来还不肯走，夏晓军坚持要让她回去，理由是："一整天泡在我们家，邻居要说闲话的。"

章琰拗不过他，只好回去了。路上，夏晓军说："我们家条件实在太差，跟你们家没办法比。"

"我们家吃饭的时候除了我都没人说话，冷冰冰的，还是在你们家吃饭氛围好。"章琰虽然也觉得第一次在夏家吃饭寒碜了点儿，但想着夏妈妈不在家，玲玲招待她，能做到这样已经不错了，便没做他想。夏晓军说出来的时候，还很贴心地安慰他。

"今天要不是你来，鸡蛋是不必炒的，虾米也不会拿出来。没有生煎的话，玲玲顶多蒸点米饭，炒一点点韭菜，弄个青菜汤就可以了。"

"玲玲真会过日子。"章琰还有半句话差点儿脱口而出，最终还是忍着了，那半句话是"比我强"。

夏晓军什么都没说，两个人沉默着到了章琰家。

这世上的事，有了一就很容易有再二，接着是再三。就像每天晚上章琰送一遍夏晓军，夏晓军再送一遍章琰一样，但凡夏晓军休息，章琰就在夏晓军家打混着。一开始是只留在他家吃中午饭，后来连晚饭也一起吃了。

作为回报，章琰每次去都会带点东西。有时候是一袋水果，有时候是几瓶罐头，他们家用得上，就算是自己家不吃，拿出去送礼，也都是想买都买不到的好东西。

秋天刚刚到来的时候，阳澄湖的大闸蟹膏肥肉嫩，有人给章家送去了一箱，章琰提了一多半到夏家。章冰在背后喊：“喂，喂，我都还不够吃呢！”章琰也不搭理。

夏晓军有时候会和章琰一起去外滩转转，市场正在复苏，南京西路虽不如现在一般热闹，但和现在一样，常常是人潮涌动。有时候章琰和夏晓军全家一起去，章琰人大方，看见好的东西，只要手里有钱，就会主动买给夏晓军的妈妈或妹妹，一开始他们自然是不肯接的，但架不住章琰热情，便也忐忑地受着了。

习惯是特别可怕的东西，章琰和夏晓军几乎每天都见面，每天都像情侣一样相处着。就连夏晓军的家人，跟章琰相处起来，也没了起初的拘谨，反而像一家人一样了。

章琰总是在不经意间，在两人相处的时候说出“我喜欢你”这样的话。一开始，夏晓军略觉尴尬，脸上布上一层可疑的红晕，听她说得多了，就没什么反应了，只是心里会突然暖一下。

夏晓军并不知道自己喜不喜欢章琰，他只是习惯了章琰每天总是在他空闲的时间出现，叽叽喳喳或默不作声地陪着他。她似乎太容易满足，多跟她说几句话，就雀跃不已，像个小女孩一样。久了夏晓军会想：或许我是喜欢她的吧！然而他却又不那么肯定。他只是习惯了跟她在一起而已。

夏末秋初的时候，夏晓军转正了，顺利地留在了外科。第一个月医生的正式工资发了下来，夏晓军全部交给了夏妈妈。

没几天恰逢夏晓军休息，夏妈妈特意跟厂里请了假，还专门把章琰叫了来，买了鱼和肉，以及其他一些平时舍不得吃的大菜，为夏晓军庆祝。酒足饭饱，夏妈妈把章琰拉到他们夫妻俩睡的那张小床边，从床头摸索出一个袋子，掏出一件衣服，跟章琰说："我一直都想给你做一件衣服，可是家里一直都穷，你也知道他爸爸这情况，当初留下来的病根儿，一直没钱治，用药拖着……晓军工作也算是定了，是我们家的头等大事。我买了块布料，给你缝了条裙子，虽说夏天快要过了，但上海的天气，多少还能穿一个多月……"

那是条红裙子，中袖，长及小腿肚，时兴的样式，还有一条漂亮的腰带，可以扎成蝴蝶结。

章琰拿在手上，看那细细密密的针脚，完全是一针一线纯手工缝出来的。章琰特别感动："阿姨，您缝了很久吧？"

夏妈妈还没说话，玲玲抢过来说："那可不，买了布料到现在还不到一个星期时间，我妈天天晚上对着灯缝，针脚错一点儿就拆了重新缝，天天熬到大半夜呢！哎，我说姐，我叫你姐也叫了大半年了，你穿了我妈亲手缝的裙子，等你大学毕业的时候，就该改口叫你嫂子了吧？"

"别乱说话！"夏妈妈瞪了玲玲一眼，呵斥住她。夏晓军的耳根可疑地红了，却什么都没说。

章琰心里暖极了，红着眼眶说："阿姨的手艺想必好极了，我试试看。"拿着裙子进了玲玲住的亭子间。

章琰出来的时候，所有人几乎眼前一亮，不是没见过她穿红色的衣服，但这条红裙子，式样优美，腰线卡得刚刚好，热情奔放却又优雅含蓄，像是给她量身定做的。

章琰原地转了一圈，裙摆瞬间张开，变成了向下开的花朵。

不必看大家的目光，章琰就知道，这条裙子漂亮极了。她冲到夏妈妈跟前，拉着夏妈妈的手："您真是心灵手巧，我真是有福气。"

她的这句话大家都听懂了，表面上是在说裙子，其实是说人，有个好婆婆，是做媳妇的福气。夏晓军还是没说话，耳根再一次微微红了。

Chapter 2

我 | 不 | 该 | 强 | 迫 | 你

01.

章琰的心情很好，裙子穿上去，当天就没有换下来。于是夏家人就看到，她像一朵红云，夏晓军走到哪里，她就跟着飘到哪里，还顺口哼着歌。

晚上吃完饭，夏晓军送章琰回家，到章琰家楼下时，两人停下来，章琰锁好自行车，并没有上楼，而是跟夏晓军说："你跟阿姨说，让她以后不要给人洗衣服了，实在太辛苦。你现在能赚钱了，我没多久也要实习了。她年龄大了，过几年就该退休了，以后养家的重担交给年轻人就好。"

"你怎么不自己跟她说？"

"我几次想说，话到嘴边没说成。你知道，她很敏感，许是生活的压力。我总觉得她在我面前有些谨小慎微，我怕她误会。"

"误会什么？"

章琰犹豫很久，才说："误会我嫌弃你们家穷。"

"你嫌弃吗？"

"你说呢？到现在你都不明白我的心意吗？"

夏晓军没说话，发扬他一贯不知道该怎么说的时候就沉默的作风。章琰叹口气，走到夏晓军面前，抱着他的腰，把脑袋埋在他的颈窝处，深吸一口气说：“我今天真的很开心。”

“嗯。”

夏晓军有些僵硬地任由她抱着，过了一会儿，才伸出一条胳膊，搂着章琰。另一只手抓紧自行车，生怕因为两人的拥抱自行车倒了。

到家之后，章琰先冲到阳台。章家的阳台放的也有植物，只是起装饰作用的绿叶植物罢了。另外，比夏家宽敞很多的阳台上，放了一台缝纫机。章琰拿抹布上上下下擦拭缝纫机。

章冰走了过来：“女孩子要矜持一点儿，那么主动像什么话。”

“下次不要站在窗户边偷看，很猥琐知不知道？”

“我这是关心你。”

“心领了，下次不要这样做。”

章冰走到章琰跟前，章琰的动作并没有停。章冰问：“八百年都没人动它了，你擦来做什么？”

“明天给夏家搬过去，晓军妈妈每次缝衣服都用手缝，真是‘慈母手中线，游子身上衣’，看起来怪可怜的。”

“喂，章琰，你这样会不会太过分？这是咱爸咱妈结婚的时候，咱妈的嫁妆。你平时把那些吃的喝的朝夏家搬也就算了，妈的嫁妆你也敢动？”

“妈又不用它。”

“不用那也是妈的私人物品。”章冰气呼呼骂道，“真是女生外向。”

两人的嗓门有些大，把章妈妈吸引了来，问：“怎么了？”

两人还没来得及回答，章妈妈就发现了章琰身上的新衣：“琰琰，你什么时候买的红裙子？还挺好看的。”

“好看吧？”章琰得意地笑，把抹布放下来，走到章妈妈跟前，

“晓军妈给我缝的，亲手缝的，一针一线熬夜缝的。”

章妈妈不动声色地皱了下眉头，没说话。章琰继续说：“我想着她也一把年纪了，又做工，还给人洗衣服，家里没个缝纫机，想缝点什么，都用手缝，怪不容易的。咱家这台缝纫机也没人用，好多年了扔在阳台落灰，不如给夏家送去，好歹也算是废物利用。”

章妈妈还没说话，章冰就冲着章琰嚷嚷：“咱家啥东西到那边都是好的了？你怎么不把家搬空呢？什么时候这个家轮到你说了算了？你还没嫁人呢，要不要这样吃里爬外？”

章冰的话太难听，章琰一阵难受，跟章冰吵起来：“他不也是你的好朋友吗？平时总见你一副哥俩好的样子，我拿了点什么东西过去你就这样了？”

章冰气哼哼地说：“我就见不得你这样。”章琰根本不会想到，章冰突然发了这通邪火，不过是因为在楼上看到章琰主动抱了夏晓军。章冰是哥哥，在他眼里，章琰始终是那个两三岁拖着鼻涕跟在他屁股后面的小姑娘，他爱她，想要永远保护她。可这个小姑娘逐渐长大了，待男朋友比待亲哥哥还亲。他能接受小妹恋爱，也明知道小妹迟早会出嫁，可在他的意念里，小妹任何时候都是他的小妹，他一个人的。

亲眼看见两人搂搂抱抱，章冰的心里多少还是有些不太舒服的。换句话说，他有些吃味了，他疼爱了二十年的妹妹，被别的男人抢走了，他不高兴。

那个年代，人的观念相对保守。章冰和周梦君两人恋爱，章冰想抱一下周梦君，得厚着脸皮培养氛围，得在她心情好的时候。哪里像章琰，主动去抱男人的呀！这个男人，虽然是他的好朋友，他还是非常嫉妒他。

章妈妈挥手打断兄妹俩的争吵：“一台缝纫机罢了，倒也不是什么好东西，夏家需要，送过去也没什么。不过这毕竟是我的嫁妆，意义不同，虽然已成古董，我还想留着它。要不这样，等你结婚的时候，妈妈给你也买台缝纫机，就当作是嫁妆好吗？”

章琰在夏晓军面前脸皮很厚，但毕竟是未婚女孩子，亲妈提到"结婚、嫁妆"这样的字眼，多少还是有些害羞的，再加上，她这时候也意识到打亲妈嫁妆的主意确实过分了点儿，连忙掩饰："妈，你说什么呢！我还没到二十岁，结婚是不是早了点儿。"

"既然你俩都有心，早点儿也没什么。不过你哥都还没结婚呢，你越过他先结，确实不太好。"章妈妈看了章冰一眼，章冰有些心虚，忙躲开章妈妈的目光，低着头不作声。

章妈妈跟章琰说："算起来你比秦音还小一岁，她跟你同一年毕业，不如等你哥的婚事办了，再过一年给你和晓军办，怎么样？"

章琰看了章冰一眼，跟章妈妈撒娇："我总觉得我还没长大呢！"

章冰抬头瞅章琰，眼神里的意思分明是："你还是早些嫁吧！再不嫁，家里还真得给你搬空了。"

章琰恶狠狠瞪章冰，用眼神表达："你的麻烦事还没解决呢，好意思说我！"

章妈妈不理会兄妹二人的眼神交战，自顾自地说："你哥结婚，把你嫂子接咱家就行了，房子够住。你结婚怎么办呢？总不能你嫁过去跟晓军一起睡阳台吧？"

章琰曾经跟章妈妈提过夏晓军家房子特别小的事情。这的确是个特别现实的问题，一时间章琰也有些发愁。

章妈妈说："按说，结了婚就可以申请住房了，可是这两年，医院的医生越来越多，房子明显不够住，很多人结婚两年，孩子都会跑了，还在排队等房子呢！虽说你爸是院长，也不能把你和晓军加塞进去，那么多双眼睛盯着呢！房子是大事，我们也不敢犯众怒。"

章妈妈见章琰不答话，又安慰她："你别着急，反正这一两年你也不会嫁出去，我们再想想办法，总能想到办法的。"

章琰的生日在冬天，生日那天中午，下班的时候，章妈妈特意把夏晓军叫上一起到家里吃饭。夏晓军有些窘迫，他隐约听章琰提过，章琰的生日在冬天，却并没有细问究竟是哪天，章妈妈提起的时候他不知道，确实有些尴尬。毕竟他俩已经那么好了，医院里几乎所有医生都知道他和章琰谈恋爱，而他也默认了这件事。他不知道章琰的生日，这显得他很不用心。

另外，他虽然已经到过章家无数次了，却是第一次在章家吃饭，又是长辈邀请，算是新女婿第一次拜见丈母娘，他提前没有准备，没买任何礼物，这显得他不够诚意。

夏晓军找了个借口："刚管床护士跟我说，11号病房的病人有些发烧，我得去看一下。您先走，待会儿我自己去好吗？"

"严重吗？要不要我留下来跟你一起？"章妈妈很贴心地问。

"不算太严重，我去看看就行了。"

"那我先回家做饭，你待会儿一定要来啊！"

"嗯。"

夏晓军快步跑到市场，买了一条烟、两瓶酒和一些麦乳精，提到了章家。

章院长也在，很和蔼地跟夏晓军聊天，问的话题不过是在医院工作的情况，习不习惯，有没有困难之类的。聊了一会儿又问夏晓军家里的情况，虽然有些事情，章院长听夫人提过，他再问一遍，也不过是为了更深入地了解详情。

夏晓军一直很紧张。新仁医院够大，医生和护士加起来一千多人，如果不是章琰，夏晓军可能并没有机会跟院长坐一起聊天。院长在他的心里，是很神圣的存在，院长曾经做过的经典手术，有些都入了医学院的教科书。夏晓军不由得有些紧张。

章琰在给章妈妈打下手，章冰对这样"新女婿和老丈人第一次见面"的聊天话题不感兴趣，早就钻到了房里，客厅里只有夏晓军一个人在战斗。

章院长看出来夏晓军很紧张，聊了一会儿就以“房子的事情你不用担心，我嫁女儿，自然不可能让她没房住，这些我来想办法”结束了话题。

夏晓军见章院长回房间了，赶紧溜去找章冰，他的腿都软了。

章冰说：“瞧你那出息样！把平时对我妹妹的冷漠劲儿拿出来！”

夏晓军只心虚地笑：“我对琰琰挺好的，不信你问她。”

章冰丢过去一个“鬼才信你”的白眼，说：“会做饭吧？这时候不去讨好丈母娘更待何时？”

夏晓军刚到厨房，就被章妈妈推了出来，章妈妈说：“我们家琰琰不太会做家务，以后你们结婚了，有你做的。”

夏晓军笑：“那是，那是。”章妈妈含沙射影的要求，让夏晓军不由得又起了一身汗。

章琰的二十岁生日，章家邀请了夏晓军，算是正式承认了他们的关系。夏晓军工作能力不错，又得院长夫人照顾，在外科也算混得如鱼得水。偏有那好事之人，唯恐天下不乱，在背后叽叽歪歪，说夏晓军能有今天，都是因为软饭吃得好。这些话，或多或少传到了夏晓军的耳朵里。

也有些人，当着夏晓军的面，阴阳怪气地说他未来前途不可限量。夏晓军明白，他们跟背后说坏话的人其实是一个意思。

夏晓军最擅长沉默，可越沉默的人，通常内心深处的波涛越汹涌。因为家贫，夏晓军从小自尊心就强，他其实更愿意别人说他能留在外科，得到老医生的认可，是因为业务好，而不是裙带关系。

难听话听多了，夏晓军忍不住想：恨不得狠狠心跟章琰一刀两断，免得再为流言所伤。可每次见到章琰单纯的笑脸，那不谙世事的笑容，就迫使他打消了这种念头。而现在，章家和夏家人的态度，俨然已经把两人看成了一对，把两人的婚事看成是板上钉钉的事，他不敢想象，若他突然提出分手，会遭遇到什么样的暴风雨。他也不敢想象，他突然提分手，将会对章琰造成多大的打击。

势成骑虎，夏晓军很难下来，只好把所有流言吞噬掉，压力独自扛，默默不作声。

夏晓军能听到的流言，章琰又何尝没有听过？夏晓军是男人，背后说的人多，当面说的人少。章琰是女人，又是在医生大院里长大，有些医生的老婆，没有上班，最擅长婆婆妈妈、家长里短。自从夏晓军到章琰家吃过饭之后，就有不少人专门跑章琰跟前问："琰琰，你什么时候结婚呀？"

再评论两句："你哥还没结呢，你都忍不住想嫁啦！"

接着又说："听说他们家条件不好，还有个精神有问题的瘸腿爸爸。那你可苦喽，哪有儿媳妇不照顾公公的？"

再接着做出一副惋惜的样子："可惜你娇滴滴的大姑娘，要嫁去这样的人家。"

那时候的章琰，并没有现在强势的气质，没经历过事儿，遇到来自同类的恶意只会唯唯诺诺，而不知道反抗。加上能跟她说这些的，基本都是她爸爸妈妈的同事，或同事的家属。章琰的爸妈在医院德高望重，口碑很好，章琰不愿意因为自己的事情，把这些人全部得罪光。因此每次听到这种话的时候，都不作声，只心里暗暗生着气，都快憋成了内伤。

而这些，偏偏又不能跟任何人讲，哥哥不能，晓军也不能，晓军是她的选择，她只能一力承担。

02.

章琰生日过后不久，就是春节了。算起来章琰和夏晓军从正式认识到在一起，也快有一年时间了。大年初一早上，夏妈妈大清早就把夏晓军叫了起来，催促他穿上新衣，梳洗完毕，去章家拜年。

夏晓军以为他到得已经算很早了，却不料章家的客厅已几乎人满为患。大多数是院里的医生及其家属，还有些是章家的旧友，比如说秦音和她的父母。

夏晓军有些尴尬，章琰高调，他俩的恋情众人皆知。夏晓军出现在章家，就是羊入虎口，是专门备着给章家的客人调笑的。大过年的，这些人又不能得罪，听见他们善意的玩笑话，夏晓军觉得尴尬，却也只能跟着一起笑，笑得脸颊都酸了。

坐得差不多了，夏晓军提出走，章妈妈留他，让他中午在章家吃饭。夏晓军撒谎："今天上午还有任务，要去给舅舅拜年，去年我没去，今年再不去实在不好意思。"

见有正事儿，章妈妈也不好硬留，叫章琰送夏晓军出门。章琰还没出声，章冰抢着说："我去送，刚好还有点事儿想跟晓军商量。"

出了院子，听不见章家宾客的笑声，章冰才重重呼出一口浊气。夏晓军问："坐着陪他们聊天很别扭啊？"

"刚才还好你来了，也算是帮我救了个场。"

夏晓军听明白了，在这些长辈的眼里，秦音和章冰，就像他和章琰一样，是众人皆知的情侣。大过年的，长辈最爱做的事，就是拿这些小情侣开玩笑。不同的是，他和章琰是真的情侣，而章冰和秦音，是假的。

"那你俩还坐一起，不别扭啊！"夏晓军说。

"你以为我想啊？被安排的。"

"我怎么看着，你挺高兴的样子？"

"我怎么看着，你有些幸灾乐祸的样子？"章冰扭过头，瞪着夏晓军。

夏晓军嘴角不小心露出来的笑连忙敛了去，推了推眼镜说："还有半年秦音就毕业了，你打算什么时候摊牌？"

"我说不出口。秦音人是真的好，所有人都喜欢她，我也不例外。

可你知道，我对她的那种喜欢和对周梦君的喜欢是不一样的。我不忍心伤害她。而且这事儿吧，说出来只怕第一个接受不了的，是我父母。”

“不至于吧？他们人都挺好的，特别是你妈妈，人很开明，你只要说明白了，不会接受不了的。他们连我这样一穷二白的都接受了。”夏晓军自嘲地说。

“我有时候特别羡慕琰琰，她喜欢就是喜欢，不喜欢就是不喜欢。她不怕让所有人知道，不怕任何人取笑，就那么大大方方地承认，就那么明目张胆地对你好。喜欢上你，直接在你身上贴标签：这个人是我的！好像生怕别人打你主意似的。她的情感表现得那么强烈，才会很轻易得到所有人的支持。这一点我不如她，我总是瞻前顾后，明明喜欢的是另一个人，却害怕伤害这一个。明明是亲生父母，却总担心他们接受不了，不敢跟他们说。”

听到章冰提起章琰，夏晓军作为当事人，不知道该说什么好，只好沉默。

章冰也沉默，抬头望天，一副心事重重的样子。

夏晓军没话找话说：“秦音很漂亮，气质也好。”

“是啊，她人漂亮、聪明、会做人、气质好、家境也好，可我就是喜欢周梦君，我有什么办法呢？”

“你跟周梦君提过秦音没有？”

“没，你不了解梦君的性格。别看她整天清清淡淡的，那都是装的，脾气可坏了，一点就着。她要知道我有个青梅竹马，还被双方父母认定将来一定会结婚，非拿爆竹把我点着了不可。”

夏晓军有些同情章冰，却也只能继续沉默。

春节过后不久，章琰也该实习了。所有人都以为，章琰会在新仁医院实习，在她父母羽翼笼罩下生活，却不料她去了另外一家医院。一家规模稍次于新仁，在上海口碑也特别好的医院。

这件事，完全是章院长一手安排的。章院长夫妇都明白，章琰若跟夏晓军结婚，最难解决的事情，是房子的事情。他是院长，在医院家属楼严重供不应求的状态下，想让章琰一结婚就有新房住，几乎是不可能的事。当然他硬给指标也行，但那会牺牲他一贯良好的口碑，同时把章琰和夏晓军放在众人的枪口之下。那年头，利用职权办私事很常见，但并不像现在这么明目张胆。所以，他需要把章琰弄出去，弄到一个即使动用关系分了房，也不至于被人直接抓住把柄，同时他的手脚还能插到的地方去。

另一方面，章琰学的是护理，是伺候人的活儿，工作不过是为了有一个饭碗，做到最好，也不过是护士长，谈不上事业。不像章冰，做医生的，可以有很大发展空间。那么，放不放眼皮底下，关系不大。

章琰实习的医院，院长和章院长是同学，是多年老友。把章琰放老朋友那里，算是曲线救国，对谁都好。而且，那家医院因为人少，房子勉强够住，章琰到那边，即使是护士，稍微做下手脚，分房是没有问题的。

章院长爱女之心，真是恨不得什么都替孩子打算好。章琰生在章家，是少有的福气。

章琰去新单位，实习了几个月，毫无意外地转正。这时候，秦音也从北京回到了上海，暂时没有工作，赋闲在家。章妈妈经常催章冰多约会秦音，培养感情。

章冰觉得自己特别分裂，医生的工作已经够忙了，要抽时间去学校约会女友，还得在亲妈的督促下，和秦音各种见面。章冰终于撑不住了，只能硬着头皮摊牌。他本来想着，若能说服父母，女朋友完全可以瞒着，秦家那边，也能由父母出面解决。谁知，他刚一抬出周梦君，章院长直接一句话：“章家的儿媳妇，只能是秦音。”说完就出去了，连解释的机会都不给他。

在某些问题上，院长夫人和院长的观点完全一致，章冰讨不了好。

好在院长夫人向来和蔼，章冰采取软磨硬泡的措施，但凡找到机会，就在院长夫人耳朵边念叨。就这样磨了一个星期，院长夫人终于吐口："把那姑娘叫家里我看看。"

在章冰眼里，这已经是取得了很大的胜利，上赶着交代一句："她毕竟是姑娘家，你到时候别太凶了。"在章妈妈举手打他之前跑了出去，去跟女朋友说。

周梦君的反应跟章冰的预料没什么太大区别，虽没拿爆竹把他点着，但基本也自燃了。周梦君恨章冰有青梅竹马却瞒着她这么久，连哭带骂地把章冰好好收拾了一番。

章冰了解周梦君，她骂他，在他跟前哭，这个不是最坏的结果。对这个表面清淡内心倔强的女孩子来说，骂他说明还有转圜的余地，最怕她一言不合起身就走，连句话都不给他。

等周梦君哭够骂够，章冰再动之以情晓之以理，周梦君就答应去见章妈妈了。章冰连忙交代："她毕竟是长辈，若说了什么不好听的话，你不要跟她急，不要跟她吵，好好说话。若真受了委屈，回头找我出气。"

周梦君冷笑："你不是说她脾气好，人也好吗？怎么会给我气受？"

章冰尴尬地笑："万一，我是说万一。"

最担心什么，什么来得最快。周梦君和章妈妈的谈判果然谈崩了。那天见面，约在章家，本来章冰陪着周梦君一起，聊了一会儿，章妈妈嫌章冰在场，话都给章冰说了，聊不出什么，就把他赶了出去。章冰忐忑不安地在楼下院子里踱着方步，章琰回来了。章冰拉着她："先别进去，妈和梦君在谈事情。"

章琰看了章冰一眼，见他一副特别焦虑的样子，想安慰他几句，却又觉得这时候任何安慰都太苍白，起不了作用。只好什么都没说，只说自己的事情："病人档案忘在家里，拿了就走。"

章冰看着章琰蹬蹬蹬上楼，想叫住她，让她听下妈妈和周梦君谈了什么，下来跟他汇报，又觉得这样紧张没有必要，欲言又止，最终放弃，继续在楼下踱着方步。

章琰刚走到门口，准备敲门，就听见里面周梦君气急败坏的声音传出来："夏晓军才是看中了你们家的地位好不好？你以为他真喜欢你女儿呢！你们能接受他，凭什么嫌弃我！"

章琰心下一沉，准备敲门的手顿了下来。又听见瓷器碎裂的声音，以及章妈妈的大吼："混账！你说的什么话！"

紧接着，门被打开了，周梦君跑了出来，出门时看了章琰一眼，脚步顿了顿，很快跑下楼。她路过章冰时，理都没理章冰，跑得很快。章冰连忙追了过去。

章琰进屋，叫了声："妈。"她把地上碎掉的花瓶扫起来，倒进垃圾桶，一声不吭进了屋。

章琰出门的时候，章妈妈还在那儿气得胸脯一起一伏。

章琰家住静安，上班的地方在长宁，经过特殊照顾，章琰上班的科室不算忙，晚上能按时下班回家。夏晓军就不同了，新医生，加班是常事。大部分时候，还是章琰先回家把包包放下，再去找夏晓军，两人骑着自行车，先把夏晓军送回家，夏晓军再把章琰送回来。

这天晚上，直到下班，章琰都没有出现。这是两人谈恋爱以来的第一次，夏晓军站医院门口张望了一会儿，没看见她，想着当天是周梦君到章家见家长的日子，一下午章冰也没出现在医院，以为章琰跟他们在一起，在家吃饭或做别的事情，便没多想，一个人骑车走了。

第二天晚上，章琰还是没来。夏晓军虽觉得奇怪，还是没多想。

第三天晚上，又没见到章琰，夏晓军有些坐不住了。那年头没有手机，他虽担心，却联系不上她，好在章冰第二天就上班了，夏晓军问章冰："家里还好吧？"

章冰苦笑："别提了，一团糟。"

“怎么回事？”

章冰把那天周梦君去章家之后发生的事情一五一十讲了出来，唯独没提章琰。周梦君最后说的那句话，章琰清清楚楚听见了，章冰却并不知道。

夏晓军见章冰说了一大堆，就是没提章琰，也觉得自己这种问个问题绕一大圈子的性格不好，只好追问：“琰琰怎么样？”

“你们不是每天都见面吗？挺好的，没看出什么特别。”

“我已经三天没有见到她了。”

章冰很吃惊，这几天焦头烂额，每天晚上一下班，就去安抚周梦君，深更半夜回到家，还得安抚亲妈，根本没注意到妹妹有什么问题。

“你见到琰琰，帮我问下她怎么了。”夏晓军说。

“好。”章冰说，“不过若你俩之间有事的话，还是你自己亲自出面会比较好解决。你又不是第一次到我家。”

“我不知道有什么事。”夏晓军说。

在夏晓军和章冰谈话之前，章妈妈就已经发现章琰情绪不太对。平时爱说爱笑的姑娘，这两天特别沉默，晚上一下班就回家待房里，不叫不出门，出门了也呆着一张脸。

那天周梦君跑出去，章琰进门，章妈妈就感觉不太对，不知道章琰听到了多少。她当时被周梦君气坏了，看见章琰打了招呼就帮忙收拾摔碎的花瓶，以为章琰没放在心上，便也没在意。这几天，章冰天天来缠她，她又生气又心疼儿子，没顾上关照女儿的情绪。直到看章琰情绪实在不好了，才跑来试探是不是跟那天的事情有关。

章妈妈走到章琰房间，见她坐在床上发呆，问：“怎么了？晓军惹你生气了？”

章琰闷声闷气地回答：“没有。”

“跟同事吵架了？”

“没有。”

“那是怎么了？你跟妈妈说说，看妈妈能不能帮到你。”

章琰闷着不肯回答。

“如果没跟晓军闹矛盾，就去找他玩吧。你这几天没找他，他上班都有些魂不守舍了。”

章琰很久不说话，突然说了句：“你说，他是真的喜欢我吗？”

章妈妈心里咯噔一声，果然，那天周梦君说的话，她还是听了进去。

章妈妈说：“他喜欢不喜欢你，你们天天在一起，你判断不出来吗？”

章琰泪流满面，没有说话。她就是判断不出来啊！以前一门心思对他好，只想着对他好，当他逐渐接受她，也对她很好的时候，她只有满心的高兴。当所有人都以为他们会结婚的时候，她以为他们一定会结婚，却始终忘了这个最根本的问题：他究竟喜欢她吗？

或者，就像周梦君说的，或别人委婉告诉她的：夏晓军只是因为她的父母和哥哥、她家里的地位，才跟她在一起的？

他从来没跟她说过喜欢她，每次她主动表白的时候，他从来没有回应过。就连他们之间偶尔的几次肢体接触，也是她主动，而夏晓军，明显很僵硬。

她真不知道他喜不喜欢她。而这件事实在太重要了，不是吗？

03.

还原周梦君与章妈妈谈话时的场景。

章冰带着周梦君来到章妈妈面前，章妈妈问了几个问题，家住哪儿，家里几口人，爸妈都是做什么工作的……这些问题是见家长的例行问题，周梦君还没回答，章冰就抢着说，抢得多了，章妈妈觉得谈话无法进行下去，她没办法通过语言判断周梦君的谈吐，以及她是否能配得上从小精心培养，也足够争气的儿子，有些准备好的话，没办法说出口，于是就把章冰赶了出去。

赶出去之后，又简单问了些问题，周梦君都一一回答了。接着章妈妈就讲了秦音，讲了和秦家的门当户对，秦音的优秀，以及两人青梅竹马的感情。章妈妈已经说得很委婉了，周梦君还是听出来，章家对秦音满意极了，不愿意她来横插一杠子，破坏两家人早已商定好的姻缘。周梦君是个自尊心特别强的姑娘，人又年轻，听着这话心里就有些不高兴。平时跟章冰在一起，都是章冰让着她宠着她，见了章冰妈第一面就给了下马威，跟传说中的“恶婆婆”没什么区别。

章妈妈自觉态度还算谦和，无奈见面之前，就对这姑娘没好感，言语中难免表现出来。周梦君确实不如秦音漂亮气质好，谈吐跟秦音比也差远了。再把家境、待人接物的态度横向评分，周梦君完败。于是就更无好感了。

没聊几句，周梦君就给章妈妈贴了“恶婆婆”的标签，两人从内心深处，看对方都不太顺眼。

章妈妈说：“你和冰冰谈了一年多，虽有些感情基础，但毕竟不如青梅竹马来得牢靠。你还年轻，不知道几十年的婚姻想要熬下去有多艰难。这时候，感情基础、个人阅历、是否门当户对，就显得尤为重要了。我不希望你们现在冲动决定，将来后悔，这会伤筋动骨的。”

听了这话，周梦君脑海里第一时间想到章琰，她就是想不明白，章琰和夏晓军也不过才谈了一年多，她周梦君的家境比夏家好很多，章家为什么不反对章琰和夏晓军，只反对她呢！

周梦君心里有疑惑，却没有说话，听章妈妈继续说。章妈妈说：“从小我们对冰冰期望就特别高，他也从来没让我们失望过。跟秦家联姻，对他将来的事业会大有帮助。你是个聪明姑娘，不会忍心拖他后腿吧？”

周梦君内心一阵冷笑，说到底不过是看中秦音在药监局有实权的爸爸，还真以为他们有多喜欢秦音这个姑娘呢！周梦君的心里，给章家父母打了很低的分数，认为他们不过是趋炎附势的老人。她的心里还是一直想着章琰和夏晓军，她始终搞不明白，这么趋炎附势的人，怎么就不拆散女儿的姻缘，只拆散她的呢！

周梦君虽没有说话，但表情和态度上，已经有些抵触了。章妈妈看她一眼，继续说："我和他爸爸，是希望你俩分手的。你还年轻，会遇到更好的男人……"

章妈妈还没说完，周梦君就爆发了："夏晓军才是看中了你们家的地位好不好？你以为他真喜欢你女儿呢！你们能接受他，凭什么嫌弃我！"

"混账，你说的什么话！"章妈妈手一挥，桌上的花瓶就掉到了地上，碎了。

章妈妈没想到这个女孩这么没教养，她并没有说什么，她却对着长辈大吼大叫，这样的女孩子，更不能做章家的儿媳妇了。

周梦君饱含热泪，开门跑了出去，却碰到正要进门的章琰，她脚步顿了顿，继续朝前跑。

章冰看周梦君跑了出去，连忙追上，周梦君理都不理，跑得很快。

毕竟是女人，体力有限，很快就被章冰追上了。章冰拉她，她甩开，再拉，再甩。章冰抱住她，她挣扎，紧紧抱住，她挣扎了一会儿就放弃了。

周梦君哭着说："我就是想不明白，她对夏晓军完全接纳，对我怎么就接受不了呢？"

章冰明白，周梦君又开始钻牛角尖了。她总是太容易钻牛角尖。他若不跟她解释明白的话，她只怕会一直钻在牛角尖里不肯出来。章冰说："我和琰琰不一样，你和夏晓军也不一样。"

"一家两兄妹，爱上的都是家境不如自己的，有什么不一样？"

"琰琰是女孩，是要嫁出去的。她从小就不爱看书，只爱打扮，上班了也没什么事业心。若把她嫁到有钱有势的人家，以她那缺心眼的样，说不定会受欺负。还不如找一个有潜力的年轻人，由他们悉心栽培，一步步提拔上来，这样，他会对他们感恩，会对琰琰很好。我是男人，是章家未来的顶梁柱，他们对我寄予厚望，我未来的老婆，只能是对我有帮助的，而不是拖我后腿的。”

“我怎么就拖你后腿了呢？”

“得罪秦家，本身就是拖后腿。”

“你心里也是这样想的吧！”

“我如果这样想，就不会跟你谈恋爱，更不会让你见他们。”

“就因为这个，他们就接受夏晓军，反对我？”

“你跟夏晓军也不一样。夏晓军先在我妈手下实习，才跟琰琰恋爱。我妈对他有了解，在工作能力上认可他，内心就会偏向他。而你和我妈，却是第一次见面。”

“第一次见面就说难听话？你妈可真够有礼貌的！”

这里不得不说，是周梦君反应过于强烈了。她毕竟年轻，沉不住气，面对别人的不认可，会放大十倍百倍，把自己想象成受害者，才会在章妈妈面前爆发，才会在章冰面前这么沉不住气。

章冰说：“不管怎么说，她都是你未来的婆婆。无论你心里怎么想，面上都要盖过去。你们今天肯定闹得很厉害，但我希望下次你不会这样。”

“你只会说我，怎么不说她呢！”

“我自然会去跟她说，让她跟你搞好关系。但毕竟现在咱们需要得到他们的同意和祝福，才能结婚。而且，她是长辈，是我妈，是养育我的人。你就算为了我，也该跟她搞好关系。”

周梦君不作声。章冰继续说：“不管外面反对的声音有多大，只要你我一条心，只要我们坚定一个信念：我们一定会结婚。就没有过不去的坎儿。”

“我又没说要嫁给你。”周梦君小声嘀咕。

“你说什么？”章冰做出一副恶狠狠的表情，手伸向周梦君。周梦君连忙摆出讨好的笑，两个小情侣就此和好。

接上回，章妈妈跟章琰说：“他喜不喜欢你，你自己没有判断吗？”章琰不作声，只哭。章妈妈说：“你哥这几天，为他和周梦君的事儿，天天缠着我，我被他缠烦了，也放出狠话。你知道你哥怎么说吗？他说‘不是周梦君离不开我，是我离不开周梦君’。我这几天总是在想，拆散他们究竟对不对。在我心里，周梦君是配不上你哥的，可是你哥喜欢，有什么办法呢？那天周梦君跑出去，我心想，这辈子都不会让她进章家的门，这两天，看你哥那么痛苦，哄了这个哄那个，低声下气，我看着都难过。你哥要娶周梦君的态度很坚决，我才会逐渐改变主意。那么你呢，你想跟夏晓军在一起的心有多坚决？你先不要去想夏晓军喜不喜欢你，你要想清楚，你有多喜欢夏晓军。能否喜欢到即使他不喜欢你，即使他将来喜欢上别人，你还是要嫁给他的程度。”

章琰继续哭：“妈，这两年，我真的好累。”

章妈妈抱着章琰，拍着她的背，一句安慰的话都说不出来。

章妈妈走后，章琰一个人坐在床边，心乱如麻。章妈妈并没有直接回答夏晓军是否喜欢她，这岂不是说明了，妈妈都看不出来夏晓军是否喜欢她，或者夏晓军根本就不喜欢她？章琰才开始追夏晓军时，她无数次想，即使他不喜欢她，即使他喜欢别人，她还是想嫁给他。一两年过去了，章琰的想法变了，她不仅想得到夏晓军的人，还想得到夏晓军的心。真是贪心啊！没得到人的时候，想得到人，得到人了，又想要他的心。可是他的心究竟在哪里？哦，不，他根本就没心。就算是有心，也没在她章琰身上。

话没说开是一回事，说开了是另一回事。若章琰从来不去想夏晓军爱不爱她这个问题，她会像以前一样，没心没肺对他好，低声下气对他好。可是她一旦开始想这个问题，就忍不住一直想，想到自怜自艾的程度。她甚至有些恨夏晓军，他的心，怎么就焐不热呢！

章冰受夏晓军所托，回家看章琰怎么样。一到家，就看到章琰窝在床脚，泪痕未干的样子。章冰逗了逗她，她没笑。只好问：“你怎么了？”

得不到任何回应。

章冰出门去药箱拿温度计，假装要量一量章琰是否发烧了。被章琰推开。章冰撒娇说：“那你总得告诉我，你怎么了吧？不然我这做哥哥的，得多担心呀！”

“我没事。”

“你就有事。说，是不是夏晓军欺负你？我去揍他。”

“没有。”

“那我也得揍他，我妹妹心情不好，他作为男朋友，不来陪着，像什么话。”

章琰被章冰认真的表情逗笑了，却又迅速敛了笑容，继续苦大仇深。

“你现在可以告诉我，究竟发生了什么事吗？”章冰问。

“你说，他喜欢我吗？”章琰咬咬嘴唇，问章冰。

“我还以为什么事儿呢，原来是这事儿啊！你管他喜不喜欢你，你喜欢他不就行了？你们反正是要结婚的，就算他现在不喜欢你，你用一生的时间，就不信他永远不喜欢你。”

原来哥哥也不知道他喜欢不喜欢我。章琰叹了口气，说：“我别的不怕，就怕他是因为咱们家，因为咱爸咱妈还有你给他施加了压力，才跟我在一起，才跟我结婚。一辈子长着呢，我怕他一直不平衡，恨我，恨咱们家。他可以不爱我，却不可以恨我，更不能恨咱们家。他若恨，我活着还有什么意思呢！”

“他小子敢！”章冰做出一副恶狠狠的表情，章琰却没有笑。

章妈妈怕章琰一直闷家里，闷出病来，叫章琰去打瓶酱油。章琰拿了钱出门，遇见楼上住的李奶奶，李奶奶特意叫住章琰，跟她打听周梦君到他们家见家长的事情。

章琰说："我也不太清楚，那天我在上班。"

李奶奶说："整栋楼都传开了，你哥的女朋友是哭着跑出你们家的。唉，你说你们兄妹俩也真是的，虽不说锦衣玉食长大，起码从小也没受过什么苦。怎么一个两个，都看上不如你们家的呢……"

章琰听着很不舒服，打断李奶奶："我还有事，先走了。"她不顾李奶奶的拉扯，迈步朝前走。

李奶奶不死心，在章琰背后喊："听说你哥的女朋友也是学医的，该不会也是看在院长的分儿上吧……"

章琰心里堵得慌，匆匆忙忙跑去打酱油，零钱没找就赶回了家。

夏晓军终究是坐不住了，下了班就找了借口来到章家。看章琰躺在床上，手伸过去摸额头："是不是病了？"

章琰打开他的手："我没事。你怎么来了？"

夏晓军有些尴尬："好几天没看见你，有些担心。"

"担心什么？"

"怕你生病我不知道。"

"就这个？"

夏晓军想了想，点点头："嗯。"

章琰从床上坐起来："我们出去走走。"

两人出门时，章妈妈从厨房探出头来："晓军，在这里吃饭吧！"

"谢谢阿姨，玲玲在家做饭了。"

两人推着自行车，并排走着，谁都没有说话。章琰从来没有像现在这样，恨死了夏晓军的沉默。几天没见，他就没有什么话想跟她说吗？随便说说也好呀！起码让她知道，他心里有她。可是，他就是一直沉默，像以往一样，只要她不说话，他就死一般沉默。

章琰沉不住气了，问夏晓军："你喜欢我吗？"

夏晓军有些慌乱："好好的，怎么问这个？"

"夏晓军，我喜欢你，你喜欢我吗？"章琰坚持。

夏晓军把手搭在章琰的胳膊上："你在家待了几天，待傻了？好好的问这个。"

"别逃避问题，你喜欢我吗？"

"哪儿有大街上说喜欢不喜欢的，也不怕人笑话。"夏晓军说。

章琰的心一点点冷下去："有人说，你是因为我们家才跟我在一起的，是不是？"

夏晓军还是沉默，该死的沉默。

"我爸我妈我哥，给了你压力，是不是？"

"琰琰，你今天晚上怎么了？"夏晓军扭头看章琰。

章琰冷笑："这两年苦了你了。跟不喜欢的人在一起，很难受吧？压力挺大吧？这都是我的错。我不该强迫你。"

夏晓军还是沉默。章琰的恨不打一处来，自行车调转个头，骑上走了。夏晓军在后面喊："琰琰，琰琰……"章琰不肯回头。

04.

章琰一迭声的问题问出来，夏晓军几乎有些接不住。她实在太不像平时的她。从来，她待他都是温顺如羊的。今天，这只羊把猫一般的爪子和尖利的牙齿露出来，让他忍不住满头大汗。

章琰问出那些问题的时候，夏晓军的脑子一时间是乱掉的，不是想了很多的那种乱掉，而是理不清头绪的乱掉。

他喜欢她吗？

这个问题，她一迭声问了三遍，这不是她第一次问这个问题。以前他不回答，随便把话题绕过去，她也就不追问了。今天他本来还想再绕的，或者抱一抱她，可是两人都推着自行车，又是在大街上，太不方便。而且，她的情绪那么激动，似乎不能轻易绕过去。他只好什么都不做了。

这个问题，她不是第一次问，他自然也不是第一次思考。按理说，完全能脱口而出“喜欢”两个字，但不知道为什么，那一刻他犹豫了，沉默着没有说话。他想他是喜欢她的，她热情又爽朗，对他非常好，非常非常好。他妈妈和妹妹也喜欢她，几乎把她当成一家人看待了。他有什么理由不喜欢呢？可是，爱情是两个人的事情，不是吗？从前到后，她一股脑把满满的爱抛给他，他还没来得及消化就被迫接受了。挺好的一件事，就是因为她给得太满，满到他无法拒绝，倒显得他有些委屈了。

他是因为她家才跟她在一起的吗？

不得不承认，一开始跟她在一起的时候，确实想过，不能得罪她。她身后有那么多坚强的后盾呢！不仅是章琰的爱情，还有章冰的友情也如此。他得承认，虽然他并没有直接表现出来，但心里多少是希望能得到他们帮助的。当然，在这件事情上，他也算是既得利益者，他的工作得来是因为章冰的一句话；他在外科之所以没有受到任何新人该承受的刁难，也是因为章琰的妈妈……然而他心里对这件事始终有些憋屈，就像任何一个有才却必须得借助裙带关系上位的人一样憋屈。这种憋屈，他没办法跟章妈妈发泄，没办法跟章冰发泄，也只能跟章琰发泄一下了。谁让她爱他呢？那么深地爱着他呢？在爱情里，也是有三六九等之分的。先爱上的，爱得比较深的，通常处于最末等。

夏晓军内心深处并没有意识到，就是因为章琰爱他，他才会肆无忌惮地给她各种委屈受，他并没有意识到，在这份爱情里，他是有优越感的。他从来没有意识到这件事，可他不自觉地把优越感表现得很明显了。

她的父母和哥哥给他压力了吗?

当然。不光是他的父母和哥哥，还有医院里的同事，她的邻居，他们共同认识的人……有些人给他的是压力，而有些人给他的是委屈。

就是因为这些，章琰连着三个“你喜欢我吗”，他一个都没有回答。他有几千句话想要表达，才能把他纷乱的心思讲清楚，可那些话都太混乱，他没办法用一句话或几个字简单去概括。他沉默惯了，习惯把任何事情闷在心里不讲出来。也因此，即使两个人恋爱，他跟章琰的沟通还是很少。平时交往，话都让她给说了，他沉默得太多，以至于不知道该怎么把心里话跟她讲了。于是只好沉默，一直沉默着，直到她离开。

章琰气冲冲地骑车朝回走，内心波涛汹涌，怒气几乎泛滥成灾。她的眼睛感觉特别干，干到发痒的地步，明明想哭，眼睛却不受控制，干痒干痒的，非常难受。然而她心里是那么愤怒，即使眼睛难受，却也没有想到停下来，站在路边揉一揉眼睛。就这样，骑着骑着，她撞到了一个人。

当对方的哎哟声传来，章琰才从愤怒中走出来，才注意到车子已经把握不住方向了，她连人带车摔倒在地上。腿上传来一阵火辣辣的疼，却也顾不得这许多，连忙问对方：“你有没有怎么样？”

那人吸溜着牙齿站起来：“没事啦，你骑车都不看路的？”

听那口音有异，倒不像是上海人。章琰连忙用普通话说：“天黑，我没注意到你。你有没有伤到？”

“有路灯的呀！我这么大一活人你怎么会没看到？”对方的语气有些责怪。

“新仁医院就在这附近，我带你去检查一下吧！”章琰有些不好意思。

“没事啦，我没有伤到哪里。倒是你，下次骑车一定要小心点儿，换个人，就没有我这么好说话了。”那人善意提醒。

章琰默不作声，承受了他的连声抱怨，谁让她撞了人家呢？

那人突然“哎呀”叫了一声：“你的腿，流了好多血，得去包扎下。”

章琰这才注意到，她的小腿被地上的什么东西划破了，裤子也破了，热辣辣地疼。看到自己受伤了，还流了这么多血，章琰有些傻眼。

“走吧，我带你去医院包扎一下。”那人说。

“不用了，不用，是我撞到了你……”

“我跟你说了我没事，你这样最好不要骑车了。这样，我骑着你的车带你。”

“太麻烦了，我自己可以走的。”章琰觉得很抱歉，撞了人，对方却要送她到医院。

“你一个小姑娘，天又这么黑，还是我送你比较好。听话，我骑车很老练的，不会再一次摔到你。”那人哄着章琰，很温柔的样子，章琰只好任由他骑车带着她。

新仁医院门诊上的医生，自然也都认识章琰。帮她洗干净包扎好，还在她的要求下，帮那个不幸被撞倒的人检查了一下有没有伤到。这时，她才注意到这个男人，他三十多岁的样子，白白净净，举止文雅，说不说话脸上都带着三分笑，让人见了就忍不住生出好感来。

那人见门诊的医生跟章琰很熟，边任由医生包扎自己胳膊上的伤口，边跟他们聊天，三两句话就打听出章琰的来历。于是问章琰：“你也在这家医院上班吗？”

“不是，我爸爸妈妈和哥哥在，我不在这里。”

“那你在哪里上班？”

章琰沉默了一下，还是回答了他：“济康医院。”

“什么科？”

“耳鼻喉科。”

那人掏出一张名片，递给章琰：“我叫白恣天，来自台湾，在上海创业，公司离你上班的地方不远，住的地方离你家不远。这么晚还能被你撞到，也算挺有缘分，将来若有什么事情需要麻烦你，你不要拒绝我噢！”

章琰低头看，是一家名字挺长的广告公司，而这个叫白恣天的，是那家广告公司的总经理。

白恣天见章琰不说话，又问她：“你的电话呢，可否给我留一个？”

“我没有电话。”

“你单位的也好呀，或者家里的。”

“我们上班的时候不能讲私人电话。”

白恣天见章琰态度有些冷淡，便笑笑：“那好，如果你无聊了，可以打给我，名片上有我电话的，我在上海没什么朋友，倒挺想跟你交朋友的。”

门诊的医生瞪大眼睛看着白恣天，他搭讪搭得太明显了，真让人惊讶。要知道当时上海大部分的小年轻，第一次见女孩子若有了好感，也只敢闷在心里，可不敢当面就打听单位、要电话什么的。这个台湾人也实在太胆大了。而且，章琰不是跟医院的夏医生谈恋爱吗？这个台湾人要干什么？横插一脚吗？

门诊医生对白恣天印象很差，本着保护章琰的目的，皮笑肉不笑地跟白恣天说：“你来自台湾啊？台湾人在上海做生意好不好做的？听说你们在公安局都有备案，电话也是被监听的，有没有这回事？”

白恣天说：“我正正经经做生意，又没做什么坏事，何必怕他们监听呢！要听就听，有什么关系。”

门诊医生笑笑，不再说话了。一副“你来自台湾，是阶级敌人”的表情看着白恣天。

白恣天又跟章琰说了几句话，很关切地要送章琰回家，章琰说：“我就住医院家属楼，不用送。”白恣天便没坚持，包扎好之后就自己走了。

夏晓军不知道自己是怎么回到家的，章琰一迭声的“你喜欢我吗”把他的心给问乱了。回到家却什么都没表现出来，只倒头睡了。至于睡没睡着，就只有他自己知道了。

第二天一上班，就听说章琰头天晚上腿受伤了，还是一个台湾人送她来医院包扎的。夏晓军非常担心，一个电话打到章琰科室里，却被告知她请假了。心乱如麻了一上午，只好趁中午吃饭的时候问章冰她伤得严重不严重。章冰说：“还成吧，一瘸一拐的，到楼下叫我，我搀着她上楼的。我看她好像特别不高兴的样子，你俩闹矛盾啦？”

夏晓军闷声闷气地说：“没有。”停顿了一会儿，觉得自己说的话，连自己都骗不过，才又说，“她昨天晚上问我，喜不喜欢她。”

“你怎么回答的？”

“我什么都没回答。”

“哎，你怎么能这样呢？女朋友问这种问题，无论你心里怎么想，都要毫不犹豫回答喜欢，不然不是故意找吵架嘛！”章冰说完才意识到自己立场有问题，立刻严肃起来，“哎，你小子，该不会不喜欢她吧？既然不喜欢，怎么会跟她谈恋爱呢？我没记错的话，你们在一起也快两年了吧！不喜欢，还在一起，你是怎么做到的？她可是我妹妹，你要是敢伤她的心，我不会放过你。”

夏晓军摇摇头：“我得跟你说实话，我自己也搞不清楚喜欢不喜欢她。跟她在一起倒是挺舒服的，我也习惯了跟她在一起。”

章冰看了夏晓军一眼，没说话，心里特别难受，只低头吃东西。

下午快下班的时候，章冰叫住夏晓军：“你们两个人之间的事情，别人不明白，我是最清楚的。你喜欢我妹妹，只是你自己不知道罢了。跟我妹妹在一起，你多少还是有些不甘心，说到底不过是自尊心作祟。我就想不明白了，你一个大男人，既要做婊子，又想立牌坊，闹的是哪一出？反正我不管你怎么闹，对我妹妹好一点儿，不然我们连朋友都没得做。”

第二天，是夏晓军的休息日。一直到中午，章琰都没出现在夏晓军家。夏妈妈问夏晓军：“你们吵架了？”

夏晓军不作声。

夏妈妈说：“你们交往这两年，很多次我都觉得你做得过分，琰琰笑笑的，不跟你一般见识，还巴着你。这次看你连着几天都不高兴，她也不到咱家来，想必闹得比较严重。妈不知道你们为什么事情闹矛盾，妈只想跟你说，这姑娘人不错，心眼儿实，对咱家是真好，我当妈的是百分百满意。我不知道你还能挑剔个啥？要说那姑娘这样对你，是图你啥，我看她还真不图你啥，图的不过就是二两真心。你如果不知道你的真心该给谁，不如就给她，错不了。”

夏晓军还是不作声，像大多数时候一样沉默。

在章冰的反复纠缠下，章妈妈终于吐口：“这事儿是你对不起人秦音，我是觍不下这张老脸跟你秦阿姨说。如果你能自己解决，你和周梦君的事儿我也就不说什么了。”

章冰大喜：“秦音人大方，又会做人，她能理解我的。”说着就跑出门去。

章妈妈瞪了章冰一眼，忍不住嘟囔：“这世上，从来都是大方的人、会做人的人吃亏。也就他们才最能忍受委屈。”

章冰约秦音在一家新开的咖啡馆见面，找了个角落坐下来，咖啡没喝两口，章冰就一五一十跟秦音说了他和周梦君的关系。秦音其实早就听说了章冰和周梦君的关系。周梦君到章家这事儿，闹得轰轰烈烈的，早有好事之人告诉了秦音。但是，听别人说，和听他自己亲口说，是两码事，感受也是完全不同的。

秦音听章冰讲事情的始末，只低着头不说话，拿小勺在咖啡杯里不停地搅拌。

章冰说：“这事儿是我对不起你，可是我没办法，谁让我遇上她了呢？你叫我哥也叫了几年，以后你就是我亲妹，我跟疼琰琰一样疼你。”

秦音面无表情，低着头不说话。

章冰见气氛尴尬，只好没话找话，说了很多他们童年及青少年时期的事情，试图摆脱尴尬气氛。

秦音还是低着头不说话。

章冰没办法了，只好问：“这事儿你究竟是怎么想的？心里有气也要跟我说呀！别闷着，免得我没着没落的。”

闻言秦音抬起头，死盯着章冰，声音有些嘶哑：“我一直想去维也纳好好学几年声乐，可能没多久就会走。”

章冰像是松了一口气：“你一直都很有主见，又有追求，不像我们，只想守着一个人好好过日子。”

秦音看了章冰一眼，又把头低下去，没有说话。

章冰说：“你跟秦叔叔他们说一声，请他们不要怪我。咱俩的事儿最好不要影响到老一辈的友情。”

秦音抬起头说：“好，我去说。”

章冰被秦音的目光看得有些狼狈，这时候才意识到，让秦音出面跟老人说，确实有些过分，太不男人了，可是他没有办法，他自己家人的风暴就已经让他焦头烂额了，这一次，他只能认㞞。

秦音的目光烁烁，章冰有些坐不住，找了个借口提出走。秦音说：“我约了个同学，她一会儿到，你先走。”

秦音看着章冰离开的背影，自言自语地说：“如果这四年，我没有去北京念书，而是跟你一样，留在上海，一切会不会不一样？”只可惜章冰走的脚步太着急忙慌，而秦音的声音也实在太小，他一丁点儿都没听到。

秦音一个人在咖啡馆坐了很久，直到太阳落山，才起身回家。

Chapter 3

迟 | 来 | 的 | 真 | 爱

01.

时间一点点地熬，终于熬到了休息日的下午，夏妈妈以为夏晓军会去找章琰，哪知他的屁股像是钉在凳子上一样，根本就没起身，他的表情看不出来什么，只是放在面前的书，一下午几乎没有翻页。

夏妈妈不停唉声叹气，心想，这孩子，心里面无论多想要，面上始终不动声色，有他吃亏的时候。可她同时也明白，夏晓军从小心思重，对感情比较迟钝，又极爱面子，她说得多了，反而会引起他反感，就什么都没说。只默默想着，章琰爱极了夏晓军，天大的问题，只怕也会主动来找夏晓军的。他们不会有什么事情。

章琰本来以为，夏晓军会给她一个解释，却没料到，自那天吵架起，过去也有三四天了，他居然问候一声都不曾，也不知道他听没听说她摔破了腿。章琰决定，这次如果他不主动来找她，她一定不会像往常一样，装作什么事情都没发生，继续没心没肺跟他打混了。这两年，她上赶着的次数太多了，现在，她不愿意了，她太累了。

章琰决定，再给他一个星期时间，若他还不来找她，不跟她说明白究竟喜不喜欢她，她就要收回自己的爱情了。多难收也要收回了。

章冰把在秦音处取得的胜利第一时间跟周梦君分享了。周梦君很高兴，秦音即将远走他乡，并愿意帮他们跟老人说说，这帮他们解决了很大的问题。高兴之余，周梦君突然想到了一个问题，赶紧跟章冰说："我突然想起来，那天我出门的时候你妹妹站在门口，也不知道我说的话她听到了多少。但愿不会影响她和她男朋友的感情。"

章冰有些发愣，那天周梦君和他妈妈的谈判，他只知道两人发生了极大的冲突，并不知道她们谈话的具体内容，他以为女朋友和妈妈，不过是就事论事，谈论他们俩的事情，却没料到这事还波及了章琰。听周梦君这样说，章冰问："你都说了些什么？"

"我说夏晓军才是看中了你们家的条件……"见章冰的脸色不对，周梦君的声音越来越小。

章冰低着头很久没说话，周梦君看不见他的表情，内心非常忐忑。

章冰经过了一系列的心理斗争之后，抬起头对周梦君摆出宠溺的笑："这事儿跟你没关系。你说不说这话，他们之间的问题都会爆发，时间早晚罢了，你不要有心理负担。"

闻言周梦君松了一口气："嗯。"

章琰的腿伤说重不重，说轻不轻。小腿被不明物体划伤了很长很深的一道口子，只是皮外伤，并没有伤到骨头。等不太疼了，能一个人上下楼梯的时候，她就去上班了。上班的第一天，就接待了一个熟悉的病人——白恣天。章琰看见白恣天走来，问："你怎么来啦？"

"老鼻炎，一到晚上可难受了，本来也没想治，听说你在这里，顺便就来看看，没想到你果然在。"白恣天撒谎了，头天晚上遇见，第二天上午就跑了一趟济康医院耳鼻喉科，没跟人打听，只转悠来转悠去，没见着章琰就走了，之后每天都来，直到今天，见着了章琰，才上来说话。

“你要先挂号，然后看医生。”章琰说。

“我待会儿就过去。你的腿好些了吗？”

“好多了。”

“我想也是，不过你还是要注意一点儿，不要久站，不要吃鱼虾之类的发物，不要沾水，免得伤口感染。”

“我们全家都是医生，这种常识还用得着你交代我？”看着白恣天一副认真的样子，章琰忍不住笑着抢白了一句。

“那是，那是。那我去挂号看医生了，看完医生再来找你。”白恣天也不生气，顶着一口台湾腔，慢悠悠地说。

他的鼻炎不算严重，医生开了点内服的药以及一些喷剂，就把他打发了出去。他拿着药又去找章琰。章琰正在给一个病人打针，白恣天站旁边看，等她忙完才说：“中午几点下班？一起吃个便饭吧！”

“医院有食堂。”

“整天吃食堂有什么意思，这两年上海新开了很多饭店，不如我带你去吃牛排。就在这附近，有一家法国人开的西餐厅，牛排做得很地道。”

章琰想了想说：“要不我请你吧，那天我撞了你，一直想跟你道歉呢！”

白恣天笑眯眯地说：“好。”就没再打扰章琰，转身出门到病人等候区坐在凳子上专心等章琰下班。

白恣天带章琰去的是一家新开的西餐厅。他点了红酒、前菜、牛排，还细心地帮章琰给牛排切块。章琰虽家境很好，却很少在外吃饭，跟夏晓军谈了两年恋爱，更是几乎没在外面吃过饭。

女人没有不喜欢好的吃饭环境和美食的，章琰也不例外。白恣天选的吃饭环境，就让章琰很喜欢了，再加上他言语得体，足够博学，这一顿吃得很尽兴。边吃边跟他聊聊天，并没有聊到任何特别私人的话题，就已经很开心了，之前因为“失恋”引起的不愉快也一扫而光，暂时忘却了。章琰对白恣天的防备心理也消除了不少。

饭后，白恣天很贴心地帮章琰叫了甜点，一客冰激凌，算是一个完美的收官。

之前说好，这顿饭章琰请的，吃完饭，章琰招手叫埋单，服务生过来说：“白先生已经埋过单了。”章琰这才知道，她吃甜点的时候，白恣天借口去卫生间，是悄悄去前台埋单。章琰埋怨白恣天不该私自埋单，白恣天只笑笑不说话。这时候，后知后觉的章琰，才有些发觉白恣天是对她有意思了。

出了餐厅门，章琰本以为白恣天会提出送她回医院，章琰的心里已经想好拒绝的说辞了，哪知在门口白恣天就提出了分手：“我下午还要见客户，就不陪你回医院了哦！再见。”

夏晓军终究还是来找章琰了，不知道是不是为了避免见到章琰爸爸妈妈，他并没有到她家里，而是趁着中午休息，快速骑车去济康医院耳鼻喉科找章琰，却被告知她出去吃饭了，夏晓军很郁闷，等了一会儿等不到，只好一个人走了。他本来想找到章琰，跟章琰一起在外面吃顿饭的，他还从来没请章琰吃过饭呢，这次闹矛盾他也觉得自己不对，打算用这种方式跟章琰和好，所以中午一下班就跑出来了，没有去食堂吃饭。

等不到章琰，再回到新仁医院吃食堂也晚了，夏晓军只好在路边买了两个包子啃了。

下午下班，夏晓军找了个借口提前走了，中午没等到章琰，他的心里火烧火燎的，他怕等他下班再去找，章琰又走了，只好提前过去。夏晓军气喘吁吁出现在章琰面前时，章琰换好了衣服正准备下班。章琰见了夏晓军，还是有些生气，便不理他。夏晓军跟在章琰自行车后面，一言不发，只默默骑车，傻愣愣的，也不安慰章琰，更没有主动找话题来说。

章琰一直希望夏晓军说点什么，随便说什么都好，语言是化解尴尬的利器，夏晓军若肯给个台阶，章琰也就下了。只可惜夏晓军不懂章琰的心思，只一味沉默着。章琰很恼怒，以前并不觉得他这沉默的习惯有什么不好，还自我安慰，夏晓军和她一个静一个动，一个沉默一个话多，是互补。现在闹矛盾了，再看他沉默，心态就没那么平和了，反而很生气。章琰心里闷闷的，对着夏晓军这个沉默的人，就像对着一块臭牛粪，心里再气也发泄不出来，没着没落的，根本不知道她哭了骂了失态了，对他来说会不会像一拳打在棉花上，一点儿反响都没有。

章琰越想越气，终究是年轻，沉不住气，突然停了自行车，面对着夏晓军大声嚷嚷："你跟着我干什么？有什么想说的你说呀！"

章琰突然停下来，紧跟在她身后沉默不语的夏晓军只好也匆忙停车，免得撞上。听了章琰的话，夏晓军说："琰琰，你别生气了，那天是我不对。"

"你哪里不对？"

"我不该不回答你的问题。"

"哼！"

"我没想到你那天反应那么大，还把腿给摔了，又连着生了几天的气。我特别内疚，想跟你说说话，我中午去找你，他们说你出去吃饭了，你跟谁一起吃饭呢？"

"你是我的谁，要你管啊？"听夏晓军说了那么长几句话，章琰已经不怎么生气了，却不愿意这么快就和好，仍然牙尖嘴利着。

"我是你的谁，你不知道吗？"夏晓军试图去拉章琰的手，却被她一把打开。

"那天的问题，你一直没回答我，现在还是决定不回答吗？"

"不是。"夏晓军嗓子有些发紧。

"你打算什么时候回答？"

"就现在。"

“好，你回答吧。”

“喜欢。”夏晓军有一种被面试的感觉，却还是一五一十回答了，他知道这时候容不得他再去耍花腔。

章琰心里松了一口气，却不打算就这样放过夏晓军：“有多喜欢？即使我不是章院长的女儿，依然很喜欢？”

“琰琰，你能不能别闹！”

“回答我这个问题。”

“是，依然喜欢。”夏晓军嘴巴有些苦，却不得不点头。

“即使失去工作，也会喜欢我？”

夏晓军不知道该说什么好，只好沉默。

“回答我。”

“别闹好不好！”夏晓军有些光火，他不喜欢这样步步紧逼的章琰。

“回答我！”

“哪儿有那么多即使？这些即使都不存在，你又何必问我呢？”夏晓军语气也有些冲。

“很多人都说，你是冲着我爸妈和我哥才跟我在一起的，因为你犹豫了这么多天，我也不太相信你现在说的喜欢我究竟是真是假，除非你能证明。”

“怎么证明？”

“辞掉现在的工作，自己出去找一份工作。”章琰脱口而出。

夏晓军目瞪口呆，他没有话可以讲了。

章琰明知道，夏晓军对现在的工作有多珍惜，他要靠这份工作来养家，夏晓军的爸爸因为他是新仁医院的医生，才能得到相对好的治疗，才能让新仁医院心理科和骨科的医生同时会诊……失去这份工作，对他来说跟天塌下来没有什么区别。章琰却还是要这么说，因为她很生气。她说出这句话的时候是这样想的：如果夏晓军愿意解释几句，愿意哄哄她，她就不跟他怄气了，就跟他和好，就像以前一样待他好。

可是夏晓军什么都没说，他只是一味地沉默着。

“你舍不得呀？那你怎么证明你喜欢我，而不是冲着我爸妈和哥哥？”章琰问。

夏晓军看着眼前这个女孩，她刁蛮又任性，跟平时完全不同。他既窘迫又反感：看，这就是有钱人家的姑娘，平时的温柔大方都是装出来的，实际的性格就像今天表现出来的一样刁蛮，一样不讨人喜欢。

“琰琰，你别闹行不行？”夏晓军强忍着怒气哄章琰。

“你只会说我闹！我闹什么了？夏晓军你摸着良心问一问自己，我跟你在一起这两年，我对你怎么样，你对我呢？你说你喜欢我，可你为我做了什么？牺牲了什么？又付出了什么？别人都说你是因为我爸妈才跟我在一起的，那你总得证明你不是吧！”章琰有些赌气，明明找个台阶就能下的问题，却不愿意就此妥协。

夏晓军最讨厌别人说他是因为裙带关系才在新仁医院混得如鱼得水，别人说也就罢了，今天章琰居然也揪住不放，他更生气了，可他即使生气，也还是沉默着，不说话。

“夏晓军，你哑巴了？辞职不辞职你总得给我一句话吧！”

“我不会辞职。”夏晓军说完自顾自骑车走了。

章琰蹲地上哭，她再怎么作，也不过是想让他哄两句，说几句好听话，可看他这意思，他是宁可跟她分手，也不会辞掉工作了。她算看出来了，对夏晓军来说，工作远远比她重要得多，还说喜欢她，这哪儿是喜欢她的样子？

章琰几乎是哭着回到家的。章冰此时还没回来，在外面陪女朋友呢！章妈妈拉着章琰问怎么了，章琰不肯说，晚饭都没吃，只在屋里哭。

之后一个星期，夏晓军都没有来找章琰，章冰和章妈妈从夏晓军处才得知，他俩这次是闹的什么矛盾。章妈妈和章冰分别来找过章琰，都指责她太过分，完全是把人朝绝路上逼，让她跟夏晓军道歉。可章琰的一口气憋在这里，怎么都不肯主动跟夏晓军低头。她就是想不明白，明明只是作了一下而已，明明夏晓军说两句好话就能解决的事情，他为什么一定要闹得这么僵，而且还弄得尽人皆知，逼着她妈妈和哥哥来指责她。

章琰心想，夏晓军把事情做这么绝，那就先这样，一直以来都是她巴结着他，这次事情顶到这种程度，她也就不和好了。

可她毕竟是个心软的女人，也就硬气了一段时间，就又开始难过了，心里想着夏晓军，盼着他来找她。章琰并不知道，就这件事，章冰跟夏晓军好话歹话都说了，夏晓军坚持认为章琰错了，非等着她道歉呢！

02.

夏晓军一个多星期没来找章琰，章琰其实已经沉不住气了，想主动和好。可人心通常如此：心里再想和好，只要双方一直都没有行动，随着时间的流逝，愿意主动去和好的欲望就越来越低。章琰很想和夏晓军和好，可是拖的时间越久，她就越不愿意主动去找夏晓军，章琰心里堵着一口气，不愿意先低头，即使偶尔确实后悔自己那天玩笑开得大了。

章冰在两人之间做和事佬，却没什么效果，两人都憋着一口气，不愿意主动和好。章冰见既说不动夏晓军也说不动章琰，有些气急败坏，骂章琰："和尚不急太监急，再懒得管你们了。"

章妈妈对这事虽然也有些着急，但看两个小年轻别在这里，都憋着一口气，知道劝也劝不动，索性就静观其变了。她是过来人，想法倒简单：连这个小坎儿都过不了的话，以后再遇到事情怎么办？一辈子长着呢，总不能闹了别扭就等着别人帮忙找台阶吧！

就这样又过了几天，终究是章冰心软，见不得妹妹整日愁眉苦脸、好友魂不守舍，趁着章琰的休息日，中午把夏晓军叫到家里吃饭。那天章妈妈有手术，章爸爸有应酬，都不回家吃饭，就只有三个年轻人在家。章冰亲自去食堂打了几样菜端回来，很热情地招待夏晓军，希望二人能就此和好。夏晓军再不高兴，终究得卖好友面子，本着不跟女人一般见识的原则，到了章家，主动跟章琰说话："还为这件事生气呢？你看我都不气了，你也别生气了。"

章琰不理他。

夏晓军又去拉她："你也知道我不可能辞职，怎么能提出那种要求呢？你这不是强人所难吗？这事儿就算了，咱们以后都好好的，谁也不许再提这件事。"

章琰抬头看夏晓军，他的表情明显有批评和不认同，那一刻，章琰觉得特别委屈。很小的一件事闹成了一个笑话，所有人都在批评她，没有人安慰她，没有人理解她。她要的真的不多，不过是哄两句，就会再次开心起来。可是就连这个，夏晓军都不能给她。章琰这才认清眼前这个人：他根本就是一块榆木疙瘩，不解风情，不浪漫就算了，连女人的玩笑话都理解不过来。

章琰越想越难过，看着难得喋喋不休的夏晓军，一扭身推开门跑了出去，留下两个面面相觑的男人。

在章琰的日记里，她此后的二十多年，无数次回忆这次突然跑掉，有时候的情绪是后悔，有时候是释然，有时候感慨冥冥之中早已注定，有时候却又很疑惑当时怎么就那么大胆。

这一跑，彻底改变了她的命运。

跑出去的时候，章琰的心里只有委屈和恼怒，以及深深的无力感，她无数次暗示自己：回去！回去！跟夏晓军和哥哥一起吃饭，把这一页翻过去，做一个温顺得体的好姑娘，从此再有任何委屈，都不要说出来，不表现在脸上，像以前一样爱他！可是，她的脚步却不听从她的心理暗示，就是不肯往回走。她毫无目的地朝前暴走，不觉得饿，就是想暴走，好像只有暴走才能稍微平复她的心情。直到她被一个人从身后扯住。

扯住她的人是白恣天，而这时她才注意到，她从静安寺走到了淮海路。

白恣天气喘吁吁地说：“我看到是你，就跟你打招呼，可你走得太快了，根本没听到我叫你。你怎么了？今天不是休息吗？”

章琰问：“你怎么在这里？”

“我刚见完客户出来。是一家港资开发商，想在徐汇打造一个新的商圈，找我过去谈全案推广。”白恣天不理会章琰的情绪，用很平和的态度介绍他的工作。他阅人无数，知道此时他的态度越平和，越是说些和章琰的情绪无关的事情，越能让章琰尽快平静下来。

章琰根本不懂白恣天的工作，便默不作声。

白恣天抬腕看表：“饭点刚过，不过我还没吃，你介不介意陪我去吃点东西？”

这时，章琰才感觉有些饿了，看了看自己的手表，出来已经有两个多小时了。她点头：“好。”

这应该是章琰和白恣天的第七次见面，那次一起吃饭之后，只要白恣天当天不是特别忙，基本上隔一两天就会去医院找章琰一次，叫她出来吃午饭，吃完在饭店门口说再见。白恣天品味极好，济康医院附近的美食，他如数家珍。白恣天请客，章琰感觉很不好意思，有时候会抢着埋单。若章琰坚持，白恣天就坐着不动，任由她埋单，七次中总有那么一两次。

吃饭是很好的拉近彼此关系的方式，这时候，虽然章琰和白恣天见面的次数两个巴掌都能数得过来，但两人之间，已经很熟了。起码，他们都知道对方喜欢吃什么菜，不喜欢吃什么菜。因此，两人街头偶遇，白恣天一邀请，章琰立刻就答应了。

白恣天带章琰去附近的一家私房本帮菜。入座后跟章琰介绍说：“这家店不接待上门客，想来吃都得提前两天打电话预定，他们老板是我的朋友，我倒是有这个特权可以随时来吃。”

章琰不作声。

老板亲自拿菜单出来，三言两语章琰就知道，白恣天所言不虚，他们果然很熟。

白恣天点了几个招牌菜，问章琰喝什么饮料，章琰说：“你看着点就行。”

白恣天说：“你喝酒吗？他们家的梅子酒极好，倒是可以尝尝。只是这酒后劲特别大，若没有酒量，最好浅尝辄止。”

本帮菜讲究浓油赤酱，这家店最出名的菜有四个：油爆虾、响油鳝糊、金针木耳鱼、上汤扣三丝，白恣天都点了来，又多点了个奶汤鱼唇，这些菜都很对章琰胃口，白恣天却吃得少。他看着章琰大快朵颐，只不停说话。话题和以往没有太大区别，不过是介绍菜品特色，以及台湾某些和这几个菜类似的做法及区别。白恣天并没有太管章琰是否认真听，只用温和而缓慢的语气一点点介绍着。章琰发现，白恣天对本帮菜的了解比她这个原装上海人还要多很多。章琰被白恣天娓娓道来却又精彩无比的典故和菜品介绍吸引，本来很难过的情绪逐渐也就平复了，开始认真听白恣天介绍，并时不时地插话询问。

白恣天是个很讲究吃的人，任何菜系都能随口讲来，亦能面面俱到。

章琰喜欢吃，却并没有钻研过菜系。此时，在环境很好的私房菜馆，边吃着讲究的食物，边听白恣天一点点介绍，那台湾腔听起来居然比上海话还要悦耳很多。白恣天讲他的，只偶尔用目光照顾章琰的喜好，帮她倒杯梅子酒，添一碗奶汤，或夹一筷子菜，她注意听时就讲得仔细点，明显走神的时候，就适时闭嘴，一顿饭居然吃了三个小时。

和白恣天一起吃饭，章琰感觉很安心，白恣天最大的好处是，根本不用她费脑子想话题，也不会对她的任何一句傻话用眼神示意她有多傻、用言语提醒她正确的应该是什么样。她只用放空脑子，专心吃饭即可。他第二大好处是，根本不会问章琰，她为何愁眉苦脸，他从来不打听她的隐私，对她和她男朋友的事情毫不知情也并不关心，即使偶尔章琰不经意间的言语透露出什么，他也能很快把话题转到风花雪月上来，这让章琰感觉相处起来很轻松。

这是章琰第一次接触台湾人，白恣天身上儒雅的气质、对人尊重的态度、人与人之间尺度的把握，给章琰的感觉都特别好。是那种很舒服的好。

吃完饭，白恣天问章琰："下午打算做什么？"

章琰说："逛街。"

白恣天说："我下午刚好没事，倒是可以陪你去走走。"

然而即使吃得再饱，章琰今天对逛街也没有足够的兴致。她的心里还是很乱，只想暴走。白恣天想跟着她，章琰想着，好歹吃人嘴短，不好拒绝，只好任由他跟着了。

章琰没说话，只毫无目的朝前走，就像全世界只有她一个人一样，也不知道走了多久，走着走着天就黑了。而这时候，路灯还没亮，是上海二十四小时内天最黑的时候，下班的行人匆匆忙忙朝回赶，只有章琰，漫无目的地暴走，直到脚被磨破，再也走不动为止。

章琰走不动了，停下脚步，才又发现白恣天一声不吭跟在她身后，之前她只顾暴走，把他给忘了。

当章琰的目光停留在白恣天身上时，白恣天并没有对章琰的暴走过问一句，就像他从来没有陪她暴走过一样，就像他们约好了在此会面，在那一刻见到了彼此一样。

白恣天依然是一副温文尔雅的态度，他很和气地问章琰："天黑了，晚饭想吃什么？"

章琰摇摇头："想喝酒。"

"中午的梅子酒后劲还不够大？我看你喝了很多的样子。"

"那酒太酸、太甜，不够味。我想喝啤酒。"

“好。”白恣天笑了笑，一脸宠溺。

白恣天带章琰去了一家小酒馆，叫了简单的吃食和几瓶啤酒。小酒馆里几乎都是外国人，鲜见黄皮肤。这群人玩得很嗨，气氛很容易调动起来，而白恣天明显跟他们很熟。

白恣天只用眼神和动作偶尔照顾章琰，其他时间都在跟那些外国人说话。章琰英语学得不好，不是很能听懂他们都说了些什么。这是章琰第一次到外国人聚集的地方，她一直以为，九十年代的上海还非常保守，却不料这里已经聚集了一大批外国人。而他们看起来都特别友好，并不像小时候课本里宣传的资本主义的样子。

章琰听不太懂他们说话，她的家教也不允许她在不熟悉的场合表现得不够大方或者很不合群。那么，她能做的就是来酒不拒。中途白恣天有问过她能不能喝，不能喝他会替她喝掉，或者直接拒绝也没关系。章琰摇摇头：“这点啤酒酒精含量并不高，跟饮料似的，我能搞定。”白恣天对她竖起了大拇指。

吃喝过后，酒馆里开了音乐，大家群魔乱舞，章琰跟着一起笑闹，仿佛夏晓军带给她的所有阴霾都一扫而光。

出门的时候，已经十点多了。白恣天说：“你喝得有点多，我打车送你回家吧！”

章琰问：“你会煮咖啡吗？”

“会。我家有全套器具，有产自巴西的咖啡豆。”

“去你家喝咖啡吧！咖啡最能醒酒了。”——跟白恣天吃了几次饭，章琰已经深深爱上了咖啡的味道。

“太晚了，你一个女孩子，这么晚回家不太好。”白恣天劝她。

“不要小气，请我喝咖啡。”章琰走路都不太稳，语气却很坚决。

到了白恣天家，门关上两人便抱在一起吻了起来，在酒精的作用下，一切水到渠成。

第二天一早，章琰刚从床上坐起来，还在愣神，白恣天听到她起床的声音就走进房来，端着一杯水，依然是那副温文尔雅的样子：“早餐已经做好了，刷牙洗脸之后就能吃了。记得吃早饭前先把这杯蜂蜜水喝掉，对肠胃好。”杯子放在床边小桌子上，白恣天转身准备走。

章琰看着她的第一个男人，思考了几秒钟说：“你以后不要再来找我了。”

03.

这天晚上，章琰几乎一夜没睡，她的脑子很乱，想这一夜，想这两年。

她喝了酒，和白恣天发生了关系。很多不明真相的观众可能会觉得，她是喝醉了才会被白恣天占了便宜。然而章琰心里明白：全程她都很清醒，虽然酒精调动了她的情绪，让她以此为借口放纵自己，但那些酒精浓度并不高的啤酒还不至于让她不省人事，发生了关系而不自知。

白恣天自然也明白这一点：醉到不省人事的女人，在床上像条死鱼，不会互动；醉到精神已经恍惚的女人，非自愿的情况下身体会条件反射地抗拒。章琰都没有，她只是借着醉酒掩饰尴尬和自责的情绪罢了。就像所有家教严格的好姑娘，第一次和不太熟的男人做一些礼法不容的事，都会有的自责和尴尬一样。她在床上那么疯狂，带着一种绝望的发泄情绪，这绝不是醉酒的女人应该表现出来的姿态。

然而终究是喝了酒的，有些记忆变得混乱，章琰不记得她是否叫过夏晓军的名字，她不希望白恣天过多地了解她对夏晓军的感情，不是因为对白恣天的在乎，而是因为对夏晓军的在乎。她和夏晓军之间无论发生任何事情，她都不希望一个还不算熟的男人去了解这些事的来龙去脉，去评价她和夏晓军。也因此，即使一夜没睡，早上听见白添天起床，感受到他穿衣服之前俯身吻她，她仍紧紧闭着眼睛装睡。怕装得不像，甚至在白添天吻完之后，低头看她的时候，翻身背对着他。

章琰的耳朵听着屋子里的声音，他去卫生间尿尿、洗漱；去厨房烤面包、煮咖啡、煎鸡蛋。她听到马桶盖子被掀起的声音，听到冲马桶的声音，听到面包机叮的一声响，听到煎鸡蛋嗞嗞的叫声，听到咖啡豆在咖啡机里发出刺耳的刺刺声。她知道她得起床了，不然他会来叫她，那样更尴尬。

白添天听到章琰起床，端着晾凉的半杯蜂蜜水，在饮水机下接了半杯开水，兑到刚刚温，端到章琰面前，提醒她洗漱完毕后喝掉。而新的牙刷牙膏毛巾，他也为她准备好了。

然而章琰看到白添天进来，却思考了几秒钟，就像是根本记不起来昨夜发生了什么事情一样，跟他说："你以后不要再来找我了。"

白添天听懂了她的意思，他不来找她，她是不会主动找他的，她不希望他再打扰她的生活。这句话是没有感情的。她对他没有任何感情，才会说"你以后不要再来找我了"，而不是"我们不要再见面了"。前者是对"你"的要求，后者是"我们"该有的状态。一个有感情，一个没有，一个是抗拒的态度，一个只是描述。白添天看得明明白白。

白添天笑着说："你最好先去洗个澡，会舒服一点儿。不想洗也没关系，洗脸刷牙就好，然后出来吃早餐。"之后像任何事情都没发生一样，转身出房门，去客厅把三十年代的留声机打开，放上音乐，去厨房把做好的早餐一样样端进餐厅。

早餐吃得极安静，只有舒缓的音乐响起。两个人一起吃饭，章琰一点儿都不感觉尴尬，白添天有这种本事：无论你跟他在一起做任何事，或者发生了任何关系，他都有本事让你感觉，那没什么大不了的，还不如吃一顿精致的早餐来得重要。章琰本身也不会觉得尴尬，昨天晚上的一切，都是清醒状态下发生的，或者说，是她主动才会发生的。即使他们发生了关系，章琰也不认为她和白恣天就有了联系。他们只是上了床而已，不必要感觉尴尬。

吃完饭，简单收拾了一下，白恣天说：“我送你到路口打车。”两人相跟着一起下楼。白恣天微笑着跟章琰说：“再见。”章琰面无表情看了他一眼，转身走了。

回到家时间尚早，章爸爸章妈妈章冰齐齐坐在客厅沙发上等她。见她回来，章妈妈和章冰连忙迎上去，章妈妈说：“你去了哪里？我们几乎找了你一晚上。”

“朋友家里。”章琰想转身进房。

“哪个朋友？我们认识吗？”章冰拉住她上下打量，想从她身上找出破绽。

自然是没找着的，章琰除了脸色苍白点儿，黑眼圈重点儿，其他地方几乎无懈可击。出门之前，白恣天已经很细心地帮她检查过、整理过了，还提醒她，回家的时候小心家人盘问。

“一个病人，路上偶然遇到，他请我喝酒。晚上住在他家。”章琰倒没说谎。

“病人？男的女的？”章冰问。

“你觉得呢？”章琰瞪大眼睛和他对视。鉴于她一贯的人品，章冰和章妈妈明显松了口气的样子。

坐在沙发上的章爸爸抬腕看了看表：“我等会儿有个会，我先走，你们陪琰琰说会儿话。”说着就开门走了出去。

章琰见章爸爸出了门，才跟章冰说：“帮我给医院打个电话请一天假，就说我病了，需要休息。”说完直接进了卧室，把门关上，一副不想和任何人沟通的样子。

这么容易就骗住了家人，章琰并不觉得庆幸，她只是累，非常非常累。进房之后，脱了外套和鞋，躺床上倒头就睡，一直睡到下午三四点才起床。中午章妈妈下班，回来看了她一次，见她睡得熟，就没打扰。

起床之后，在厨房找到章妈妈特意留给她的饭菜，吃完之后洗了个澡，就在房间里待着了。

这时候，距离章琰二十一岁生日还差几个月，然而经历了昨晚的事情，章琰突然感觉自己很老了。这是她第一次感到自己老，之前从来没有过。

与昨晚纷杂的思绪不同，睡饱了的章琰这时候的思路很清晰。她不去想昨天晚上的细节，那件事发生便也发生了，既不觉得恶心，也不觉得刺激，只是一件事罢了。发生之前，章琰并不明白，她为什么会在那么清醒的状态下，主动让这件事发生。发生之后，她才明白，一切都是潜意识主导。她希望发生点什么事，来打破她和夏晓军之间的僵局。如果没有白恣天，或许会有另外一种解决方式。因为白恣天的突然出现，让这个僵局用这种方式解决，虽惨烈，但是，也好！

章琰再一次想到夏晓军，心仍然抽抽地疼。之前闹矛盾的时候，有时候恨他恨得牙痒痒，之前有多爱，那段时间就有多恨。发生这件事之后再想，虽然心仍然会疼，可是已经不恨了，只感觉有些木木的。就像他们从来没有走近过彼此一样。

章琰明白，她和夏晓军之间，是再也回不去了。

之后，章琰如往常一样上班下班，绝口不提夏晓军这个人。有时候章冰忍不住提起，章琰总是默默走开，或者就像没听到一样，不接话，只默默做自己的事情。章冰问："你们就这样完了？"章琰点头："嗯。"章冰有些恍惚，这结束未免也太快了，以至于让人根本无法想象开始的时候是多么轰轰烈烈。章冰试图再追问，章琰却不愿意跟他讨论这个话题，章冰只好无奈走开。

也不知道过了多久，大概有一个月那么久，夏晓军终于想明白，章琰这次是不会再巴着他和好了，她是真的要离开了，才又跑到济康医院找章琰。章琰看见他，并没有多的表情，更没有主动说话。夏晓军想拉她去人少的地方，章琰说：“你有什么话在这里说就好，我还在上班呢。”看章琰一副拒人千里之外的表情，夏晓军才有些软了，说了几句好话，试图和好。章琰说：“我已经不喜欢你了。”说这句话的时候，章琰的几个同事和病人都看着，夏晓军的脸上有些挂不住，说：“你不要这个样子，有什么话我们回去说。”

章琰看着他，一字一顿说：“我早就不喜欢你了，我是很认真说这句话的，你好自为之。”

夏晓军从来没见过这样的章琰，他试图去拉她，被她打开，章琰说：“你再纠缠，我就要叫保安了。”夏晓军见她不像是说着玩的，只好放开。

夏晓军退后几步，保持了一个安全的距离，埋怨道：“你说喜欢就喜欢，说不喜欢就不喜欢，哪儿有你这个样子！”

章琰张口叫：“保安！保安！”一时间围上来很多人，夏晓军只好灰溜溜走了。

白恣天来见章琰，却不是他一个人来的。他公司的员工刚好要看耳鼻喉科，他便带他到济康医院。挂了号见了医生，找护士打针的时候才见到章琰。

白恣天笑着跟章琰打招呼，章琰公事公办的样子，帮忙打针，交代了几句，就去忙别的事情了。白恣天见章琰并没打算跟他多聊，只交代了几句让她“注意身体，好好吃饭，心情好点儿”，就没再多说什么话。看完医生，要走了，白恣天带着同事来跟章琰打招呼，跟她说：“改天有空一起吃饭。”

章琰说：“再说吧！”白恣天点点头就走了，并没有多说什么。

夏晓军找章冰做说客，试图让章琰回心转意。章冰正在跟章琰啰嗦的时候，章妈妈听到声音也很关切地问章琰和夏晓军究竟是怎么回事，章琰只有一句话：“我已经不喜欢他了。”就不再多说。毕竟是亲人，章妈妈和章冰看章琰态度坚决，自然是站在她这边的。章冰见回天无力，不好多说什么，只不停摇头叹息叫：“好可惜。”

第二日见着夏晓军，章冰摆出一副同情的表情，对他有些恨铁不成钢。

夏晓军莫名其妙被分手，终究是不甘心，又过了大概一周的样子，在章琰下班的路上拦截住她，试图让她说清楚，为什么断得这么突然。章琰说：“我不喜欢你了。”

这个答案夏晓军听过很多遍，自然是不满意的，非要拉着她说清楚。章琰只好说：“其实你并没有那么喜欢我，这个你很清楚。我一直以为我喜欢你，可是后来我发现，我也没那么喜欢你。我们终究是不同的，我其实并没有我想象得那么了解你，你也不如你想象得那么了解我。不如就此分开，趁着彼此还年轻，找更合适自己的。”

夏晓军问：“你喜欢上别人了吗？”

“没有，我只是不喜欢你了而已。”

“这也太快了，我接受不了。”

“天天缠着你的女孩突然不理你了，你心里有落差很正常。”

“不是的，我也是最近才发现，我喜欢你。我以前并不知道。琰琰，你不要生气了，我们和好好吗？”夏晓军看起来很痛苦。

“我说了我已经不喜欢你了。那么，你什么时候发现你喜欢我，对我来说一点儿都不重要。”章琰说，“不要再来找我，不要在路上拦住我，更不要做任何不好看的事情，免得大家都没脸。你还要在新仁医院继续做下去呢，夏医生！”章琰故意把“夏医生”三个字咬得特别重。

新仁医院是夏晓军的软肋，提到了新仁医院，夏晓军只好沉默，眼睁睁看着章琰走了。

之后，夏晓军果然再没找过章琰，白恣天也没来找过她。章琰正常上班下班，每天的日子过得一样忙碌而无趣，她沉默了很多，不爱说话不爱逛街不爱笑更不爱打扮，每天按时上班，早早下班回家帮章妈妈做家务，章妈妈夸她成熟了很多，只有她自己明白，她老了。

经常心里会想起夏晓军，心都会抽抽地痛。章琰得承认，她一直爱着夏晓军，即使跟别人上床、即使冷着脸对他、即使无数遍跟他强调“我已经不喜欢你了”。

章琰一直爱着夏晓军，他是她的初恋，是她对爱情最初的寄托。然而她明白，她不能跟夏晓军在一起。夏晓军是一个黑洞，会吞噬掉她所有的热情，在一起越久，她就越发疲累。最终有一天，她将变得不认识自己。

好的爱情，是阳光、是空气、是水，是滋养一切的养分。夏晓军不是，夏晓军是黑洞，只会用最快的速度吞噬掉她，连骨头带血肉，最终什么都不留下。

04.

秦音出国之后，因为章冰的坚持及秦家的不计较，章家已逐渐接受周梦君这个准儿媳，虽没有明确说明什么时候两家老人见面，什么时候走结婚流程，但也默认了两人之间的男女朋友关系。周梦君实习的时候，很多人都以为她会去新仁医院。就连章爸爸章妈妈都以为，章冰会主动跟他们说这件事。毕竟新仁医院是沪上数一数二的三甲医院，医学院每年毕业那么多学生，能进新仁医院的是少数。很多人都以能在新仁医院工作为荣。却不料，章冰不仅提都没提这件事，章妈妈主动问起来，他用“您别操心”四个字就把话题终结了。最终，周梦君去了仅次于新仁医院的济康医院，靠个人的能力。

在周梦君的实习单位未确定下来之前，章冰和周梦君之间发生了这样一段对话。

章冰说：“我跟我爸妈说一下，你去新仁实习呗！到时候咱俩一起上班，中午一起吃饭，晚上一起下班，多好。”

周梦君说：“除了新仁医院，只要是正规的公立医院，哪家都行。”

“还在为上次那事儿生气呢！那次你也有不对，毕竟那是我妈，你怎么能对她吼呢！她毕竟爱我这个儿子，现在心里面已经接受你了，只是面子上拉不下来。你到她跟前说几句好话，咱们的婚事顺利些，你的工作也能更顺利些。”

“两码事。咱俩是咱俩，工作是工作，不能混为一谈。我之所以不想去新仁，就是不希望咱们之间的感情受到工作的影响。你爸妈在新仁医院，一个是皇帝，另一个是皇后，我去了是新人，他们是我的领导，以后升职发奖金啥都要看他们的脸色，得小心伺候着。可他们也是我未来的公公婆婆，将来的家人。工作场合要讲理，家人之间讲感情。你说将来咱俩吵架了，他们掺和进去，我听还是不听呢？听了我憋屈，不听有可能会影响工作。工作可是一辈子的事情，我可不想看他们脸色一辈子。”

章冰笑着说：“他们要是皇帝皇后，那你就是太子妃。这事儿啊，你想多了，我爸妈都是知识分子，是明白人，就算咱俩吵架，他们也不会一味帮着我的，更不会把家庭矛盾带到工作上去的。”

周梦君白章冰一眼：“那可不一定！一个家庭里复杂的事情多着呢！他们就算再不偏，心也是向着你的，上班下班都在对方眼皮子底下晃，时间久了都会有矛盾，不如离得远远的，反而能和平相处。”

章冰太了解这个女朋友，她心里拿定的主意，谁也改不了，只好笑骂了句：“哪儿来这么多歪理！”也就随她了。

周梦君在学校的帮助下，很顺利就得到济康医院耳鼻喉科的实习机会。所有人，包括章琰和章冰在内，都以为是周梦君自己的能力，却没想过，济康医院接到周梦君的介绍信，第一时间通知了章爸爸。是章爸爸点了头之后，周梦君才能那么顺利地留下来实习，实习期结束那么顺利地留在了济康医院。

周梦君靠自己的能力找到工作这件事，虽未大肆宣扬，但该知道的人都知道了。章琰听说这件事的时候，有些震惊，她第一时间想到了夏晓军，心再次抽痛了一下。

夏晓军能力不比周梦君差，在找工作及做事情上，跟周梦君却是很鲜明的对比。

凭借自己的努力，夏晓军未必不能得到新仁医院的实习机会。若他能得到实习机会，以他的专注和能力，是一定会留下来的。这一点，新仁医院外科的主治医生们都能证明。就算是万一新仁医院竞争太过激烈，他没能去实习，比新仁稍差的医院他也能进去，毕竟他有实力。可他偏偏借助了好友章冰的帮助，才会在后来一次次受制于人，才会在章琰主动示好的时候，连直接拒绝的勇气都没有。

夏晓军跟章琰在一起，一开始他并不心甘情愿，若不考虑到章琰的身份问题，直接拒绝她，章琰的父母和哥哥都是通情达理的人，自然不会因此为难他，可是他没有，反而一直拖泥带水整整两年。章琰决定放弃的时候，他不舍得，去哀求去挽留，却因为章琰提到了新仁医院四个字，就逼得他止步。

他是一个能力非常强的人，可他同时也是一个缠杂不清的人，是一个公私分不清楚的人，一个试图通过搞关系抱大腿上位却毫无手段和魄力的人，这样的人，他不失败谁失败?

站得远了，再去看夏晓军这个人，章琰才发现他有那么多的缺点，他的性格有那么严重的致命伤。而这一切，却是她爱他的时候，怎么都看不清的。

这半年，夏晓军和章琰虽未曾联系过，但毕竟夏晓军是章冰的好友，章琰多少还是听到了些夏晓军的消息，据说他过得非常不好，一方面是对失去章琰的后悔，另一方面是跟章琰分手之后，受到本科室以及外科室某些人的排挤和刁难。

夏晓军和章琰分手，章爸爸不屑于去找夏晓军麻烦；章妈妈爱惜夏晓军是个人才，不肯把工作和私事儿混为一谈；章冰因为章琰主动甩了夏晓军这件事对夏晓军产生同情情绪，章家一家人都未曾为难过夏晓军。可别人就不同了，痛打落水狗，本来就是大家最爱干的事，以前有多嫉妒夏晓军抱章院长大腿，现在就有多心花怒放。种种情绪交织在一起，再加上某些心思不明的人，以为为难夏晓军就能巴结章院长，于是很多人明里暗里对夏晓军奚落、嘲笑、背后使绊子……夏晓军过得不好，却也只能默默承受，而不能反抗，没办法，谁让他有那么多不得已呢？

跟夏晓军在一起的时候，章琰特别理解夏晓军的种种不得已，分开之后回头再看，才发现他的不得已很多时候是能力不行。不是说他专业能力不行，而是其他方面能力不行，比如说情商。

想明白这个问题之后，章琰忍不住问自己：当初怎么就那么喜欢他呢？喜欢到一叶障目的地步，觉得他什么都是好的，而没有客观地去看这个人。

然而这个人，终究和她没有关系了。无论她了不了解他，都没有任何关系了。

章琰和周梦君成了同事之后，也逐渐处成了朋友。周梦君毕竟是哥哥的女朋友、未来的嫂子，章琰分得清亲与疏，因此，即使一开始因为周梦君对妈妈大吼大叫而对她印象不好，即使确实更喜欢秦音，然而周梦君已成既定事实，那么，无论如何都该收拾好心情与她好好相处。这不仅是章琰自己的看法，更是章妈妈的言传身教。

章琰刻意地亲近，周梦君自然见好就收。“姑嫂”俩相处得非常愉快。彼此接触得多了，章琰发现，周梦君这个人虽然有时候脾气确实不好，但却非常“拎得清”。她不会为了任何人任何事委屈自己，即使有时候会让别人下不来台，但起码她自己的心里不会憋屈。周梦君是一个典型的利己主义者，这样的性格，是章琰这种从小被好家庭的中国式父母教育出来的极会察言观色的孩子们所不能比的。有时候章琰都忍不住羡慕周梦君，羡慕她的这份洒脱。章琰觉得，周梦君比她活得要洒脱太多。

在观察到周梦君和哥哥的相处中，章琰开始反省她失败的爱情。她有时候会想，如果每次夏晓军让她不开心，她都讲出来，两个人之间会不会更好沟通点儿？如果当初，没有一味付出不求回报，是不是就不会让夏晓军形成“她该付出的”这样的习惯，以至于两个人之间变成了单项输出，而不是互动？如果当初，受了委屈直接说出来，而不是闷在心里，负面情绪是不是就不会像滚雪球一样越积越多，以至于后来累得几乎无法收场？

和夏晓军分手之后，生活上虽然很平静，章琰的心里却想了很多，这是她第一次形成“爱情观”，而这些爱情观的形成，让她从一个不谙世事的小姑娘，变得逐渐成熟起来。

章琰本以为，她的态度已经很明显了，白恣天那么聪明的人，是再不会来找她了，却没想到，秋天刚刚来临的时候，他再次出现了。这时候是1992年的初秋，距离上次见面，有大半年时间了。

白恣天找到章琰，开门见山地说：“我找你不是私事儿，是有公事要谈。”章琰让他直接讲，他却不肯，坚持要边吃饭边说，只说他饿着，没办法谈公事。见白恣天这样讲，倒让章琰没办法拒绝他共进午餐的邀请。

依然是环境很好的餐厅，依然是非常精致的特色菜。饭吃差不多了，章琰问白恣天：“你找我究竟什么事？”

白恣天倒也没含糊，直接说了希望章琰辞掉护士的工作，去他公司做。他开出了一个非常有诱惑力的价位：无论她在济康医院一个月拿多少钱，他都给出四倍以上的工资，年底还有分红。如果她不愿意给他打工，那么，直接给股份也行。白恣天给的不低，一张口就是百分之十的干股。

章琰说：“我去你公司能做什么呢？你应该看得出来，我上学时学习不好，肚里存不下二两墨水。”

白恣天说：“我们公司是广告公司，文案和设计专业性太强，你做不了。而且我觉得让你去做技术，是对人力资源的一种浪费。你倒是可以来我这里做AE（客户经理），做一段时间，业务熟悉之后，帮我管理整个客户部。”

章琰沉默，白恣天努力说服她：“你这个人，站在那里，即使不说话，也很容易让人产生好感。这对做AE来说是天生的优势。你跟着我去做，能接触很多高端客户，感受到最时尚的潮流信息，工作环境干净舒适，比在医院强很多。而且，能赚钱。”

章琰说：“我对金钱没有欲望。”

白恣天想到章琰的出身，这个几乎是含着金钥匙长大的女孩，从小锦衣玉食，没受过生活的苦，她说她对金钱没有欲望，他完全相信。

“你知道穷的滋味吗？”白恣天说，“我从来不跟人谈钱，在我眼里，谈钱是一件特别庸俗的事情。可你是个傻姑娘，我不跟你说明白，我怕你自己想不到。要知道这是一个多好的时代，香港人、台湾人、外国人，都跑来上海淘金。只要有脑子，大街上站着都能捡钱。你要相信我，中国很快就会发生翻天覆地的变化，金钱的作用将越来越大，人与人之间因为资产的不同，在生活质量上将产生很大的落差。再过十年，也许用不了十年，你会发现第一批做生意的人会迅速富裕，积累几辈子都花不完的财富，跟着我做，你有可能会成为这些人中的一个。我不知道你在担心什么，或许在你眼里，你现在这份护士的工作，是铁饭碗，能做一辈子，保证你衣食无忧。跟我做，没有固定编制，可能会朝不保夕。你完全没必要担心这一点，据我了解，你的父亲是一个很有权力的人，他能帮你办停薪留职。你可以出来跟我做一段时间，觉得不好再回医院去做又有什么关系？或许你不够信任我，毕竟我是台湾来的，在你们从小接受的教育中，我们的立场不同。这一点你也不必担心，你可以不相信我，但不能不相信钱，我可以给你看我公司的财务报表，可以让你查我的资产。如果我的公司没有良性运营，没有足够的利润，我也不会拉你来……”

章琰打断白恣天的高谈阔论：“我知道穷的滋味，我知道。”她何尝不知道呢！和夏晓军在一起近两年，几乎每周都会在他家里泡一整天，听着他妈妈和妹妹每日算计安排一点点吃食，每日为生活愁苦，而她差点儿成为她们的一分子，她如何能不知道穷是什么样的呢！

章琰摇摇头，跟白恣天说：“我了解穷的滋味，但是我对金钱没有欲望。”

白恣天见章琰很清楚自己要什么，才明白计划了好久的事情，到她这里一点儿用都没有，只好闭口不谈这件事，只专心吃饭，然后很友好地说拜拜。

Chapter 4

快乐总是很短暂

01.

章琰明确拒绝了白恣天，他当时没再提这件事。然而终究是不死心，回家想想，觉得“利诱”这种方式用得不对，实在太过愚蠢，暗自恼怒了一阵子，遂改变策略，隔了几天又来找章琰。

大清早直接跑她单位去，她忙她的，他说他的。

白恣天说：“你说你现在在这里做有什么好。闻的尽是消毒水的味道，接触的都是病人，做的是伺候人的活，整天还这么忙，连漂亮衣服都不能穿……”

章琰忙着兑药，不理会他的碎碎念。

白恣天说：“我知道你们家都是医生，在你们眼里，医院就像家一样。可是你还这么年轻，就不能尝试着改变现有的生活状态吗？”

章琰提着吊瓶去给病人输液，不理会他的碎碎念。

白恣天说：“你又不是没得选。什么时候想回医院还可以回来做，出去试试，寻找另外一种可能性多好。”

章琰去病房查看住院的病人，不理会他的碎碎念。

白恣天亦步亦趋跟在章琰身后。

眼看着快到中午了，白滧天说得也有些口渴了，他拉住依然忙碌的章琰："你也快下班了吧？忙了一上午连口水都没喝，跟我出去吃饭去！"

章琰停下手头的活儿，对着白滧天说："白先生，我那天说得很明白了，我不去你的公司。我虽然没在外面工作过，可也能想象，在上海就算是什么都缺，也不会缺打工者。以你公司的实力，以你的口才，随便招招都能招到比我章琰强一百倍的人才，何必揪住我不放呢！"

白滧天说了一上午，得到这个结果，意料之中情理之外，感觉有些抓狂，抬手想抓自己脑袋，想到那发型，是大清早对着镜子喷了半天喷出来的，最终还是把手放下了，拦住说完话就要走开的章琰："就当是为了我，好不好？"

"不好。"你是我的谁，让我为了你，章琰忍不住翻翻白眼。

"我都说了，你不想打工，可以做合伙人。"白滧天说。

"我对金钱没欲望，对做生意没兴趣。我就想像现在一样，每天毫无压力地上班，中午在食堂吃饭，晚上回家吃我妈煮的饭，将来结了婚，给男人和孩子煮饭，就这样过一辈子。我对给你打工和跟你合作，都没有兴趣。"主要是对你没兴趣，最后这句章琰没说出来。

"你迟早得嫁人的！"白滧天像是根本没听清楚章琰表达了些什么，笑眯眯把话题岔开，专门捡章琰不爱听的说。是的，他们迟早得讨论到这个话题，让她先有心理准备也好。

"你能不能不要来找我了？"章琰说完不理白滧天，接着忙去了。

白滧天只好再一次很挫败地走了。

白滧天活了三十多岁了，他很清楚自己在做些什么事。章琰是他在上海偶然邂逅的女孩，一开始他只是对她山茶花般清淡的气质感兴趣，就顺手约了她几次。接着就喜欢上了跟她一起吃饭的感觉，说不上她究竟哪里好，就是喜欢和她一起吃饭，仿佛和她在一起，无论吃什么，都有一种家的味道。以至于没跟她一起吃饭的日子，仿佛吃什么都不香了。白恣天喜欢和章琰一起吃饭的感觉，这种喜欢还没持续多久，就发生了那天晚上的事情，白恣天是很开心的，可以说，他是眼睁睁看着这件事发生，心里多少还有些窃喜。谁知道一夜之后，章琰就对他摆出一副拒人于千里之外的表情了。那一夜之后，章琰亲手在两人之间筑了一道墙，她在墙的这边，他在墙的那边。那道墙不仅高，而且不透明，还隔音。白恣天抓耳挠腮心思用尽却无法翻过墙去。

白恣天有些后悔，早知如此，那天无论如何也不会让那件事情发生。

章琰是个好姑娘，白恣天一直很清楚这件事。他一直想制造再接近她的机会，无奈她油盐不进。白恣天不知该如何是好。他的目的很简单：以后只当普通朋友相处也好，起码她不躲着他。这是他在爱一个人却无法靠近的时候，最卑微的心思。然而就连这点，她都不愿意。

在章琰第一次拒绝到白恣天公司上班的时候，他就听明白了，这个姑娘，没有太多的欲望。

家境良好又没什么欲望的女孩，他不知道该用什么方式打动她。那句“就当是为了我好不好”说出来的时候，他就后悔了。干吗要说呢？干吗这么早就把自己的心迹表明呢？干吗一下子就让自己处于被动地位呢？一把年纪的老男人，陷入爱情的时候，居然像个小男生一样，又冲动又患得患失，这样真的很不好。

好在章琰迟钝，或者说根本不在乎，没有多说话更没有羞辱他，只冷冰冰用“不好”两个字，就把一切堵死了。他收敛起心伤的情绪，却也赶紧把话题岔开了。

事情也不是没有转机的。没过多久，白恣天病了，感冒引起的急性鼻咽炎，因前期疏于治疗，越发严重，到了需要住院的地步。自然是首选济康医院耳鼻喉科的，毕竟章琰在那里。

章琰的同事有人见过白恣天找章琰，顺便聊了两句，就把章琰安排成白恣天的管床护士。白恣天甚至有些庆幸：这病来的真是时候。

成了她的病人，一天能见无数次面，不卧床打针时，还能起来跟在她屁股后头说说话。她除了“你要多休息、我很忙”以外，不能以别的借口赶他走。白恣天能说会道，又惯会哄女孩开心，聊聊天时间打发得很快。

自然是不再提让她到他公司上班的事了，她都说那么明白了，他再提岂不是不懂事？他不仅这次不会再提，以后也都不会提了。他只用趁着这次名正言顺接近她的机会，让她不反感他，能做偶尔一起吃吃饭的普通朋友就成了。

白恣天爱吃，医院食堂里什么菜都一个味儿，吃起来跟棉花似的，没一顿能吃好，白恣天很不开心。他打电话让一些私房馆子把饭菜送到医院来，叫章琰一起吃，章琰宁可吃食堂也不肯跟白恣天一起吃小锅饭。他苦劝无门，也只好随她了。

白恣天挑剔，还不肯总吃那一两家私房菜馆的饭菜，就给济康医院附近的好馆子挨个打电话叫送餐。有些馆子不肯屈尊送外卖，加钱也不送，白恣天的馋虫却蠢蠢欲动。只好哀求章琰帮忙去买，章琰不愿意去，而且她工作还挺忙。白恣天只好趁她没那么忙的时候一点点哄她：“住院就是要心情好呀！吃不好我心情就不好，身上也不长肉，不利于病情恢复。你帮我去买一下，就中午休息时间出去，也不耽误你工作的。”

章琰看着眼前这个比自己大十多岁的男人，三番五次软语温言撒娇请她，有些无奈，却不敢随便开这个口子，只好说：“我中午休息要吃饭的，没时间出去给你买。”

“食堂有什么吃头？那么难吃！我每次买的饭，也都吃不完的，扔掉也浪费，咱俩分着吃呗，也帮你改善伙食。”

“你打电话叫那些肯送的饭店送呀！我哪里有空？有时候中午病人

多，我得伺候着。”

“那些早就吃腻了，就想吃吃不肯送的。要不这样，病人多的时候，我打电话叫人送，病人少，你就出去给我买。”

“不去。”真是贱，那么好那么贵的私房菜，肯送到病房的嫌弃吃腻了，不肯送的倒是巴巴想要买着吃。

“你就同情同情我吧！我是病人呢！”白恣天装出一副可怜巴巴的样子，哀求章琰。

不过是车轱辘话反复说，白恣天倒乐在其中，能跟她多说说话，哪怕她冷着脸，也是极开心的。章琰的心肠却有些软了，这个人，都快四十岁了，还是个老板，无数次低声哀求她一个小姑娘，想想都怪难为情的。章琰说：“你手下不是有几十号员工吗？叫人买了送来，很多人愿意伺候你这个大老板吧？”

“不要，你买的吃得香。”白恣天故意撒娇。

就算是二十出头的女人，也是有充沛母性的。章琰受不了白恣天这种牛皮糖的姿态，还是去帮他买了。一开始不肯跟他一起吃，后来逐渐也就肯了。

白恣天生病也不忘记处理公事，有一个叫小李的人，每天上午都会来跟白恣天汇报工作，看样子倒是他的心腹。有时候他们谈事情，章琰过来打针或发药，他们也不避着她，章琰听到几次他们的谈话，发现他们说的事情，她大都是不懂的，更加认为不到他公司上班是正确的决定。章琰并不知道，她原来对白恣天敬而远之的态度，因为这些“回想”和“庆幸”，潜意识里已经变得不那么坚定了。

白恣天够大方，经常叫下午茶给全科室的人吃，住院不过十来天工夫，耳鼻喉科的医生护士们跟他都逐渐熟悉了。

白恣天性格爽朗，出手大方，大家都对他很有好感，当然也能看出他在追求章琰，有些人甚至还拿章琰开开玩笑，章琰板着脸斥责一两句，别人看她态度不好，逐渐也就不多说了。

周梦君私下跟章琰说："他要不是台湾人，要不是年纪那么大了，配你倒是挺好。"

章琰只淡淡的："别胡说了。"

"那么大年纪，也不知道有没有老婆。若有老婆，再出来勾搭小姑娘，就不好了。"

"嫂子！"章琰打断她。

周梦君见章琰不高兴了，连忙住嘴。

自从章冰和周梦君定下来，章琰背地里都叫周梦君"嫂子"。两人在一起上班，关系逐渐亲热起来。

章琰以前没什么特别知心的朋友，同学里的女生跟她也不太处得来，而她也不喜欢她们那种斤斤计较的性子，平时没事时宁可一个人待着，窝家里看电视。

因为章冰，章琰刻意跟周梦君结交，相处久了，居然喜欢上她的性格。周梦君这个人，说话直接了点儿，行事有时候冲动了点儿，却并不是没脑子的。凡事拎得清，相处起来才更容易。她嘴巴直，有什么说什么，虽不肯吃亏，却也不占任何人便宜。周梦君知道谁待她好谁待她不好，跟章家人相处一段时间，发现这家人都够和善，也就收起性子，大大方方当一家人处了。

章琰叫周梦君"嫂子"叫久了，她便以"嫂子"自居。虽然比章琰还小月份，但事事处处照顾着章琰。感情这种事从来都是你敬我一尺，我还你一丈，逐渐也就好起来。周梦君对章琰，出于关心的角度，看出来白恣天确实是真心喜欢章琰，就设身处地为她着想，才会有上面一段对话。

同时，周梦君和章琰，两人还是同事的身份。周梦君专业过硬，待病人好，自然也就得到章琰的尊敬。喜欢加尊敬，足以让两人成为好朋友。章琰有时候想想，哥哥那么聪明的人，不会看不清周梦君的缺点，还这么死心塌地，不要看起来比周梦君优秀很多的秦音姐姐，而选择了周梦君，想必也是为她的性格吸引吧！章琰有时候挺羡慕周梦君的，章琰和章冰，以及秦音，从小就被“教养”束缚着，有时候反而不能随心所欲。不如周梦君，顺着自己的性子活着，反而更加坦荡。

白恣天住院这段时间，周梦君和章冰的婚事也正式走上流程了。双方家长约在章家见面，所谓“看人家”。聊着聊着就聊到婚后小两口住哪里的问题，章爸爸和章妈妈的意思自然是住章家。周梦君却不同意，说人太多房子太窄，将来生了小孩，转不开身。章家父母想到，以前章琰和夏晓军在一起的时候，计划是章冰结婚再过一年，让章琰和夏晓军结婚。到时候章琰搬出去，章琰的房间可以改成小孩房。现在既然章琰恢复单身，还没有男朋友，且并没有交男朋友的欲望，之前那个计划行不通，一家五口人住一起，确实挤了点儿。将来再有了孩子，不到一百平方米的房子，就真的不够住了。

章爸爸说：“你们出去住也不是不可以。我就这一个儿子，院里房子再紧张，他结婚也能给他争取一套。毕竟不是姑娘，我就算是用特权让他先拿到房，想必别人也不会说什么。到时候都住在一个院里，照顾起来也方便。”

周梦君却不同意这个方案，周梦君说：“新仁医院房子紧张，这个众所周知。我在济康医院申请就可以了，申请不了大的，申请个小的也行。”

章妈妈说：“济康过来骑车也得二十分钟，家里做个菜、包个饺子给你们端去，都不方便。”

周梦君和章冰都默不作声，这时候周梦君的妈妈开口了：“亲家母啊，要我说，这做个菜、包个饺子给孩子送去，都是小事。”

说到这里的时候，周妈妈停顿了一下，端起杯子喝了一口茶，放下杯子，腔调做足，接着说：“什么是大事呢？对于孩子们来说，两个人开开心心地在一起才是大事，你说对不？”

章妈妈只得点头称是。

周妈妈继续说：“我生的姑娘我了解，她性子直，嘴巴不会拐弯，总是得罪人，但心是好的。说实话，她说住着挤，都是借口。我家的房子三十多平方米，还是老公房，一家三口也住了这一二十年。她说挤，主要是不想跟公公婆婆住一起，免得憋屈。他们小两口要是住在这边医院，和你们一个院儿里，那跟住一起有什么区别？我看你们两口子，都是知识分子，人也好，想必不会给她气受，我姑娘给你们家，我放心。只是婆媳之间，住一起久了，牙和舌头隔得再好，也难免磕磕碰碰，她是晚辈，不忍着吧，别人戳她脊梁骨，嫌她不懂事。忍着吧，她难受，她又不是那能忍的性子。你看他们这结婚条件多好，在这边医院也能申请房子，在那边也能申请。要我说呀，要是那边房子宽裕，就到那边申请，也免得亲家公用特权。反正也不远，一个星期总能在一起吃两顿饭。这感情也有了，又不必天天处着，多好！”

章琰可算是明白周梦君那有啥说啥、不委屈自己的性子是怎么来的了。敢情这都是亲妈的言传身教。看周爸爸，倒是一直默不作声，什么都听她妈的，只怕他们家是阴盛阳衰。看哥哥也默不作声，想必早就跟周梦君达成了统一意见，才过来跟父母谈，只怕他以后也是个怕老婆的。章琰忍不住脑洞大开。

章爸爸章妈妈本来就是好说话的人，又一心为孩子打算，见亲家母亲自开口，说得有理有据，倒也不好反驳，免得显得自己小家子气了，这件事也只好依了他们。商定好，等济康那边房子申请下来，简单买些家具，就给他们办婚礼。

周梦君那边房子申请得很顺利，六十多平方米的两居室，倒也够小两口住。这件事章爸爸有没有从中出力，就不得而知了。

02.

白恣天一共住了十来天院，这十来天，他的功夫没有白费。虽然跟章琰的关系并没有更进一步，倒也能有说有笑，共享一份美食了。

临走的时候，白恣天跟章琰说："真希望你每天都能快快乐乐的。"

连一个不算特别熟的朋友都看出她不快乐了。章琰有些难过，却什么都没说，白恣天点到为止，笑笑转身走了。

白恣天刚到家，就接到济康医院的电话，保洁阿姨收拾床铺的时候，发现他落在枕头下的手表，交到了护士台。白恣天说："我今天没时间过去拿，你让章护士下班给我送来吧，我们住得不远。"

章琰赶到白恣天家时，先闻到一股很特别的香味，一抬头才看见开门的这个男人系着围裙，手里握着汤勺。章琰立刻判断出他在做饭，看他的神态又很悠闲，很想问他，都有时间做饭干吗不自己去医院取？反正也不远。想想若这样问，岂不是显得很熟稔？便忍住了，只把手表递过去："你的表。"

白恣天没接，只转身往厨房走："放茶几上。面马上就烫熟了，待会儿咱们吃鸡汤面。"

章琰说："我回去吃，我妈在家做了。"

"别呀，我就是算准了你下班的时间，掐着点儿做的。都是两人份的，你不吃，倒掉多浪费！"

香味太浓郁，勾引肚里的馋虫蠢蠢欲动，章琰上了一天班，是真的饿了，想了想就答应留下来。

白恣天说："这就对嘛！我跟你讲哦，今天的鸡是我一个客户在南翔的农场里自己养的，吃谷子和草籽长大的，肉质非常嫩。炖鸡的火腿是云南带过来的，鲜笋是安吉那边现采的，上午采，下午送来，我用老瓦罐整整炖了三个小时。而这个面呢，是我亲自揉好，手擀出来的，你今天可算是有口福。”

看他准备得这么充分，章琰有些怀疑，手表是他故意没带，落在医院，就是等她专门给他送来。却又不敢深想，爱太痛，一朝被蛇咬，哪里还敢深想。

跟夏晓军在一起，从来只有她章琰用这样的心机，只为能让他高兴。她不敢想，会有人，特别是一个还算挺有社会地位的人，肯为她动这样的心思。

白恣天把烫好的面和青菜装在大碗里，淋上鸡汤，端了出来。又从冰箱里拿了几样精致小菜，从酒柜里拿出一瓶红酒，给章琰倒了杯：“鸡汤面配红酒，这是白氏吃法。”

章琰忍不住食指大动，倒也没跟他客气，坐下来开吃。刚吃第一口，忍不住眼睛一亮，章琰还没说什么，白恣天就很臭屁地凑上来说：“好吃吧？作为一个美食家，不仅要会吃，还得会做。下次你来，我给你做松鼠鱼，下下次来，给你做红烧狮子头。保质保量保新鲜哦！”

章琰被他的话逗笑了：“你还真有时间。”

“做饭和吃饭的时间总是有的。”

饭后，白恣天拿出光盘来：“要不要看碟？”

章琰说：“不了，我得回家了。”

“稍等一下，我送你。”白恣天进屋，拿出一个BB机，递给章琰，“本来想给你买个大哥大，可那东西体积太大了，也太招摇，想必你不会喜欢。这个好，体积小，随身能携带，我看你们护士长也有一个，你肯定能用得上。”

章琰不肯收：“太贵重了。”

白恣天塞她手里：“我也是有私心的，不想每次找你都打你科室的电话，让别人转接，还打扰你工作。你拿着吧，就当这段时间在医院照顾我的回报。”

章琰故意说：“我没什么朋友，用不上这个。”

白恣天把话说得明明白白：“主要是我要找你，有BB机方便。”

章琰问：“你都出院了，找我还有什么事儿呀？”

这问题问得就有些直白了，虽然白恣天一直都挺直白的，可以前章琰不是一直回避着吗，这下子直接问出来，还是第一次。白恣天本来想说：“没事就不能找你吗？”但他是个很会说话的人，知道不能这样说，再引起章琰的戒心就不好了，若那样，章琰一定会把两个人的关系朝远处推一点儿。章琰就像只乌龟，动不动就把自己缩在壳里，以一种自我保护的姿势。

白恣天说：“我在上海也没什么朋友，你是唯一的一个。你知道美食这种东西，一个人吃总是很无趣的，我就想没事的时候叫你出来吃吃饭。”

白恣天说得很温柔，却又很坦然；很正经，却又很寂寞。那一刻，章琰的心里有清风吹过。章琰没作声，BB机却是收下了。

得到了默许，白恣天隔三差五就找章琰吃饭，就像他们才认识时一样。有时候章琰休息，白恣天把她叫家里吃。做的都是费尽心思的家常菜，久了倒也处出默契来，白恣天心思本来就巧，知道哪些菜是章琰爱吃的，就更加变着花样做了，他一直在用实际行动，温暖着她的胃，以求能打动她的心。

章琰从这些家常的平淡中，感受到家的美好。有时候忍不住心想，跟这样的男人过一辈子，其实也挺好。老男人自有老男人的好处，那份稳重熨帖，以及对度的把握，都不是毛头小伙子所能比的。白恣天的好，要对比才能看出来。章琰经历过了夏晓军，才更觉得白恣天难得。两人之间的感情，随着一日一餐，逐渐升温。

白恣天基本每天都会呼一下章琰，除了叫吃饭以外，就是留言了。

BB机的留言，类似于现在的短信功能。文字最大的好处是，可以用很多美好的形容词描述一件事情，这些形容词可以给人美好的遐想，以至于莫名其妙的，暧昧的气氛就越来越浓厚，还不至于让人感到尴尬。白恣天是过来人，有足够的阅历，知道哪句话怎样表达更能让章琰感到暖心。

时间过得飞快，这时候章琰已经二十四岁了。章冰和周梦君早已结婚，搬到小家里住了，而章琰的终身大事还没有着落。

1994年左右，即使是在大上海，二十四岁还未嫁的姑娘，也已经算是大龄剩女了。章家父母有些着急，这两年，也给章琰介绍了不少他们两口子眼中的优秀男青年。无奈章琰一个都看不上，有的甚至连见面的兴趣都没有。知女莫若母，章妈妈自然明白，章琰之所以如此，都是当初夏晓军伤她实在太深了，她到现在都没缓过来呢！

自从分手之后，夏晓军也一直单身。他比章琰大四岁，这时候已经二十八了。夏晓军本来就沉默忧郁，现在这种气质更加明显了。和章琰分手这件事，已过去好几年，当人们逐渐淡忘的时候，自然不会再继续针对夏晓军。夏晓军和章冰，是当年同时进外科的新医生，这几年章冰沉浸在温柔乡里，业务虽未荒废，却也并没有太大的长进。夏晓军就不同了，上班的时候认真工作，跟老医生虚心讨教，回到家还钻研各种书籍和案例，在外科已逐渐脱颖而出，成为手术室里的一把好手了。

他本来就长得不错，工作单位够好，能力也突出，医院里的大妈大婶们，看着他虽然家境差点儿，但个人条件还不错，张罗着给他介绍对象，他却一直无心恋爱。有一天，科室里一个老医生开他玩笑：“小夏，你这个也看不上那个也看不上，该不会还在等琰琰回头吧？”

没想到这句话，竟引起了夏晓军的强烈反响。夏晓军身子一震，放下手头工作，转过身，推了推黑框眼镜，看着发问的老医生，很认真地说：“是。”

这件事情发生的时候，章妈妈刚好在场，忍不住叹了口气。夏晓军这孩子，为人沉稳，工作能力突出，就是这性格太绵软了点儿。既然在等琰琰回头，这两年居然一次都没主动联系她。也不知道他是怎么想的，他以为就这样等着，琰琰就会主动来找他吗？

私下里，章妈妈跟夏晓军确认这件事：“你还在等琰琰？”

夏晓军点头：“嗯。”

“那怎么不去找她？”

夏晓军沉默很长时间才说：“她不高兴我找她。”

她不高兴你去你就不去？真是一点儿都不懂女孩子的心。章妈妈不知道章琰的心思，这时候不好给夏晓军提示，只好叹口气，什么都没说走了。

章妈妈又去试探章琰，看他们能不能死灰复燃，毕竟当初爱得那么轰轰烈烈。刚一开口，章琰就制止了她：“我早就不喜欢夏晓军了，你怎么还提这事？”

章妈妈只好作罢，只留心看还有没有别的优秀男青年，介绍给章琰，但愿能入她的眼。

章琰这个人，没什么兴趣爱好。以前还喜欢逛街和打扮，这两年，逛街和打扮都懒得做了。逢着休息，若白恣天有事不来找她，她就在家看看电视，或者帮妈妈做做家务。可电视有什么好看的？看来看去，就是那些节目。章琰虽觉得苦闷了点儿，却也只能如此。

白恣天准确洞察了章琰的无聊，她休息时，能陪着就尽量陪着。若必须要出去工作，就把家里的钥匙给章琰，让她一个人在他家里看碟。后来干脆给她配了把钥匙，让她自己随时过来。白恣天很细心，若章琰一个人在他家，到了饭点儿，总会帮她订餐送到家里。或者提前做好饭留在家里，让她饿的时候自己热热吃。

又一天傍晚，在白恣天家中，吃完饭白恣天洗碗，章琰靠在厨房门口，两人有一搭没一搭聊天。白恣天突然发现，他一句话说完章琰没有回应，便回头看她，见章琰看着自己的背影，走神了。白恣天心中一动，觉得时机应该到了，转身继续洗碗，背对着章琰，忍不住咧开嘴角，无声地笑起来。对着章琰时，却又装得跟没发现她的心思一样。

饭后休息了一会儿，章琰说要回家，却坐在沙发上没动，只说："你家沙发实在太舒服了，我坐着都不想走。"

白恣天状似不经意地说："那就从家里搬出来，住这里，沙发由着你坐。"

章琰只笑，不说话。

白恣天坐过来，吻了她，她也没动。把她抱在怀里，他不动，她也不动，他就这样松松地抱着她，碟也不看了，就这样抱着。也不知过了多久，章琰说："我要回去了。"白恣天松开她，两人这才起身。

白恣天说："搬我家里来住，你考虑下怎么跟你爸妈说。"

章琰说："好。"

那天，与以往不同，白恣天把章琰送到她家楼下才离开。中途大部分时候，两个人虽未交谈，但手是牵着的，快到章琰家所在的那个巷子时，她才轻轻挣脱开。

济康医院家属院房子够多，已婚的基本都分房，未婚的也两两分有一个宿舍。章琰家不远，从来没住过宿舍，那天过后没多久，她却跟章妈妈说，要搬到宿舍去住。

章妈妈很是惊讶，章琰上班也有几年了，这是第一次说要住宿舍，就问她："是不是家里住着不舒服，还是有什么事情？"

章琰说："我只是想到宿舍去住一阵子，也不一定每天住宿舍的，大部分时候还是回来住，只偶尔在那边。"

章家父母向来开明，章琰这样要求，想着她这两年，跟夏晓军分手，一直都很苦闷。不如让她出去住一阵子，就当有一个单独的空间可以释放心情，便答应了。章妈妈交代："不回来住的话，提前跟家里说一声。"

章琰搬了被褥和日用品到宿舍，假装住在宿舍。而白恣天家里，也为章琰采购了些生活必需品。

章琰有时候觉得，生活真是有够奇妙，她这么乖的姑娘，居然做出了那么出格的事情：与男人未婚同居。

白恣天却笑她："你并不是严格意义上的乖乖女，骨子里有极狂野的成分在，只是因为家里教养好，才被压抑了。"

章琰问："你什么时候看出来的？"

白恣天笑着揶揄她："那天晚上。"

章琰当然知道是哪天晚上。那天她从家里奔出来，遇到白恣天，夜宿他家，把所有的情绪都发泄在他身上……想到这个，章琰忍不住哀号一声，把脸捂上，羞得无地自容。

03.

一个女人，起初不喜欢一个男人，那男人若能追上她，还能让她爱上他，并义无反顾跟他同居，除了润物细无声待她好之外，我想一定有其他因素在里面。比如说人格魅力。

白恣天是一个很有人格魅力的人，他的人格魅力最主要的特性是：他是一个贵族。

章琰并不了解白恣天的背景，之所以判断出白恣天是个贵族，不过是通过行为举止。也因此，这里说的贵族，不是指家庭出身，而是指一个人的精神气儿。

白恣天是一个贵族。

除了在吃的方面精益求精以外，喝的红酒，抽的雪茄，都是市面上很难买到的；

白恣天在穿衣方面极讲究，意大利的老裁缝，每半年会来上海一次，帮他量体裁衣。章琰和白恣天在一起之后，白恣天自然是不遗余力打扮章琰，意大利的老裁缝，两个月来一次，帮章琰做新衣；

白恣天锻炼，快四十的人，身材保持得很好，没有一丝赘肉，连屁股都是翘翘的；

白恣天现在住的房子，是以公司的名义买的，除却装修不说，里面的摆设，很多都是在老店里一点点淘来的。白恣天尤其喜欢三十年代老上海的东西，那些东西，但凡好点的，价值都不菲。而白恣天家中的，大都是精品……

这些都是外在的东西，若只凭这些，就判断一个人是否是贵族，那么，所有附庸风雅的暴发户，都可以称之为贵族了。

白恣天的贵族气质，是骨子里散发出来的。

白恣天举止优雅，为人和善，这一点才认识的时候，章琰就知道。

他知识面丰富，见多识广，这一点跟他吃过几次饭，也就看出来了。

最难得的是，他身上有一种特别坦然的气质，这个气质来自于人生阅历和修养，综合起来说，就是贵族气质。这个贵族气质不对比还真显现不出来。若只跟一个人对比，又不够客观。贵族一定是高于一群人之上的、是凤毛麟角的存在。

以我有限的人生阅历来说，我觉得单从给人的印象来说，男人比女人更不容易获得别人的好感或好评。这个社会的审美，对男人来说相对要更苛刻些。比如说，一个女人，只要在漂亮、年轻、善良、大气、博学、气质好、性格好等任何一方面特别突出，就很容易出彩，很容易被大众喜欢。即使有些小毛病，只要无伤大雅，都会被忽略不计，甚至一些迷糊或小气的毛病，还会被人认为是可爱或持家。而一个男人，即使某一方面特别突出，但凡有一些缺点，那些缺点就有可能变成致命伤。比如说，一个男人小气，就会被认为是穷酸；男人糊涂，就会被认为眼界窄，不堪重任。而男人身上的所有缺点，统一来看，通常都会被赋予两个字：猥琐。

我们常常听到，人们形容一个男人猥琐，却很少有人用猥琐这两个字形容女人。

一个男人，一旦猥琐，气质就不好了，就没有了贵族气。

夏晓军长得不错，比白恣天好太多了。可夏晓军严格来说，身上也有猥琐气。就连章琰一向崇拜的章冰都会在某些时候表现出猥琐气。可白恣天没有。

白恣天特别坦然，这个坦然我没办法用语言去形容，若让章琰自己描述，她也说不出来。顶多她会告诉你，就是舒服。无时无刻不让人感觉到轻松的那种舒服。

跟他在一起，仿佛时间都变得缓慢了。仿佛一个普通的女人，灵魂都变得高洁起来了。

一个女人若不够优秀，或无法入他的眼，和他在一起或许会自惭形秽。有时候章琰自己都很好奇，白恣天是怎么看上这么普通的她呢？

用白恣天的话来说，章琰的眼睛很纯净，跟她在一起的时候感觉很轻松。

从两人对对方的观感上，我大致能判断出，这两位，算是一对妙人。

1994年，中国的社会风气还不是很开放，白恣天很随意就跟章琰提出同居，章琰也很爽快答应。从这一点来说，他俩应该是一类人，都是相对比较随性，不会轻易被社会约定成俗的规矩束缚的人。

然而，毕竟白恣天住的地方离章家不远，章琰再怎么不在意，也会注意到父母的想法，以及其他人对她父母的看法。才会托词住医院宿舍，而没有明目张胆地公开与白恣天同居这件事。同时她很小心地一周只在白家住两晚上，休息时也借口出去逛街在白家打混。而不是明目张胆和白恣天同居。

章琰和白恣天在一起三年，章家父母居然没有发现，从这一点上来说，他们是够迟钝的。或许是太忙，或许是对章琰足够信任，也或许是章琰伪装得太好，总之，他们根本没有发现。不过，中国的子女，到了一定的年龄，和异性同居或发生关系，除非怀孕，又有多少父母能发现呢？大部分时候，未必是孩子伪装得有多好，而是父母思想太过保守，未婚同居这件事他们无法想象，便自动屏蔽朝这方面想。小部分时候，是中国的父母，忙碌着赚钱养家，给孩子更好的物质生活，却忽略了孩子的精神需求，连她和别人同居这种事都发现不了。

这真是有够悲哀的。

白恣天的公司，是上海最早一批的广告公司，一开始公司的客户是快速消费品企业，主要和4A竞争。然而九十年代初期，房地产在上海初显苗头，白恣天准确把握住契机，转行做房地产广告。

因着他开始做房地产广告的时候，全中国的房地产广告公司没有几家，他公司开得比较早，占了天时；因着他的公司，在经济飞速发展的大上海，又刚好逢了上海发展最快速的那几年，占了地利；因着他是台湾人，那段时间起来的很多国产开发商，都还是相对比较土的，对外国人、台湾人、香港人有着盲目崇拜，占了人和。天时地利人和，白恣天的广告公司做起来还算顺利。

白恣天跟章琰说，他其实并不喜欢出去工作，不喜欢商场上的东西，不喜欢应酬，可是毕竟要生活，他得赚钱养家。

白恣天说这种话的时候，章琰是从来都不敢接口的。如果是夏晓军说不想工作的话，她会说："两个人在一起就好了，我可以再吃少一点。"

跟白恣天章琰不会这样说，她不会告诉他，她并不介意过普通生活。白恣天有他的生活标准，这个标准，是认识章琰之前就有的，是已经习惯了的，不会轻易改变。

可是在商场上，很多时候都身不由己。章琰休息的时间固定，白恣天却不同。又一次，章琰休息，白恣天却需要去公司。他感到很抱歉：

“最近实在太忙了，晚上你来，我还在修改方案，通宵都不能陪你。今天你休息，我还得去见客户。”

章琰笑着没说话，只亲亲他，帮他把衬衣扣子扣上。

白恣天说：“不然你跟我一起去吧，我实在舍不得你一个人在家。”

“我去能做什么呢？”

“什么都不必做，假装是我们公司的，跟着我，让我随时能看到你就好。”

“若别人问起来，我一问三不知怎么办？”

“没事，你不必说话，客户有问题，我来回答就好。”

章琰觉得很好玩，就答应下来。见到他的客户和同事，很新鲜，并不感觉闷。

白恣天看她情绪还好，过了几天居然把她的名片印好了，头衔是他公司的AE，美其名曰，这样装起来更像一点儿。从此，章琰休息就不放她一人在家，次次带在身边。

章琰说：“虽然我没给你打工，但名义上却是你的下属，这也算是应了当初你的请求。”

白恣天倒是很坦白：“当初让你来我公司，是为了接近你。现在目的达到了，就不必真让你来工作了。”

章琰对商场上的东西没有兴趣，对赚钱没欲望，自然不会被白恣天工作上的事情吸引，不走心就不会刻意去学。白恣天却总担心章琰无聊，经常工作的时候还抽空跟她聊着天。恋爱中的男女，谈恋爱时间长了，能说的废话说得差不多了，只能找新鲜的话题来打发沉默，白恣天很懂这个，经常就自己的工作，跟章琰讨论，即使她根本不懂，也根本没认真听。

白恣天做的是广告，公司设计做的手绘图，会征询章琰的意见，问她好不好看。和客户开会，跟客户说两句，会跟章琰耳语几句，解释一番。晚上在家加班看提案报告，修改方案的时候，为不影响工作，同时也能转移下瞌睡虫，拉着章琰跟她讨论某些困惑的地方，即使她根本无法回答他。不过，人的思维有时候就如此，闷在心里，很多困惑得不到解决，跟别人讲出来，即使别人无法给出意见，自己在讲的时候或许会突然灵机一动，就知道下面该怎么做了。

白恣天的公司，是上海最先起来的几家广告公司之一，这时候，中国广告行业的游戏规则尚未建立，白恣天从台湾带来了很多新的东西，而他的员工，却都是当地人。白恣天在公司，既是老板，也是老师。他需要亲自去看设计稿，亲自盯文案，亲自看提案报告，甚至很多时候，需要自己亲自动手做方案。

章琰不会想到，这两三年，白恣天偶尔的只言片语，会是她日后在商场上的启蒙，对她以后开公司、工作态度和决策方向上的影响那么大。

1995年秋，章琰和白恣天在一起的第二年，白恣天买了辆德国车，逢着章琰休息，白恣天就会尽量空出时间，开车带章琰到周边古镇度假。那时，古镇还不像现在这样过度开发，有一种纯朴的美。白恣天有一台老相机，为章琰拍了很多照片。

和白恣天在一起的三年，章琰拍过的照片比她一生拍的都多，那些照片，成了她此生最美好的回忆。

后来章琰自己算了一下，和白恣天同居的那三年，居然是她人生中最无压力、最快乐的时光。

和白恣天在一起越久，章琰内心深处对他越依赖，像父亲一样依赖。同时，章琰还能和白恣天一起吃喝玩乐，像朋友一样相处。偶尔，白恣天软语温言哄章琰的时候，故意装出小孩子的样子，却又能激发出章琰的母性来。

父亲、朋友、儿子，白恣天是多面的，无论哪一面，都让章琰感觉特别美好。

恋爱关系里，除了完全对等的那种以外，还有一种是一方输出，另一方输入。章琰自认为，和白恣天在一起，她是输入的一方。然而白恣天不这样看。白恣天认为，章琰给了他爱情的感觉，让他的生活变得更有意思，从感情的角度来说，他是受惠者。因此白恣天的内心，对章琰是很感激的。

章琰对白恣天也是很感激的，他救活了她死掉的心。

白恣天毫无原则地宠爱着章琰，三年如一日，章琰说："你不要对我太好了，我怕我会被宠坏。"

白恣天云淡风轻地说："那有什么关系，你开心我开心就好。"

章琰二十五岁生日的前几天，白恣天让章琰把户口本和身份证拿给他用用，章琰不知道他要干什么，白恣天神秘地笑笑不解释，只说："现在还不能告诉你。不过你拿户口本这件事，最好是悄悄拿，不要让你父母知道，免得横生枝节。"

见问不出来，章琰便也不问了。

生日那天，白恣天在外面订好了饭店，买了玫瑰，给章琰过了个气氛很足的生日。晚上回家，白恣天把户口本拿出来还给章琰，却也什么都没说。

章琰相信白恣天的人品以及他对她的好，自然不会怀疑他拿她家的户口本和她的身份证去做了什么不好的事情。见他不说，便收起来也没多问。

洗好澡上了床，两个人闲聊，章琰问他："你家里还有些什么人？"

"就只有一个爷爷了。"

"谁在照顾他？"

"在疗养院里，护士照顾。台湾最好的疗养院，我每个月寄钱过去。"

"你父母呢？"

"出车祸死了。"

“对不起。”

“没关系，好久了。”

“多久？”

“我大学毕业那年。”

章琰咬着嘴唇，想着他俩恋爱这么久，白恣天从来没主动提过结婚，她都有些急了，他也没提，便试探着问：“这么多年，你为什么一直不结婚？”

“结婚的人，通常都有差不多的理由，到我这个年纪，还没有结婚的，却各有各的原因。除了真正的浪子，大部分男人，三四十岁，都是特别渴望结婚的。”

章琰咬着嘴唇，探究地看着白恣天，想要再深入地问一下，却因为从小所受的教育，让她一个女孩子，主动提结婚这件事，实在开不了口，便什么都没问了。

白恣天说：“睡觉吧，再过一段时间，我带你到台湾去看爷爷，他脾气很坏，是个很难搞的老人，你要做好心理准备。”

章琰算了算，白恣天快四十岁了，他爷爷起码也有八十上下了。她心想，那么大年纪了，精神头怎么样还不一定，又能有多难搞呢？她向来是个不爱多想的人，也没朝深处想，很快就入睡了。

04.

章琰的博客里，写过她和白恣天的快乐时光。然而我整理的时候才发现，不过尽是些吃了什么东西，一起到什么地方去玩，他说了哪些暖心的话而已，并没有特别实质的事情发生。我跟章琰说：“你这样我特别难写，没有事情发生的话，我没办法把那些快乐的时光描述出来，没办法写出你当初是多么幸福。”章琰想了半天，又跟我说了几件事，那些事和她博客里写的，并没有太大的区别。或许她认为很特殊，但对于一个写作者来说，不过是些生活的片段，不出彩，更无从记录起。

在琢磨这一段该怎么去写的时候，我有些为难，我没办法编造子虚乌有的事情，更无法通过我贫乏的语言准确描述章琰当时的心情。

我纠结了一阵子，后来逐渐就释然了。

两个人过日子，平平淡淡才是最大的福气。轰轰烈烈只是言情小说里的桥段。幸福的人，都是差不多的。不幸的人，才各有各的不幸。既然我写不出来，那么，就不要写这一段，只用一两句话描述章琰当时的状态就好了：他给了她最好的爱情和生活，她很快乐，也很满足。恨不得沉醉在这一段时光里，永远不走出来。

在一起的第三年，章琰才后知后觉地跟白恣天提到两个人未来的走向。而这一切都源于她年龄越来越大，家里越来越着急。父母的着急感染了章琰，让她也着急起来。

章琰打算把白恣天曝光到她亲人的面前，讲给白恣天听，白恣天却沉吟很久：“还是再等一段时间吧，我毕竟是台湾人，在你父母受到的教育里，台湾和大陆的立场不一样，怕他们很难接受我。而且，我毕竟比你大了十几岁。”

章琰以为，白恣天担心他到了章家会受到冷遇，会很难堪，连忙安慰他：“我父母都是很好的人，他们不过是希望儿女能平安幸福。你是能给我幸福的人，他们会喜欢你的。”

“那么，能不能这样，我先回一趟台湾，跟爷爷说一下这件事，然后再回来见你父母？”

“我要跟你一起去吗？”

“不要了，爷爷很难搞，我先去跟他说，会比较好一点儿。”

白恣天处理了手头上的事情，又把公司交给了心腹小李，就回到了台湾。

他这一走，就是二十多天，章琰一个人住在白恣天的房子里很无聊，就搬回去住了，又因为白恣天交代过，不能跟家里提前透露这件事，对着章妈妈的时候，她什么都没有透露。

而这一段时间，章家发生了一件天大的喜事：周梦君怀孕了。

章家父母自然是非常高兴的，这可是章家的第三代。章琰看着父母和哥哥开心的样子，也非常开心。然而她的心里多少有些难过，算起来，她比周梦君还大月份，周梦君脾气坏，性格直，难得哥哥一直宠爱着她，婚后生活却也非常幸福。而她章琰，内心深处一直渴望婚姻，却蹉跎着蹉跎着，二十六七的人了，姻缘线还没有动。

虽然白恣天对她很好，好到让她恨不得在他的宠爱里腻死的程度，可是白恣天从来不提结婚的事，她主动提出让他去见她父母，他却要先回台湾跟爷爷说。从他的表情，她能看出来他有难言之隐，他不肯说，她不忍让他为难，便也没问。章琰心想，这事儿要是发生在周梦君身上，只怕就大咧咧问出来了。可她章琰就是问不出口，不想让白恣天为难是一方面，另一方面，是她的性格、是她受过的教育，不允许她一个女孩子这样不矜持。是的，主动跟男人提婚事，甚至逼婚，都是不矜持的，是有失教养的行为。

中国的女孩子，若打定主意要结婚，那么，每一段失败的恋爱都是在浪费时间，即使过程无比美好。这是一个非常在意女人年龄的民族，一个女人在一个男人身上浪费三年，在另外一个男人身上浪费三年，适婚的年龄也就过去了。

章琰是想要结婚的，她一直很清楚这一点，她的命却不好，没有在第一时间嫁出去，才会蹉跎着蹉跎着年龄大了。和白恣天在一起之后，她是希望和白恣天结婚的。然而婚姻毕竟是两个人的事，任何一方没有强烈的愿望，这件事就有可能变成独角戏。

得知周梦君怀孕，章琰更迫切盼望着白恣天能早点儿回来，为她带来好消息。

在等待的期间，章冰跟章琰说了一件事，希望她能帮他一起跟父母说说：他打算办停薪留职，出来创业。

章琰大吃一惊："新仁医院外科年轻的主刀医生，这是多少人羡慕的好工作，再做几年，升职称、涨工资，又稳定又有前途，你怎么就不安心，要去折腾呢？"

章冰苦笑："我还没跟爸爸妈妈说，就怕他们说出这种话，没想到我妹妹居然也这么迂腐。"

"这不是迂腐，是我的真实想法。我想大部分人都是这样想的。"

"一辈子待在医院，做一份工作，在体制内，在爸爸妈妈的羽翼下生活，有什么意思？我和晓军合计了一下，市面上的私营药企不多，现在是创业的最好时机。而且你不知道，晓军偶然之间研制出来一种新药，对治疗心脏病有极大的疗效。我们想以此为契机，出来拼一把。若能成功，也不枉此生。失败了也没关系，有退路不是？"

章琰听到这事还牵扯了夏晓军，心里多少还是有些沉重的，问章冰："夏晓军也要出来跟你一起做？"

"嗯，我们打算合开一家制药公司。"

"他也停薪留职？"

"他不，公司他负责技术，我负责业务。只要实验室建立起来，资金到位，他可以休息时间做。其他的事务性工作我来做。"

章琰当然知道夏晓军为什么不辞职。他家里，他是主要的劳力，他的稳定才是家庭稳定的根本。

章琰问："嫂子同意你这样做吗？"

"我跟梦君说了，她支持我。她说家里只要有一个人有稳定收入就可以了。另外一个人尝试下新的可能性是好事。"

"既然你们都商量好了，何必还来问我呢！"

“不是问你，是跟你说这件事，爸爸妈妈那里我还没说。以他们的古董思维，肯定是反对的，我想，如果到时候，你和梦君都站在我这边，事情就容易得多。我需要父母的支持，需要他们提供资金，需要爸爸允许我和夏晓军用新仁医院的实验室。”

章琰想了想说：“你想好就行，我不懂这个，对做生意也没兴趣。不过既然嫂子支持你，你自己又想得那么清楚，试试看也没什么。如果你觉得这件事能成，我可以帮你说。”

章冰宠溺地揉了揉章琰的头发：“等我公司做成了，我妹妹就可以不用辛苦上班了，想吃啥想要啥哥给你买啥。”

按章琰以前的想法，开公司做生意是非常遥远的事情，想都不敢想。可她的爱人是个生意人，做得还不错，跟她聊天，偶尔也会跟她讲些生意上的事情。久了她的思维模式就有了改变，觉得做生意也不一定是什么坏事。

章琰的家境本来就很好，可她的父母毕竟是知识分子，虽然有很高的社会地位，却并不擅长享受。章琰本身是个对金钱毫无欲望的人，可跟白恣天在一起之后，生活档次跟之前又有了很大的变化，有精细的美食、大而漂亮的房子、国外设计师亲手设计的裙子、新车、旅行……享受过有钱人的生活，才觉得有钱真心很好。

哥哥有心创业，她又何必反对？

在三个年轻人的合力说服下，这件事倒没有太大的波折，很快就得到了章家父母的首肯。在周梦君怀孕第五个月的时候，章冰正式开始了创业生涯。

白恣天走了二十多天，回到了上海，他的情绪有些颓废。章琰问他情况如何的时候，他说：“如我所料，爷爷不同意。”

“为什么呢？他还没见过我呢！怎么就不喜欢我？”

白恣天嘴巴动了动，想说什么，最终什么都没说，只问章琰：“如果，你需要等，等他死后我们再结婚，你会介意吗？”

章琰感觉胸闷闷的，特别难受，沉默许久才说：“你不觉得这样对我来说太不公平吗？”

白恣天当然知道她委屈。章琰是想要结婚的，恋爱也是以结婚为目的的。可现在却因为爷爷的关系，只能跟他继续地下情，不能把两人的关系公布于众，而她同时承受着家庭和社会舆论的压力。这对她确实不公平，可是他一想到爷爷的态度，就越发难过起来。白恣天走过去抱住章琰：“请你相信我，我是想要和你结婚的，爷爷太固执，又一把年纪。我本来想不理他的态度，直接跟你领证。可是在这个世界上，我只剩下这一个亲人了，我不忍心忤逆他。”

“再过半年，你就四十岁了，你爷爷居然一点儿都不着急？不急着抱孙子？”章琰问。

白恣天本来想说：“他不是不想让我结婚，而是不想让我和你结婚。”他知道这句话说出来，会伤到章琰，她也将有一大堆事情问。而他的情况却又太复杂，三两句话跟章琰说不清楚。他害怕说出来章琰会认为他在骗她。

他不想横生波折，也不想让章琰为此操心，他希望这件事他一个人搞定。于是他什么都没说。

章琰看白恣天痛苦的样子以及迅速消瘦的脸，立刻就想到了，他这一走就是二十多天，只怕已经和爷爷做过激烈的斗争了。她有些心疼这个男人，忍着难受说：“咱们再想想办法，你先洗澡。”转身去卫生间帮白恣天放热水去了。

一进卫生间，章琰的眼泪忍不住流下来。她不停地回想和白恣天在一起的点点滴滴，才能让自己的委屈感稍微削弱一点儿。她想到两人在一起，所有的家务都是他在做；她想到无论他多忙，都会抽时间陪她，担心她无聊，工作时也把她带在身边；她想到，每一个休息的日子，他总是安排各种出游，做好攻略，开车带她畅快出行；她想到每一个节日，他都费尽心思，给她惊喜；她想到，和他在一起的这两年，居然没有受过一丝一毫的委屈。日子虽然过得平淡，但他尽量给她所能给予的最好……最难得的是，他了解她，也理解她，把她圈在他的保护范围内，与世界隔开了一个安全的距离。

他给她了一个伊甸园，只是他暂时不能和她结婚。

章琰擦干眼泪，放好洗澡水走了出去，难得的是，居然对白恣天挤出了一个笑容。

白恣天自然看出来章琰哭过，心疼极了，紧紧抱住她："对不起，对不起！我只是暂时不能给你一纸婚书。其他的，你要什么，都可以给你。"

章琰说："没关系，我可以等。"

在那一刻，两人才真正产生了相依为命的感情来。

那天晚上，自然是极尽缠绵的。白恣天以一种想要补偿的心态，而章琰却是一味地索取。似乎以这样的方式，就能弥补所有的遗憾。

Chapter 5

我 们 | 再 | 也 | 回 | 不 | 去 | 了

01.

谈恋爱这种事，但凡任何一方心里有疙瘩，快乐就会打折扣，相处氛围亦会变得敏感。

虽然章琰无数次自我暗示：要相信他，相信凭借着爱，他能处理好这些事。但心里难免还是会胡思乱想。比如说：他究竟遇到了些什么事情？他的爷爷为什么会那么强烈地反对？他这么大年纪了，也算是个有社会地位的男人，智商和情商都不低，为什么连一个八十多岁的、住疗养院的老人都搞不定？他是否在骗她？他在台湾是否已有家室，或者有婚约？

这时候，两个人是否知根知底，就变得尤为重要了。“非我族类，其心必异”，白浤天毕竟来自于大家都不了解的台湾，他在上海无亲无故，除了对她好以外，他没有任何可以证明自己的东西。

怀疑的种子一旦播下，就会不停地胡思乱想，拼命寻找证据，分析各种蛛丝马迹，试图证明自己的猜想。章琰就如此。

章琰的疑神疑鬼，以及不快乐的情绪，很快被白浤天获知，他不希望她因此不快乐，他会自责。

白恣天拉住章琰："要问什么就问吧，别憋在心里。"

章琰说："你不要让我问，你主动告诉我。"

白恣天组织了半天语言，才说："爷爷是南京人，曾经是国民党一个将军的警卫，从入伍起，就没回过家。将军对他很好，一次战火中，救了他的性命，从此他对将军感恩戴德，誓死回报。后来，将军带着全家逃到了台湾，爷爷跟了去，这一走，就是大半辈子。将军到了台湾，一直在政府做事。爷爷入伍太早，不识字，后来勉强认了些，却无法再帮助将军什么，他想回大陆，寻找他的亲人，但是你知道，因为政治问题，那么多年，他都是不能回来的。后来，在将军的帮助下，爷爷娶了个台湾本地女人，也就是我奶奶，还开了间杂货铺生活。杂货铺开在奶奶出生的乡间，生意并不好，只勉强够糊口。

将军很忙，爷爷很少能见到他。每年春节，爷爷都会带着全家去给将军拜年。爸爸六岁时，将军说，孩子放在乡下野惯了，将来不会有什么出息，不如放在他家，跟他家孩子一起读书。从此，爸爸就养在将军家，跟将军自己的儿女一起读书上学。爸爸够争气，念了大学，还到美国学了建筑，成了一名建筑设计师。将军的女儿喜欢爸爸，将军有心等爸爸学成回到台湾就让他们成亲，却不料爸爸在美国悄悄跟自己的女同学结了婚，还生了孩子，就是我。爸爸带着妈妈和我回到台湾，爷爷大发雷霆，让他在将军家门口跪了三天三夜。

爸爸和妈妈回台湾之后，开了事务所，事业做得很好，在台湾很知名。爸爸妈妈就只有我这一个孩子，自然是悉心培养，我也算够争气，各个方面都做得不错，却不料，再一次被将军家的女孩子盯上了。我十七岁那年，还在念高中，将军的外孙女淑箐，才十一二岁的小女孩，整天缠着我，还跟将军说，长大了要嫁给我。那时她还太小，大家都当玩笑话来听，我也没在意。我二十岁时，爸爸妈妈出车祸过世。葬礼将军一家都来了，葬礼结束时，将军跟爷爷说'从此小白就成了孤儿了，他的事，我会管’。哪里知道，他的这个管，是要等淑箐大学毕业了让我娶她……”

“所以说，你是有婚约的了？”章琰打断他。

“没有那么简单，你听我说完。”

“你说。”

“爸爸妈妈过世之后，爷爷本来想把事务所卖掉，我却不同意，坚持要继承。那些年，过得特别艰苦，一方面要继续学业，一方面要打理生意。好在有将军帮助，给了我很多政府项目做，生意倒还过得去。后来我认识了一个姑娘，我们相爱了，那时候我不知道将军跟爷爷说过要我将来娶淑箐的事，只一心一意打理着事务所、谈着恋爱。淑箐不知道从哪里听说了这件事，跑来大吵大闹，还找了几个社会上的闲散人员，打了那姑娘一顿。那年我二十二岁，淑箐十七岁。她不知道跟谁学的，成了一个小太妹，打扮得怪里怪气，还文身、穿鼻环。我喜欢清纯一点儿的女孩子，对她没好感，知道她打了那个姑娘，更是气疯了，我打了她一巴掌，这下子，闯出了弥天大祸。”

白恣天顿一顿继续说：“淑箐在家里闹着要自杀，将军向来宠她，问她打算怎么办。她说除非我娶她。那时候，她已经十七岁了，过了台湾的法定结婚年龄，是可以结婚的。将军就张罗着要给我们举行婚礼。我自然是不同意的，可我那时候也不太懂事，有将军和爷爷逼着，我一点儿办法都没有，非常彷徨，以为这辈子就要跟这个小太妹拴在一起了。后来我去求淑箐，好话都说尽了，她才同意取消婚礼。却跟我说，她不结婚，只是因为她还没玩够，让我跟别的女人保持距离，等她玩够了我们就结婚。”

这故事，狗血得跟国产电视剧似的，居然发生在白恣天身上，章琰觉得很可笑。

章琰问：“后来呢？”

“后来，那个姑娘跟我分手了，她惹不起淑箐，更惹不起将军一家。淑箐倒也不缠着我，只是也不好好学习，大学都没上，就退学了。从此，天天跟社会闲散人员泡在一起，疯跑着不着家。我二十五岁那年又谈了一次恋爱，她听说了，又找我大吵大闹，她最大的本事，是打人。第二大本事，是拿将军和爷爷压我。但那时候我是不怕的，我已经大学毕业了，公司也不用再靠将军了。我跟她说，如果她敢再动手，我就打她，哪里知道，她还是背着我，打了我第二个女朋友。我要收拾她时，爷爷却突然出现——想必是她提前叫上的。我只有爷爷这一个亲人了，最终当然是她再一次取得了胜利。”

章琰心下一阵恶寒，他跟谁谈恋爱，女朋友都要挨打，听着怎么那么瘆得慌呢？

章琰示意白忞天继续说。

白忞天说：“后来，我过了一段时间荒唐日子，有一段阵子和一个酒吧女走得很近，淑箐动用各种关系，逼得那酒吧女几乎无法在台湾立足。我问淑箐究竟想怎样，既然那么想嫁给我，就不要三番五次惹我不高兴。她挑衅说，她没那么想嫁给我，她还没玩够。但不允许我跟别的女人在一起，她见一次破坏一次。从此，她更变本加厉了，隔一段时间来找我一回，每回都带不同的男人来羞辱我，同时警告我不许跟别的女人接触。她就像一个精神病患者一样，对我有着强烈的占有欲和破坏欲，这简直让我害怕。”

白忞天说：“如果仅仅只是淑箐，我是不会顾及的，主要是爷爷，他说如果我不娶淑箐，他就去死。如果我像爸爸一样，跑国外娶个女人回来，他也去死。”

章琰被这狗血的剧情气得够呛，忍不住心想：那他就去死好了，活了那么大一把年纪，儿子逼迫不成来逼迫孙子，有什么出息？但那老人毕竟是白忞天的爷爷，这种想法想想就觉得罪恶，章琰不允许自己这样想。

白忞天继续说：“有一段时间，因为逆反心理，故意跟淑箐作对，我找各种女人寻欢作乐，尽量做得隐蔽，不让她发现。就像一个游戏似的，我找每一个女人时，都在猜，淑箐会不会发现？她什么时候发现？她发现了我该怎么跟她说？我忍不住这样去想，就越玩越兴奋，就不停地换女人。淑箐找人跟踪我，我们大吵一架，闹得不可开交，淑箐一气之下跑到了国外，爷爷也被气病了。”

章琰看着白恣天，问道：“你不停地换女人？换了多少个了？”

白恣天说：“这都是好多年前的事了，那时候你只怕刚上初中呢！就不要追究了。你听我说完。”

白恣天说：“那一年，我三十岁，淑箐不辞而别出国这件事，将军非常生气，虽未直接迁怒于我，但对我却也非常失望。爷爷病倒了，医院还下了病危通知书，爷爷说，死也就死了，就是对他在大陆的家人放不下。我答应他，等他病好了，我带他到大陆找他的家人。爷爷的病果然好了，只是身体大不如前，不能长途旅行了，他主动提出住到疗养院，让我替他到大陆来，找到他的家人，看看他们过得怎么样。我到了南京，反复打听，才知道爷爷的家人在大屠杀的时候全部死掉了。我回到台湾，自然是隐瞒了这个消息，告诉他，他妹妹还活着，孙子参加工作了，孙女还在上大学，并找了假照片给他看。他很高兴，一直说身体好了就到大陆来看他们。过了一段时间，将军病重，淑箐得到消息，回到了台湾，将军过世前拉着我的手，要我好好待淑箐。爷爷是满口答应，我却没说话。后来爷爷跟我说，他欠将军太多了，无论任何时候，淑箐要我娶她我都得娶，除非他死了。淑箐还是老样子，不停地换着男人，却不允许我跟女人接触。实际上这时候，我对继续玩这种猫捉老鼠的游戏也失去了兴致。”

章琰忍不住抱住了白恣天，这孩子被一个女人逼成了这样，也真够可怜的。白恣天回抱住章琰，继续说：“我心里隐隐希望，淑箐跟别的男人在一起时，改变了想法，嫁给了别人，这样我就解脱了。另一方面，我已经想通了，我明白将军已经过世了，爷爷迟早也会走，老一辈的恩怨随着他们的死亡都会过去，爷爷和爸爸欠将军的，我却不欠，我只是放不下爷爷罢了。等爷爷走了，我就没有任何心理负担了，更不必受淑箐要挟。我很烦淑箐，不想待在台湾了，就跟爷爷提出，想到大陆来。爷爷自然满口答应，还让我代他照顾他妹妹的家人。我关了事务所，来到了上海，前几年，风平浪静，直到我遇见你，还爱上了你。其实你的年龄不算大，我总觉得，如果你愿意陪我等，我们可以等到爷爷走了再结婚，这样谁都不会受伤害。却没想到，你先着急了。我这次回台湾，跟爷爷提了你，告诉他我想和你结婚，爷爷发了好大的火，我反复跟他讲，将军已经过世了，我可以用别的方式补偿他们家，爷爷却不同意，反复说，我不娶淑箐，除非他死了。他已经那么老了，我怎么忍心逼迫他呢？于是我答应他，不跟你结婚。爷爷说，这么多年，我也被折腾得够苦了，如果要在大陆谈恋爱，一定要瞒着淑箐，不要让她知道。如果淑箐让我回台湾结婚，我就一定要回去。”

“你答应他了？”章琰问。

“我没答应，却也没反对，只让他注意身体，不要操心太多。上次回台湾，是悄悄回去的，没见到淑箐，不然她铁定一场大闹。”白恣天说。

“她这么逼迫你，是不是有心理问题？”

“我不知道，我也不关心，不过她的行为确实像个疯子。”

章琰想笑，却又笑不出来，她很难过，感觉这件事特别滑稽。章琰问：“那么，这就是场时间仗，是看爷爷先走，还是淑箐先提出结婚喽？”

白恣天说：“我是打定主意不会跟淑箐结婚的，这件事，我会想到办法。如果你愿意相信我，请你等我一段时间。”

章琰沉默不语，白恣天说：“我也知道这件事极委屈你，你也面临了很大的压力，要不是顾及着爷爷，以及要给你一个盛大的婚礼，我会直接带你到国外注册结婚。”

章琰说：“那么，我就再等等好了，看这场仗会是什么样的结果。”

02.

章琰说：“那我再等等看好了。”这句话其实是深思熟虑的。

不是她在和白恣天对话的时候深思熟虑，而是在进行这场对话之前就已经深思熟虑过了。

她是个正常人，已经把可能面临的状况全想了一遍。最次不过是他骗她，他已经结婚了，却没告诉她。

章琰问自己：什么样的情况，一定会跟他分手？

她想了半天，发现无论任何情况都不愿意跟他分手，即使他已婚。

两个人之间没有问题的时候，她不会发现她如此爱他，爱到即使给他做小三，爱到即使他一无所有，爱到即使全世界都站在他的对立面，爱到即使她会因为他腹背受敌，她仍然愿意站在他身边。

她想她爱他，比爱这世上任何人都爱，比爱她父母都爱，比最爱夏晓军的时候都爱。

而这份爱，是一日一日的相处中，他一点一滴潜移默化教给她的。她以前知道爱，却不懂得爱，跟他在一起，她学会了怎样去爱，以及怎样判断自己究竟有多爱。

这是一项技能，很多人都不会。很多人的爱里掺杂了各种成分，利益、对错、好坏、是非、计较，而真正的爱，是纯粹的，是无论他是谁，他处于什么状态，她都爱他。

白恣天说，因为爷爷，暂时给不了她婚姻，让她等几年。这已经是相对比较好的结果了，她有什么不能接受呢？

话都说开之后，章琰轻松了不少，像之前一样跟白恣天快乐地相处，就像所有的坎坷和困难都不存在一样。

然而事情发生了，毕竟是已经发生了。这世上所有的坎坷和困难，当它横亘在一个人面前的时候，它要么会摧毁一件事或一个人，要么就是让人成长。

章琰自认为，这件事发生之后，她成长了。

她思考了什么是爱，思考了未来，思考了自己能承受和能付出的度。她很聪明，但以前是一个不太爱思考的女孩子，她的爸爸妈妈给了她太多的保护。现在不一样了，在爱情里，没有人能保护她，她需要单打独斗。就算是身边那个人再爱她也不可以，在爱情里，每个人都是一个人。

一个女人一旦开始思考，她就会变得成熟。

成熟其实是一种魅力。

别人都这样说，然而放在当事人身上，她只怕愿意一辈子都不成熟，一辈子都不经历这些事吧？

经过这次谈话，白恣天自然也看明白，章琰能为他做到什么程度。感情的升温是需要互动的，白恣天在感动之余，对章琰也就更好了。然而他以前就对她很好，现在的更好，不过是比以前更耐心、更热情，甜言蜜语更多而已。

他们两个人，都有七窍玲珑心，经历了这件事，猜心也变得少了，相互之间更加坦诚了。起码对于章琰来说如此。

白恣天又找章琰要了几次户口本和身份证，章琰开玩笑问他："干吗呀？不会是给我买房子吧？"

白恣天说："被你看出来了。"

章琰笑笑不说话。如果他认为买房子是对她好的方式，那就让他这样做好了。反正他有钱，反正他也没有更好的表达方式。

周梦君生了个儿子，章家父母喜极而泣。章妈妈还差几年就退休了，为了这个孩子，她办了内退，专心帮周梦君带孩子。

而这一年，国家发生了一件天大的喜事：香港回归。

章家除了第三代出生以外，也发生了一件天大的喜事：在孩子出生之前，他们拿出所有的积蓄，在离新仁医院不太远的地方，买了套一百八十平方米的复式。

章妈妈让章冰一家三口搬回来住，方便照顾孩子。周梦君在婚前百般不愿意和公公婆婆住一起，现在有了孩子，孩子谁来带，是一件很重要的事。章冰在创业，未来怎么样还不知道，她必须上班以取得稳定收入，而周梦君的妈妈，她不想她太辛苦。章妈妈反正也快退休了，正好帮她带孩子。周梦君为了孩子，就答应和公公婆婆住一起了。

一大家子搬到一起住，对章家父母来说，是多么高兴的事，但是章琰好像回家住的次数越来越少了。后知后觉的章家父母总算是发现了点什么，章妈妈问章琰："你怎么老住宿舍啊？医院的饭就那么好吃？"

章琰说："家里人多，吵。"

章妈妈说："以前住医院家属楼，那么小的房子，也没见你嫌吵，现在房子大了，反而嫌吵了。"

周梦君说："琰琰，你不会谈恋爱了吧？"

所有人都盯着章琰看，章琰装作很平静地说："没有的事，嫂子你就别取笑我了。"

章冰说："你还别说，我真佩服夏晓军，他做事专注，能力又强。就是对待某些事，后知后觉了点儿，现在肠子都悔青了。"

所有人都明白章冰的话是什么意思，章琰又怎么可能不懂。章琰假装没听到这句话，说："我尽量多回家住，也能帮忙带带孩子，给妈减轻点负担。"

说归说，做又是另外一回事了。那次谈话之后，章琰非常珍惜和白恣天在一起的时光，恨不得每天都泡在一起。他们两个，除了少一张证，内心深处，已经是真正的夫妻了。

就这样又过了一年，突然有一天，白恣天很晚才回家，脸色黯淡，醉醺醺，像是喝了酒。当然，他的确是喝了酒，白恣天必须借助酒精的掩饰，才能把想说的话说出来。

章琰不是第一次见到白恣天醉醺醺回来，她以为，又是推不掉的应酬，便什么都没说，而是很贴心地去厨房煮了杯牛奶，看着白恣天喝下，又倒了洗澡水，扶着他去洗澡。白恣天不肯去洗澡，只拉着章琰："琰琰，我没有醉，实际上，我是有话要说。"

"你说。"章琰看白恣天很慎重的样子，坐在旁边的沙发上，洗耳恭听。

白恣天摸索着从兜里掏出几个房产证、土地证，以及一个存折："这些都是给你的。"

章琰拿起来看，四本房产证和土地证，其中一本还是现在住的这套房子的，存折里有二十万，章琰突然觉得浑身冰冷，她有一种直觉，她一直预感的事情就要发生了。章琰按捺住自己的想法，故意装出不在意的样子说："突然给我这个干什么？你先留着呗，说不定什么时候能用上。"

"我把公司卖掉了，卖给了小李，他只拿得出二十万，还是卖了他家的房子凑出来的。"白恣天说。

章琰见过小李，白恣天的心腹，章琰一直觉得，小李是个很有心机的人，没想到却买了白恣天的公司，以二十万的价格。

"你好像说过，你的公司，几个月就能赚二十万。"

白恣天点点头："广告公司，不是不可复制，二十万，买的是我手里的客户。"

章琰强撑着身子问："你要走了吗？"

白恣天说："我要回台湾了。"

"什么时候回来？"

"我不知道。"白恣天把头埋在手心里，很痛苦的样子。

"发生什么事情了？"

白恣天沉默，重重呼吸，章琰走过去去拉他，示意他说出来。白恣天说：“爷爷病危，让我回台湾和淑箐结婚。”

“你已经拖了这么久了，就算是回台湾看爷爷，也可以再拖拖呀！”

“淑箐从台湾给我发了一个包裹，里面有我爸爸开公司期间，在澳门赌博输了很多钱，将军帮忙把那些钱还上的证据。”

章琰半天没说话，之后问：“那些钱后来还上了吗？”

“没有，很大很大一笔，不是我们家的能力能还上的。就算是后来以及现在，我也还不上。”

“她要你回去结婚？”

“是，她说，趁着还能生孩子，要个孩子。”

“她要孩子，你跟她生一个呀！又不是一定要结婚。”章琰突然大吼大叫起来，有些歇斯底里。

“她要结婚，要堂堂正正生孩子。”白恣天说，“我没办法拒绝她，我爸爸妈妈当年在台湾建筑界很有名，如果我不跟她结婚，她会把我爸爸赌博这件事公布出去的，这样我爸爸曾经留下的好名声就会被破坏掉。我不能接受，爷爷也不能接受。”

章琰瘫倒在沙发上，这个故事狗血得像假的一样，却实实在在地发生了。章琰看着白恣天，从他的神情里，她知道，这应该是真的。

白恣天把房产证和存折一一摊开，说：“第一套是第一年买的，还有两套是今年买的，现在住的这套是以公司的名义买的，我过户给你了。第一套已经租出去了，那两套才装修好，到时候你自己租。几套房子离这里都不远，位置都很不错，省着点租金是够你花的。我本来想把公司留给你，你说过，你对做生意没兴趣，我想着，既然你觉得做护士也挺好，那就像现在一样，毫无压力地上着班，平平淡淡过一生吧。本来我想，以公司现在的发展，若能卖个好价钱，我也能多给你留点钱，可是，时间太仓促了，没那么容易卖出去，小李能力不错，公司交到他手里，会有大的发展。只拿到了二十万，对不起。”

白恣天一口气说了一大堆，说到公司的时候，他甚至还有些遗憾。他不会想到，他走了之后，中国的房地产行业会有那么大的发展，他留给小李的那间广告公司，后来转做代理，又做开发，十五年之后，顺利上市了。而那个二十万买他公司的年轻人小李，也成了上海房地产圈赫赫有名的人物。

听白恣天一五一十算留给她的财产，章琰崩溃了，她一把把房产证和存折扫到地上，突然就哭了："你明明知道，我要的不是这个。"

白恣天把房产证和存折又一一捡起来，塞到章琰手里："这些能让你以后的生活稍微舒适点，能让你在不想工作的时候，多一个选择。"

章琰看白恣天疲惫而又冷静的样子，歇斯底里骂道："你早就准备走了是不是？最近一直在准备这个是不是？"

"是，我接到消息已经两周了，不能再拖了，这几天就要回去。"白恣天闭着眼睛，不忍心看章琰。

章琰扑上去打白恣天，他任由她打。打累了，章琰一屁股坐在地上，嘤嘤哭泣起来。

白恣天蹲下去跟章琰说："我知道我这个要求很过分，我知道这两年，我对你的要求，一直都很过分，可是我不能没有私心。我希望能跟你在一起，长长久久——你能不能……能不能等我一年？"

章琰抬头看白恣天，表情错愕，白恣天继续说："这一年不要和别的男人谈恋爱，一个人好好过日子，我会尽量争取，一年之内回到你身边。"

"我过完年就二十八岁了。"章琰说。

"是，所以我让你等我一年。如果一年之内我没回来，你就把我忘掉，跟别的男人恋爱还是结婚，都随你。你只要等我一年，给我个机会。"

"老白，你跟我说实话，我们俩在一起这么长时间，你有骗过我吗？"章琰突然这样问。

白恣天吭吭哧哧半天："除了说你漂亮比较违心之外……"

章琰被白恣天这句话弄得又好气又好笑，忍不住破涕为笑，打了他一拳："那我等你，你可要回来啊！"

"嗯，我会给你写信，如果我结婚了，也会告诉你。"白恣天抱着章琰。

章琰知道自己怀孕了，实际上，在白恣天跟她说要走之前，她就知道了。她是医务工作者，对这个自然比别人要敏感得多。

这个孩子，是一个多月之前怀上的，白恣天和她在一起的这三年，哪怕是第一次，都很注意避孕。第一次，就是因为白恣天在关键时刻从抽屉里拿出避孕套这件事，让单纯的章琰认为他不是好人，再加上确实无好感，才会对他那么冷淡。

章琰曾经问过白恣天，在她之前，他在大陆有没有女人，他承认有，不过是逢场作戏，而且全部都是认识章琰以前，认识章琰之后，就跟所有的女人断了关系，只一心一意对待章琰。章琰虽感觉有些受伤，却愿意相信他。之后他们俩在一起的每一次，他都很注意。一个多月前，那次避孕套用完了，他要出去买，章琰看实在太晚了，就告诉他是安全期，他便没说什么。

那次，确实是安全期。之后，因为内分泌问题，章琰怀疑过，她是否怀孕。却打消了这个念头，她三年都没怀孕，虽然是外力原因，但她潜意识里一直在想，她是不是不能怀孕？这个念头很可怕，让她在怀疑自己有可能怀孕的时候，心情很复杂，一方面是欣喜：原来她是能怀孕的；另一方面又无端地害怕：万一真怀上了怎么办？还没忐忑多少天，就到了"大姨妈"的日子，果然，如她所料，没来。她毕竟未婚，不敢去妇产科查，只自己看医书，从症状越发确定，她就是怀孕了。

那时候，满大街并没有贴无痛人流的广告，电视上更不会放这种广告。章琰有些愣神，她想过跟白恣天商量怎么办，却又担心他因为暂时不能结婚的问题，让她打掉孩子，就迟迟没说。刚白恣天说要走，章琰差点儿脱口而出："我怀孕了。"但她忍住了，她不知道白恣天会怎么选。如果他坚持要离开，以他的性格，他一定会在走之前拖着她到医院里把孩子打掉的。如果他为了这个孩子选择留下，爷爷怎么办？淑箐真公布了他爸爸赌博的证据怎么办？她不忍让他为难。

所以她问"你骗过我吗"，在他说"除了说你漂亮比较违心之外"的时候，她立刻就打定了主意：不告诉他，自己一个人把孩子生下来。如果他能回来，就是一家三口。如果他再不回来，有他的孩子在身边，也是好的。

章琰并没有料到，这个孩子，会让她以后在婚姻的路上那么艰难。

03.

章琰要留下孩子，不得不说，她这个决定非常大胆。

1997年，虽中国大地已呈现出逐渐繁荣的迹象，上海作为经济之都，发展更是迅猛，但人们的观念相对还比较保守。"私生子"这三个字说出来，仍具有神秘意味，并足以让人侧目。

章琰要留下孩子，首先要过的是父母那一关，其次是社会舆论，而且她一向满意的工作势必是不能再做了。医院毕竟是体制内，不允许有这样"道德败坏"的员工出现。

她的父母很开明，但尚未开明到允许自己的孩子未婚生子的地步，而且孩子的父亲来自他们很熟悉却非常不熟悉的区域：台湾。

孩子的父亲一走了之，去和别的女人结婚，有可能再不会来。

章家父母是很有社会地位的一对夫妇，章琰这样做，一旦被人知道，会让他们蒙羞。

这些都是章琰需要考虑和面对的问题，她可以弃工作、可以深居简出，却不能不为父母考虑，更不能瞒着他们。孩子是活物，会长大，会有自己的社会关系。她谈恋爱这事能瞒住，生孩子却怎么都瞒不住。

然而这个孩子，无论如何她都会生下来的。无论如何！

此时的章琰，并没有考虑到，养孩子的艰辛，以及孩子长大了，问她爸爸在哪里时的尴尬。她只想把孩子生下来，带着对白恣天的期盼和一年之约，把孩子生下来。

关键时刻，章琰想到的，是哥哥章冰。就像章冰遇到事情，一旦涉及父母，首先想到章琰一样。章琰去找哥哥，跟他把事情始末说了出来。

章冰非常激动，拳头握得紧紧的："这个浑蛋，幸亏他逃得快！"

章琰拉住他："我跟你说得很明白，我们是相爱的，他只是身不由己。"

章冰当然不信，爱一个人，会有这么离奇的"身不由己"，会不想办法和她在一起，即使面临所有的困难。章冰理所当然地认为，白恣天在说谎，在欺骗他单纯的妹妹。

章琰说："他给我在静安区留了四套房子和二十万，这应该是他在上海赚的所有钱。"

钱是好东西，当一大笔钱出现的时候，未必能证明什么，但起码能证明一个男人的真心。如果一个男人不爱一个女人，他不会把所有的钱都留给那个女人，并为她打算。即使他不得已要离开。

当章琰说出这句话的时候，章冰没再怀疑白恣天的真心。尽管如此，章冰心里还是认为，白恣天突然离开确实太浑蛋了点儿，而且还留下个孩子。

章琰说："我是很单纯，但我不傻，一个人是不是真心爱我，我还是能看得出来的。这个孩子的存在他并不知道，我也没打算告诉他，我现在只想生下这个孩子，跟孩子一起等他回来。"

章琰说这句话的时候，章冰的眼圈都红了，他的妹妹真是一个傻姑娘，傻透了。

章冰一把抱住章琰："你比他勇敢得多，他其实配不上你的这份爱。"

"配不配得上，我心里是明白的。我都做决定了，你不要再质疑好不好？我需要你的帮助。"

"好，你说。"章冰从牙缝里蹦出来这个字。

章冰总算明白，他的好朋友夏晓军输在哪里。夏晓军不是输在时间上，而是输在爱情里，输给了爱本身。章琰的爱，一旦给了，就是全部，是用燃烧灵魂换来的。在这份爱里，她能获得突破一切困境的力量，义无反顾。夏晓军或许是爱章琰的，可是他连自己的内心都突破不了，更何况是突破其他的困境呢？在爱情里，章琰和夏晓军是不对等的，就像大海和一缸水一样不对等。

夏晓军太迟钝，感受不到大海波涛汹涌的力量，才会被淘汰。

而章琰，有多少分的爱，就有多少分的绝情。她一旦决定付出，是翻江倒海；一旦收回，却又一滴都不剩了。

夏晓军输了，那个叫白恣天的男人，虽然他也配不上章琰的爱，但这场爱情的仗里，很明显他是赢家。

"你想我怎么帮你？"章冰问。

"跟我一起面对爸妈的怒火，站在我这边。"

"你知道，无论你做出什么决定，我都是站在你这边的。"章冰苦笑。

和章家父母说这件事的时候，何止是面临了暴风雨，简直是非常严重的暴风雨。

向来温文尔雅的章爸爸，听说了整件事之后，暴怒了，抄起家里的鸡毛掸子，就朝章琰的背上抽去。一边打，嘴里一边骂："孽子，真是孽子！"

章琰连忙转身护住肚子，把脊背留给爸爸，鸡毛掸子抽在身上，可真是疼啊，每抽一下，脊背就像裂开一样。爸爸的动作那么迅猛，那么突然，以至于章冰和章妈妈反应过来护住她时，已经抽了至少七八下。

章冰拉开了章爸爸，章妈妈抱住了章琰，而周梦君，为避免孩子遭池鱼之殃，赶紧抱着孩子躲在火线之外。章爸爸的骂声、章琰的惨叫声、章冰阻拦爸爸的声音、章妈妈和孩子的哭声……一时间家里乱成一团。

章冰和章妈妈几乎同时说话，章冰说给章爸爸听，章妈妈说给章琰听，前者冷静，后者是哭着说出来的。

章冰说："事情既然已经发生了，你总不能把她打死吧？打死她有什么用？这件事总是要解决的。"

章妈妈哭着说："我一直以为，你不如你哥哥，他从小比你有想法，却不料你一旦定了主意，主意竟是这样大。"

在章妈妈和章冰的阻拦下，家里仍然鸡飞狗跳了很长时间，具体过程不细表。章爸爸气出完之后逐渐冷静下来："孩子必须打掉……不行，这事不能让别人知道，你妈给你做手术，你嫂子做护理，就在新仁医院……下班了悄悄去做，不要给别人看到……"

章琰见爸爸语无伦次却又井井有条安排的样子，有些心疼，却还是把想法一五一十说清楚："这个孩子，我要生下他。"

章爸爸一听，又被激怒了，他拿起鸡毛掸子，再次朝章琰身上挥去："你说什么？你再说一次！"

这次两人距离稍远，章妈妈和章冰也都有了心理准备。章冰毕竟年轻，力气大，很容易就拦住了爸爸，章冰说："你听妹妹说完，她已经二十七岁了，她有她的想法。"

"她说，她能说什么！"章爸爸仍气呼呼的，但手里的鸡毛掸子却垂下来了。

章琰跪下给章爸爸章妈妈磕头："我知道，我这样的选择，让你们为难了，将来，你们因为我，也会被人嘲笑。特别是爸爸，您一辈子口碑都那么好，更无法忍受这些。可是，这个孩子我必须得生下来，他是我的命，是我现在唯一的寄托，他没有了，我不知道我会怎么样，或许会跟他一起走，或许这辈子也就这样了。你们是我的父母，生我养我，费了那么大心力，我本来就欠你们的，让你们因为我而受到指责，比我自己被指责更让我难受。可是我想，既然我已经欠你们了，那么再欠一些又有什么呢？你们是我的父母呀！我出了事情，别人能不管我，可你们不能！我欠你们的，这辈子肯定是还不上了，那我索性也就不还了吧。下辈子，下下辈子，只要有机会，我哪怕永世不得超生，也要还的。”

说到这里的时候，家里哭声一片，主要是章琰、章妈妈和周梦君。之前，章爸爸打章琰的时候，周梦君抱着仅几个月大的儿子，退出了战场，站在安全范围里。这下子，看没事了，便又走到章琰身边，一手抱着孩子，一手扶着章琰，跟她一起哭。

章妈妈特别自责：“都怪我，都怪我之前实在太忙了，连你跟那个台湾人在一起三年都没发现。”

章琰说：“怎么能怪您呢？是我刻意隐瞒，也是您太相信我的缘故。是我辜负了你们的信任。”

章琰又转头对爸爸说：“爸爸，我知道您很生气，我知道这件事您必不会原谅我，我对不起你们，不求原谅，只求您能消消气。如果您打我几下，就不生气了，那您打我，我保证不躲闪。妈妈和哥哥也不要拦着，就让爸爸打。”

说着，章琰改跪为蹲，蜷缩着护住肚子，把脊背对着章爸爸。章爸爸拿着鸡毛掸子，扬起来却又放下，虽未打在章琰的身上，却让一屋子人的心都吊了起来。

章爸爸说：“你以后还是要嫁人的，带着个孩子，可怎么嫁人？”

章琰说：“跟他在一起之后，我从来没想过要嫁给其他任何人。”

“那他不回来呢？他一辈子不回来呢？”

章琰摸着肚子不说话，神情却是很坚定的。

“你还年轻，你不知道在时间面前，所有的决心，所有的誓言，最终都会被淡忘。你现在想着非他不嫁，可是他已经走了，你还是要生活的，将来一个人带着孩子，会面临各种你想象不到的困难，到时候，你会后悔现在的决定。”章爸爸说。

“可是爸爸，就算是将来后悔，那也是将来的事情。我就想生下这个孩子，这是我现在最想做的事。”章琰说。

章爸爸在屋子里反复踱步，他活了近六十年，早已修炼成精，他知道章琰现在只是卡在这儿，一时想不通，他打算给她点时间，让她想通这件事。让她明白，未婚生子这件事，是多么愚蠢。如果她想不通，他会派她的妈妈和哥哥，反复游说她，章爸爸相信，家人反复施加压力，章琰的想法会一点点改变的。

想到这里，章爸爸说：“这样吧，现在事情才发生，你一时冲动，想要为他生孩子，我能理解。你现在脑子还是热的，先冷静一下，再想一想。”

“我已经想得很清楚了，不需要再考虑。”章琰说。

“一个星期！一个星期以后咱们再谈，这一个星期，不要做任何仓促的决定，怀孕这件事不要告诉任何人，特别是你的同事和你的领导。如果一个星期以后，你还是坚持要生孩子，咱们再说。”章爸爸这样要求。

“嗯。”章爸爸都说到这份儿上，章琰再不答应也说不过去了。

这一个星期，就像章爸爸一开始设想的一样，家里人挨个说服章琰。章妈妈拉着章琰只是哭，什么话都说尽了，可是她说服不了自己的女儿。章冰因为之前就答应了妹妹，站在她这边，便没有主动去劝她什么。至于周梦君呢，只因为公公婆婆的请求盛情难却，不得不答应当说客。

周梦君拉着章琰的手说：“我向来都以为自己行事超前，可是我都没办法想象，不结婚就把孩子生下来，会是什么样子。养一个孩子，是要对他一生负责的，妈妈一个人做得再好，也无法替代爸爸在他人生中形成的影响。你如果爱这肚子里的孩子，就不能这么自私，让他没有爸爸。”

“他爸爸不是永远都不回来了，他说了让我等他一年，我希望我是带着这个孩子一起等的。”

“可是，他也说明白了，他是要去跟别人结婚的。”

“不一定。我相信他爱我，他不会真不管我的。”

周梦君皱着眉头：“你已经不是小孩子了，怎么会相信还没有发生的事情呢？他给了你一个希望，并不代表这个希望就一定能实现。你也说了，他面临困局，这个困局不好解，你怎么确定他就一定能把所有的事情解决好呢？而且他是个台湾人，哪怕是个香港人也好，起码香港已经回归了，你怎么知道，那个台湾人来大陆就没有其他的目的？”

章琰说：“他能有什么目的，他是个生意人，你总不能怀疑他是间谍吧？”

周梦君皱着眉头没有说话，章琰其实挺理解她的，虽然周梦君的思维一直很新潮，可她和章爸章妈一样，想法还停留在宣传文件里。

章琰拉着周梦君的手说：“嫂子，我一直挺羡慕你的。你比我命好，谈一次恋爱就结婚，还能嫁给我哥这样的人。我在其他方面都挺顺，可是在感情上，却不如你。”

周梦君说：“我们两个人之间最大的区别在于，我是外表刚烈，内心保守，我不敢轻易去尝试可能让自己吃苦的事情。而你看起来很温柔，做出来的决定却特别大，你只遵从内心的想法，不顾现实生活的困难。你这样辛苦真的不好，你是一个女孩子，终究是需要人疼的。”

章琰听着这些话，又掉下眼泪来。

周梦君说：“不要这个孩子的话，你还有可能嫁给一个像你哥一样优秀的人，生下了这个孩子，只怕是难了。哪儿有什么未婚男人，愿意娶一个未婚生子的女人啊！”

章琰摇头说：“你不明白，我这辈子，不想要别人了。”

“一辈子长着呢！你现在这样说，未免太早了点儿。”周梦君的语气和章爸爸一模一样。

一个星期很快就过去了，章爸爸没能从章琰嘴巴里听到他想听的答案，也只能叹口气任由这件事情按照他不愿意的方向发展了，只是交代章琰：“住在家里，生孩子之前，尽量不要出门。”

章琰说：“家里总有人拜访你，看见我不合适。我住老白留的房子那边，那边小区没有认识你的人，老白给我留有钱，我还有房租收，可以请个阿姨的。你和妈妈也可以经常过去看我。”

章家父母也知道，这是最好的安排，便不说什么，任由章琰这样决定。

事情既然说清楚了，便也这样解决，只是章爸爸章妈妈，短短的时间，就老了很多岁，章爸爸的头发，不到一个月时间，几乎全白了。

趁着肚子还没大起来，章琰迅速递交了辞职报告。她的辞职，济康医院当然会通知章院长，章院长的说辞不过是：“章琰生了一场大病，打算送她到乡下去治疗，班是上不成了。”

知道她有钱，章院长自然不会让对方帮章琰保留这份工作。她这个样子，生完小孩，只怕也没办法再上班了。有孩子的女人，只要爱这个孩子，哪怕瞒得再紧，也会不经意间透露出来，章院长不希望他的同僚们太早知道他女儿未婚生子，哪怕瞒一时也是好的。工作辞了也就是永远辞了。

04.

章琰是1997年年底有的孩子。跟父母把这件事说明白、从医院里辞职之后，就专心在她和老白生活了三年的房子里待产了。至于其他的事情，比如说产检到哪家医院、在哪家医院生、孩子上户口等一系列问题，就不是章琰需要考虑的问题了。

她有一对很能干的父母，他们很爱她。这种麻烦，章琰自己未必搞得定，跟他们说的目的之一，就是让他们帮忙解决这些事。当然，章家父母看到章琰的决心之后，也就自觉地把这个差事揽了下来。

章爸爸在苏北有些亲戚，有个亲戚在乡下的村里管些事情。那个亲戚答应把章琰孩子的户口上在村里一对已婚未育夫妇的名下，这对夫妇也是章爸爸的拐弯亲戚，也姓章，乐于给章爸爸帮忙。章爸爸计划好，等孩子两三岁的时候，以投奔亲戚的名义，把户口迁到上海，迁到他们名下。至于产检，那就更好解决了，章妈妈有个女同学，跳槽到刚成立的一家私立医院，成了妇产科的主任。把章琰交给她，完全放心，而且不必担心泄密。

至于未出生的那个孩子，生下来，自然是章琰亲自抚养。当然，章琰也不肯把孩子交给任何其他人。章妈妈的意思，等孩子出生时，章冰的孩子已经会走路了，到时候她一个人带两个，替章琰分担一下。章琰却不肯让妈妈这么累，请了个阿姨照顾她和肚里的孩子，那个阿姨也是上海人，姓苏。苏阿姨人很细心，答应章琰待产时照顾她，生完孩子继续照顾孩子。

章琰怀孕七八个月的时候，已是第二年年中了，后知后觉的夏晓军终于听说了这件事，他从章冰处打听到章琰的住址，在某一天的上午，跑来拜访。

夏晓军示意，有话想跟章琰说，苏阿姨是个极会看眼色的，借口买菜就出去了。

夏晓军开门见山："他走也有大半年了，给你来过信吗？"

"你怎么问这个？"章琰很好奇，她以为，她跟夏晓军这辈子再也不会有交集了。

"你告诉我。"夏晓军的态度有些严肃。

章琰不肯说。

“没有是不是？每过一天你心里的希望就灭一分是不是？”

看着夏晓军咄咄逼人的态度，章琰突然觉得特别反感：“这件事跟你有关吗，夏医生？”

夏晓军低头沉默不语，一下子就颓了。他是知道章琰的，她只要一叫“夏医生”三个字，就代表，她不高兴了。他们两个人之间，表面看来，就是因为章琰让他辞职，放弃新仁医院的医生职位，而他不肯，才闹的别扭，分的手。“夏医生”这个称呼，由章琰说出来，是讽刺，是极大的讽刺。

“我最近就打算辞职了，以后你大可不必再叫我夏医生。”夏晓军也有些生气。

章琰挑挑眉毛，没说话。毕竟是她曾经爱过的人，她也不想总是横眉冷对。

夏晓军说：“我和你哥的公司，发展良好，他一个人忙不过来，我必须得辞职，跟他一起干。”

“停薪留职？”

“是，不过可能要不了多久，就真正辞职了。”

章琰没说话，几年没过心，夏晓军倒是比以前出息了，看起来更沉稳，而且也越发自信了。章琰不知道夏晓军来找她的目的，示意他继续说。

夏晓军说：“我听说了你所有的事情，你怎么就那么傻呢？别人骗你都看不出来……”

夏晓军还没说完，就被章琰打断了，她很反感有人说白恣天骗她：“我有没有受骗，自己知道。”

夏晓军看着章琰，叹了口气，表情明显是“怒其不争，哀其不幸”，夏晓军说：“我听到你的事儿，难受得一夜都没睡着，一大早就出来找你。想着你可能还在睡觉，就在你小区楼下等了半天……”

“你找我什么事儿？阿姨买菜待会儿就回来了，要说就尽快说。”

夏晓军的话再一次被章琰打断。

“我想和你结婚。你挺着个大肚子，一个人带孩子会很艰难，将来孩子也不能没有父亲。”夏晓军说。

章琰瞪大了眼睛，她怀疑自己是否听错了，他想和她结婚？当年她多盼望的事，他不肯吐口，现在突然来找她，居然提出结婚？在她怀着别人的孩子，没多久就要生了的时候？他要和她结婚？开什么玩笑。

“你别开闹了好不？”章琰说。

“我不是在闹，实际上，我一直都想和你结婚，只是你不高兴我来找你，我不想让你反感，就一直没来。而且，以前我什么都没有，我拿什么来配你呢？现在不同了，我和你哥的公司很赚钱，我也能给你好的生活了。”夏晓军急切表白。

章琰当然知道夏晓军和章冰的公司很赚钱，哥哥每日早出晚归，推销他们的新药，很多医院的领导，看章院长的面子，也会进些他们的药。医药行业成本低利润高，他们做得又早，赚钱是必然的。却没想到，夏晓军用这个作为向她求婚的“理由”。

“你很早就不在我心里了，我是不会和你结婚的。”章琰说。

“你还在等那个浑蛋回来？他走了这大半年，一次都没跟你联系，你明知道他不会回来……”

“不许你叫他浑蛋……”章琰站起来，握紧拳头，夏晓军这样说白恣天，她是真的生气了。

“那好，我不叫。他走的时候，跟你说得明明白白，他要去跟别人结婚。给了你一年的期限，你就在这里傻等，还要给他生孩子，你怎么能这么傻呢？”

“我不是因为他要我等才要这个孩子，无论他回不回来，我都会生这个孩子。”章琰强调。

和夏晓军谈恋爱的时候，夏晓军经常用教训的语气跟章琰说话，那时候，他的每一个“不许”章琰都理解成关心，他的每一个“傻、笨”

这样的字眼，她都理解成爱意，现在听来却倍觉刺耳。

“我累了，没有别的事，你走吧，下次不要来了。”章琰下了逐客令。

夏晓军没想到章琰会直接赶他走，有些错愕，连忙说：“那我们不说他，就说说我们俩。我是真心想娶你的，我知道你现在心里还转不过这个弯儿，还想等他，他不是说了，让你等一年，还有几个月就到一年了，他若没回来，你嫁给我。”

夏晓军求婚的态度很有诚意，虽然章琰反感他之前说话的态度，但不得不说，听了这些话，还是很感动的。养胎这大半年，天天窝在家里，虽然过得很平静，但正是因为平静，因为无事可做，才会总是胡思乱想。她想她和老白相处的点点滴滴，想自身的处境。虽然章琰从来没有打消过要把这个孩子生下来的念头，但看着爸爸为了她孩子将来上户口的事情上下奔波；看着妈妈计划将来孩子怎么带；去医院产检的时候，见别人有丈夫陪，而她不是妈妈陪就是苏阿姨陪，多少还是有些心酸。虽未生产，已体会到单亲妈妈的不易。夏晓军在她怀着别人的孩子的时候来求婚，就像灰暗日子里的一抹亮光，让她觉得人生其实没那么糟糕。然而，她此时爱的人是老白，怎么可能接受夏晓军的求婚呢？

章琰说：“晓军，我们已经回不去了。”

“我知道，以前我太窝囊，辜负了你，你心里是恨我的……”夏晓军说。

“我不恨你，也不爱你，你很早之前就不在我心里了。我们结婚，对你不公平。”

“我不介意，你以前爱我，以后若我对你好，你还是会再爱上我的。”

“不会的，晓军，你不明白，有过跟老白在一起的那段时光，无论以后你做得有多么好，你都没办法再走进我心里了，不是你不好，而是他太好。”

夏晓军看着章琰谈到白恣天时微笑的样子，圣洁得像天使，他突然就意识到，他究竟失去了怎样的瑰宝。

“我可以等你，等你忘了他。”夏晓军说。

“不要这样做，你已经三十多岁了，你该找个爱你的女人，成个家。我以前爱过你，现在爱的是别人，以后再不可能爱上你，更不可能嫁给你，你没必要在我身上耽误时间。若以后再有姑娘爱上你，你不讨厌她，要记得，谈恋爱要走心。女人要的不多，不过是一颗真心罢了。”

夏晓军还想说什么，章琰却挥手制止他：“晓军，你走吧，若你结婚肯请我，我愿意去喝杯喜酒。玲玲结婚的事我听说了，她比你小那么多，都结婚了，你就算是为了高堂，也不该再耽误自己。”

章琰说得这么明白，夏晓军再继续留下，就是不懂事了，他本来还想说些什么，却什么都没说。夏晓军站起身，准备走。走到门口的时候，突然回头，问章琰：“你是什么时候不爱我的？”

章琰有些错愕：“什么？”

还是听明白了，章琰不仅没回答夏晓军的问题，反而问他：“你是什么时候发现你爱我的？”

“那天下午我去找你，我们吵架，你从家里跑出去，一夜没回来，过了一个星期之后。”

章琰苦笑了一下：“那天下午我从家里跑出去，又用了半年时间，才彻底把你从心里清除了。”

“那时候他已经在追你了？”夏晓军非常后悔。他不是没有机会再追她回来的，可那机会被他生生错过了。

“是。”提到白恣天，章琰又不自觉地微微笑起来。

时光就是个婊子，那样无理残忍，稍有踟蹰，它就偷梁换柱，叫人撕心裂肺，再难回头。夏晓军难过得就像是要死了一样，又看了章琰一眼，推开门走了出去。

1998年7月26日，章琰生了个女儿，重六斤八两，大名章梦馨，小名小白。周梦君问章琰，女儿的名字是什么意思，章琰笑着说：“做梦都温馨。”

很多人都说，女人结婚了之后，就会由少女变成少妇，也有人说，女人跟男人在一起发生关系之后，就已经由少女变成少妇了。只有生过孩子的女人才明白，少妇其实是一种心态，很多女人即使结了婚，依然有一颗少女心。而生孩子却是一个坎，大部分女人，都是生了孩子之后，心态才发生变化的。而做母亲，对女人个人来说，是一件很庄严很神圣很严肃的事情，足以让人产生敬畏之心。

小白的出生，对章琰的改变是巨大的，小白遗传了章琰的大眼睛和白恣天的高鼻梁，嘴巴却不像两人，嘴唇厚厚的。小白的皮肤有些黑，这一点倒是更像舅舅章冰。章琰开玩笑爱称她为“黑美人”。

章琰最爱做的事，就是在小白身上一点点找，看哪些特征来自白恣天，哪些特征来自于她自己，每找到一处像白恣天的，都会特别惊喜。因为小白，她有一种白恣天就在她身边从未离开的感觉。

小白的出生和养育，苏阿姨帮了很大的忙，她很有经验，把母女俩照顾得很好。章琰月子期间，章妈妈干脆带着章冰的儿子，住在了章琰家里，小男孩很调皮，对小白却是极为喜爱，每天一睡醒，就叫着“妹妹”，跑到小白房间来看小白。

初做母亲异常艰难，母乳喂养，一天无数次，章琰即使不上班，全职带孩子，也倍觉辛苦，因为夜里睡眠常常被打扰，白天总是很没精神。有时候章妈妈或苏阿姨看章琰情绪不好，就会多跟她说说话，交代她心情放好一点儿，母亲心情不好，会影响母乳的质量。章琰总是硬撑着说：“放心吧，我怎么样都会照顾好小白的。”

章妈妈明白章琰的画外音：小白的父亲不在身边，她作为母亲，更要坚强，才能给小白一个平安幸福的人生。

小白两个月的时候，章琰收到了台湾寄来的一封信，老白在信里说：“我已和淑箐结婚，你不必再等，好好过日子，找个好男人嫁了。”

章琰的眼泪汩汩地流了出来，止也止不住。

Chapter 6

第一个孩子

01.

一年没有白恣天的消息，好容易盼到来自台湾的信，却是他结婚的“喜讯”……章琰脑子里一片空白，只觉得悲伤，眼泪根本控制不住。

有些人伤心到极致，是哭不出声音的，章琰就如此。她无声掉泪，死死咬住嘴唇，咬破了都不知道，仿佛这个世界所有的一切都不存在了，只剩下她孤孤单单一个人。

悲伤的情绪还没完全发泄出来，小白却在这时候哭了，这个孩子，从出生起，哭声就极响亮。章琰只沉浸在自己的情绪里，连女儿哭都没听见，苏阿姨抱着小白，走到章琰面前，见章琰哭那么伤心，嘴巴上满是血，一时间居然觉得有些害怕。毕竟是家里请的阿姨，不是亲妈，这时候，害怕远远大于伤心，她甚至不敢太过靠近章琰，只小声提醒：“小白饿了。”章琰却没听到，苏阿姨只好去拉章琰的袖子，拉了几下，章琰才反应过来。

苏阿姨懦懦说：“小白饿了。”

章琰这才注意到小白撕心裂肺的哭声，她眉头微皱了下，说：“饿了你给她冲奶粉吃呀！”

苏阿姨嘴巴动了动，想说什么，却什么都没说，抱着小白到另一个房间去。

章琰猛然惊醒，小白是不吃奶粉的，她从来只肯吃母乳。章琰连忙蹦过去，路上踢倒了凳子都没发现，到另外一个房间抱起小白，坐下掀起衣襟，给小白喂奶。

苏阿姨拿了水盆和毛巾，帮章琰清理嘴巴上的伤口，两人一时无话。

两个月的婴儿，吞吐功能弱，吃顿奶起码要半个小时，肠子却是直的，常常边吃边拉。小白就是如此，嘴里还在吃着，下面却开始尿尿，尿布湿透了，印在章琰的裙子上，章琰连忙把乳头从小白的嘴里拔出来，去找尿布换上。刚换上尿布，小白又拉了，小白那么小，还没攒肚，一天起码拉七八次……在苏阿姨的帮助下，章琰手忙脚乱把小白的大便收拾好，给她洗了屁股，再次抱起来喂奶。

吃着吃着，小白就睡着了，章琰抱着她，轻轻走到小白的小床边，把她放在床上。

苏妈妈见章琰两只眼睛红肿着，并没有再哭了，小心翼翼跟她说："我去做饭，给你炖点儿鲫鱼汤，你这两天奶一直不好，今儿又哭了一场，只怕奶会更不好了。"

章琰保持低头盯着小白睡颜的姿势，只轻轻"嗯"了一声。

苏阿姨说："你不要太伤心，孩子这么小，她还指望着你呢！"

章琰就像没听到一样，苏阿姨见章琰没有任何反应，站了一会儿，就到厨房去了。

这么一通打扰，看着孩子睡了，章琰才想起来，她刚才似乎很伤心，像天塌下来似的。她回想白恣天信里的内容，想把刚刚未发泄完的情绪发泄出来，却哭不出来了，而且也没那么悲伤了，只觉得心里闷闷的。

章琰觉得这样很不好，白恣天结婚了，她应该扎扎实实大哭一场才对，可是她就是连哭都不能，才刚刚开始，就这么突然被小白斩断了。

一直到后来很久，章琰稍微闲一点儿，就想酝酿下情绪哭一场，起码得把心里的悲伤发泄出来。可过了当时那个时间，感觉就不对了，她哭不出来了，章琰觉得自己挺悲哀的，那么难过，却连发泄情绪的机会都没有。

直到突然有一天，小白咳嗽好几天，在家吃药没用，去医院检查却是小儿肺炎，只能输液，她又自责又心疼，才借着小白的事情大哭了一场。

哭过之后，也不知怎的，白恣天在她心里的形象突然变得特别模糊，有时候想起白恣天，甚至都记不清他究竟长什么样了。只有看着小白的小脸，她才能联想起白恣天的五官。而和白恣天在一起时的那些事情，也逐渐模糊了。

章琰有些害怕，她总觉得这样不对，她那么爱白恣天，应该把他深深刻在心底的。

空下来的时候，章琰总是一遍遍翻看和白恣天在一起时的照片，抚摸照片上白恣天的脸，心想：这就是我深爱着的人啊！

然后又是一阵悲伤。

章琰看照片，即使是两个人的合照，她也只看白恣天的，偶尔目光停留在自己身上，会惊觉：原来我也有这么年轻、这么神采飞扬的时候！

是的，白恣天彻底离开了，他和别人结婚了，而章琰，却一日日沧桑了，她的眼神变得沉静，整个人也不活泼跳脱了。她的身上有了一些混沌不明的东西，她和大部分曾经被生活折磨过的女人没什么两样了。

在这期间，夏晓军又来找过章琰一次，还是提结婚，而章琰又毫无意外地拒绝了。这一次谈话过后，夏晓军也算是想明白了，他跟章琰这辈子的缘分是尽了，他再也没有机会了。于是逐步接受亲朋介绍的相亲，开始同其他女孩子交往，一年以后，也结婚了。

小白一岁的时候，章琰算了笔账，白恣天走时给她留下了二十万，加上她上班几年的积蓄，大概有二十一万左右。她靠着这些钱，以及三套房子的租金，支撑家里每日的开销。从白恣天走到小白一岁，将近两年的时间，她的手里还有十九万多一点。

这两年章琰基本没上班，家里请阿姨、私立医院产检及生孩子、孩子生病，是相对比较大的开销。若没有这三项，三套房子的租金完全够生活开支。

此时的章琰并不知道，再过十来年，她在静安区中心位置的三套房子会大大增值，而租金也会成倍看涨，那时候，只靠租金，就够她和小白开销了。她只知道，若再这样下去，要不了多少年，白恣天留给她的钱就会花光光的。

十九万在当时是笔相当大的数目，够买套房子了，怎么能就这样坐吃山空花掉呢？

章琰想过再买套房，又打消了这个念头，这时候租金不高，买房不划算，章琰一直思考，怎样把这剩下的十九万变成更多的钱。可是她没有什么赚钱的渠道，炒股又不敢炒。

她想过跟爸爸商量下，再找家医院上班，可这两年待在家里，再回想当初在医院当护士时的情形，心境就完全不同了。联想到医院的环境，护士忙碌而脏乱的工作，整天同病人打交道，她就无法忍受护士这份工作了。章琰想去跟章冰一起做生意，章冰肯定是会收留她的，可她只要想到每天见夏晓军时的尴尬，就不打算这么做了。

章冰的公司做得很成功，生意蒸蒸日上，已经由两个人的草台班子变成了几十人的大公司。章冰干劲十足，有时候全家一起吃饭，都会讲起生意上的事情，给了章琰些启发。再加上，白恣天之前也是个商人，同居那三年，也跟她讲了很多商场上的事情，对她也造成了些影响。

眼看着小白一天天长大，要为孩子将来打算，教育是笔不小的开支。而章琰手里的钱一天天变少，她一直在想怎么赚钱的事情，思来想去，觉得做生意是一个很好的方向。

可是章琰什么都不会，她念书的时候没有好好念，一直像个公主一样被宠爱着，除了护理之外，并没有任何技能，她去做生意，几乎是摸不着门。

她苦思冥想了很多天，突然灵机一动，决定从自己最熟悉而又最喜欢的事情上着手：她以前爱逛街买衣服，那就开一家服装店好了。

说干就干，把孩子托付给章妈妈和苏阿姨，她出去跑门面，去批发市场看货，累了很多天，最终租了一间二十平方米左右的小门面，进了一百多件衣服，就把店开了起来。

她满含热情，每天一早就去打开服装店的门，晚上很晚才关门。可就这样，那家店仍摆脱不了倒闭的命运。

只做了大半年，2000年年初的时候，就把店关了。

章琰没有做生意的经验，店铺的位置偏，而租金偏偏又给高了，她自以为买衣服眼光很好，卖衣服时，进的货却又都是自己喜欢而不是顾客喜欢的，从而导致每个月都亏。关店的时候算了笔账，大半年工夫，亏了六万块，而家里却积压了几百件衣服。

章妈妈以前也是拿死工资的，现在领退休工资，2000年年初，医生的工资并不高，一下子亏了六万多块，真不是小数目，为此章妈妈数落了章琰很多天。

章琰沉默了大半年，心情一直很低落，生意的失败，甚至引发了她的自卑感，章琰甚至怀疑，她是不是什么事情都做不成。

周梦君的儿子两岁多，正是调皮的时候，但毕竟已经两岁多了，能自己玩了。章妈妈经常带着他住在章琰家，顺便照顾小白。儿子在章琰家，周梦君也经常朝章琰家跑。看章琰情绪低落，周梦君有时候也会劝劝她。章琰的自卑和挫败感被周梦君看在眼里，而章琰未婚生女的遭遇，周梦君也很同情。

两人聊天，说到未来的走向，章琰仍然是一头雾水。周梦君说："小白爸爸走的时候，若把公司留给你就好了。他公司那么赚钱，二十万就给出去了，真可惜。"

章琰说："他那时候知道我对做生意没有兴趣，对赚钱也没有兴趣，才给了别人。"

周梦君揶揄她："现在就有了兴趣？"

"为了孩子，为了生活。"章琰苦笑。

"你曾经说过，广告公司门槛不高，而且不需要什么成本，要不你开家广告公司怎么样？"周梦君建议。

"广告公司出卖的毕竟是技术和创意，我不会写文案，不会做平面，没有创意，更不会出去拉客户，公司就算开起来了，只怕也做不成。"

周梦君咬着牙："小白爸爸当时把公司转给谁来着？要不你去找他，当初那么便宜把公司给他，他若是念旧情的，就该帮帮你。"

"帮什么呀？把公司还给我，还是把他的客户给我？别逗了，他跟老白熟，跟我可不熟，怎么可能卖我账？"

听章琰这样说，周梦君也就无话可说了。

然而这次和周梦君的谈话，给章琰了些灵感，她突然想到，以前白恣天在的时候，经常带她去参加一些客户活动，怕她无聊，也会跟她讲解活动流程以及注意事项，更是经常对活动公司的活动方案进行点评。她虽然没亲自做过一场活动，但对活动公司的工作还算是了解。

做活动比做广告容易，活动一场结束也就结束了，而广告是一个长期服务的过程。广告公司对创意和技术依赖较高，而活动公司，看执行的时候相对比较多。当初，白恣天把广告公司交给了小李，若她开一家广告公司，跟小李就是竞争关系。活动公司就不同了，甚至还能跟小李共享客户。小李看在白恣天是他老师、又把公司低价给了他的分儿上，只怕也会对她伸出援手吧！

章琰想明白了这个，就提着东西去了小李的公司。说起来，小李年龄比章琰还大好几岁，以前跟白恣天在一起，顺着白恣天的口叫"小李"，现在章琰自己去，也就只能叫"李总"了，最次也得叫"老李"。

章琰跟老李把目的说了出来，老李自然双手赞成，并承诺她，她的公司一旦开起来，会把自己的老客户都介绍给她，若客户公司有做活动的需求，更是会不遗余力地推荐她。

章琰的公司很快就注册下来了，租了个小办公室，买了两台台式机，请了个二十出头的小姑娘既做策划又做前台。这时候，轻便小巧的手机在上海流行起来，只是非常贵，为赶潮流，也为了工作方便，章琰花了大几千块钱为自己和小姑娘一人配了台漂亮的手机。

行头准备得很足，无奈公司开了两个多月，却没有一个客户在她手里做活动。

老李也算是信守承诺，拜访客户的时候，专门把章琰带上，把她介绍给他的客户，还专门交代她，要装出很有经验的样子。然而章琰毕竟不擅长撒谎，客户三两句话就问出来，她亲手操作过的活动居然一个都没有，而且之前只是一个护士。

没有成功案例，又是外行，没有人愿意信任她，把公司的活动交给她做，即使她收费便宜也不行。而老李那边，能把客户介绍给她已属仁至义尽，冒着得罪客户的风险一力保举她，这种吃力不讨好的事却是不肯做的。

眼看着钱一笔笔花出去，却一分都收不回来，章琰非常着急，却没有什么办法。

章爸爸看章琰这样子为公司操心，有些不忍心，把一场医院的活动交给她做，让她赚了一笔小钱。然而这之后，就再次鸦雀无声了。

一直到2001年的上半年，事情才发生了转机。

02.

章琰的活动公司开了半年，只做成了一单，还是新仁医院的活动，章院长亲自指定。钱倒是一笔笔花出去，却没什么进账。

终于出现了转机。

章琰圈子不大，章冰的医药公司不需要做活动，她只能赖着老李。还好老李这人厚道，虽有时候也觉得章琰是在做无用功，却还是不忍心，每开发一个新客户，若客户关系维护得够好，又有做活动的需求，就把章琰介绍过去。老李早已结婚，很多不明真相的人，私下传章琰是“李总”的情人，一开始老李听到会解释一句：“她是我老师的爱人。”传得多了，也就懒得解释了，清者自清。

章琰听到这些传言的时候，情绪从愤怒到悲伤到生气到坦然处之，想到客户还是要拓展的，公司还是要继续下去的，老李还是要用的。当事人明白怎么回事就行了，便也不在意了。

老李给章琰介绍了一个新客户，是沪上的一名小开发商，一开始他是不肯把活儿给章琰做的，章琰已经不抱希望了，却不忍心放过这个客户，只跟他家长里短地聊着天，套关系。他看在老李的分儿上，倒也敷衍着章琰。

章琰无意中说出爸爸是新仁医院的院长，这个开发商老总先是惊讶，接着跟老李求证，老李证实了这件事之后，他的态度立刻就变了，主动说起新仁医院在上海的名气，说起章院长的口碑，连带地对章琰也热情起来。本来不打算给章琰做的活动，居然就这样莫名其妙地跟她签订了合同，走的时候还跟章琰说：“什么时候介绍你爸爸给我认识。谁家里没个大病小灾的，医院里有实权人物，才好看病哪！”

章琰笑而不语，这个开发商继续说：“新仁医院某些专家的黄牛号，炒到几千块一个，我们也不是掏不起钱，就是有时候掏钱了都未必能买到。咱们这也算认识了，以后我公司的活动都交给你做。万一将来我家里人生了什么大病，看在咱们交情还不错的分儿上，你帮我牵个线。”

出门的时候，老李跟章琰开玩笑：“早知道抬出你爸爸来这么管用，咱们早把他老人家请出来了！”

章琰只苦笑，却什么都没说。

活动方案当然得做，交给公司的小姑娘就好，她本来就是章琰高价请的策划，上了这半年班，只拿工资还没干过活儿呢！

章琰有心结，不解决根本无法做事，只好放下手头的事情跑去找章冰解惑——这件事除了章冰，根本没人能帮得了她。

见了章冰，章琰开门见山地说："哥，我心里有个疙瘩解不开，我需要你的帮助。"

章冰示意她直接讲。

章琰便把今天见客户发生的事情讲了出来，跟章冰说："我一直以为，我开了公司，做了和爸爸妈妈完全不一样的行业，能走出爸爸的阴影，没想到，还是活在他的势力范围。"

章冰有些不解道："爸爸名声在外，提他的名字你就能接到项目，这对于你来说，明明是好事。"

"你没明白我的意思。我其实从来没想过我有一个了不起的爸爸能怎么样，更没想过有一天借着他的名气在外面赚钱，虽然我现在很需要钱。"

这下子章冰听懂了，他看着这个经历了这么多事情，却依然单纯的妹妹，心里很感慨。妹妹虽然生下来就在富足的家庭，但她从来没把自己当公主看，没有骄娇二气，她朴素而单纯，不仅没想过爸爸的身份会给她带来什么，更没想过有一天她能利用爸爸的身份做什么。她是那样的后知后觉，才会在跟夏晓军谈恋爱的时候，被治得死死的。才会在白恣天走后，一个人把孩子生下来，从而把生下来就握着的一手好牌生生打成了怎么都不会赢的烂牌。

章冰温柔地看着章琰，很心疼她，又有些自责，他对妹妹一直很好，很多时候却忽略了了解她的想法，在思想观念上面影响她。章冰组织了下语言说："我们有个好爸爸，这是我们生下来就有的，就跟我们的姓氏、我们的长相、我们的身体一样，生下来就有。这是我们的烙印，刻在我们的灵魂里，一直到死，都得带着不能摆脱也摆脱不了。倒不如坦然接受，享受也好，痛苦也罢。”

听了章冰的这番话，章琰如遭雷击。她很爱爸爸，也很崇拜他。她从小享受到的好生活，都是爸爸提供的，但是，在她有限的生命里，她不止一次地想过，如果她的父亲不是新仁医院的院长就好了。

小时候跟同学吵架，女伴说“你如果不是有个好爸爸，什么都不是”时，她会自卑；在学校里，明明她没什么特长，老师还指定她当文艺委员，看中的不过是她有个好爸爸，她会不安；长大了跟夏晓军谈恋爱，整整三年，她都没搞明白，夏晓军究竟是喜欢她爸爸的权力，还是喜欢她。两人分手的时候，章琰整个人都不好了，只想着“如果我不是章院长的女儿，晓军说不定会爱上我”……章琰从小到大都没摆脱过医院的环境，没摆脱过章院长的阴影，她的生活圈子，她的同学、亲朋，基本都在医院工作。她是在消毒水的气味中长大的，在成长的过程中，她不止一次地想，如果能摆脱“章院长的女儿”这个身份就好了，那时，她的翅膀将更硬，能更加自由地飞翔。

想摆脱“章院长的女儿”的这种想法，在跟夏晓军谈恋爱的三年期间，达到了顶点。以至于刻在她的脑海里，让她在潜意识里，不想让人知道她的爸爸是章院长。

跟白恣天在一起，之所以那么轻松，一个很重要的原因是，白恣天看上的是她的人，白恣天的人生和章院长没有任何关系，他不会想去借助他做点什么事，更不会因为章院长是她爸爸就对她另眼相看。她就是她，在这份爱情里，她只是她。

然而今天章冰的这几句话，却打破了她这么多年来的执念。是啊，她是章院长的女儿，这是生下来就有的，是她的宿命，是她永远摆脱不掉的，她应该坦然接受，即使不享受，也不该为此痛苦！她多么傻，活了这么多年，居然连这个问题都想不明白。

章冰说："你不知道多少人羡慕你，他们想有个这么好的爸爸都没有。真搞不懂你的脑子是怎么长的，居然会不喜欢'章院长女儿'这个身份。"

章琰苦笑："我从来没想过用他的名头赚钱。"

"你脑子一定是坏掉了。你自己说，你有什么？就算是你才高八斗学富五车，想要在这个社会上出人头地，想要在没有经验、没有钱、没有人脉的基础上把生意做好，比登天还难。我和夏晓军的公司，为什么我先辞职，他要等三年？为什么我负责业务他负责技术？除了我们性格不同以外，我有资源可以用，而他没有。你以为我们的医药公司凭什么短短几年就能在上海立足？不是因为我章冰有多能干，也不是因为我们的产品有多先进，而是因为我有个好爸爸，我去别的医院推销，他们会因为爸爸买我的账。"章冰一口气说了一大堆。

章琰虽明知道章冰的公司就是这样发展起来的，但章冰大言不惭不以为耻反以为荣的态度，她还是接受不了："你这样公然利用爸爸的权力去做事情，是不是不太好？"

"我就说你脑子坏掉了。"章冰点着章琰的头教训她，"我做什么了？我杀人放火还是强抢民女了？我正正当当做生意，没有让爸爸帮我打过一次招呼，除了借用了一段时间新仁医院的实验室以外，没有让他利用职务之便给我开过任何绿灯。我不过是利用'章院长儿子'这个身份，利用别人想巴结爸爸的那份心思，正正当当做我的生意罢了。我的药都是真药，我也很拼地从早到晚都在工作，我从来没跟任何人、任何买我药的医院或诊所承诺过，他们买了我的药，我爸爸就能为他们做什么。一切不过是他们的臆想，他们想通过我巴结爸爸而已，我利用的只是人们的贪念。总比你好，开公司半年，唯一的一笔生意，还是新仁医院的。你这样才容易让人拿住爸爸的把柄，才更容易让爸爸为你操心，而我却不会。"

同样在外面开公司，章冰变成了只狐狸，而章琰却还是善良的绵羊。

章冰说："趁着爸爸有影响力，能用赶紧用，过几年他退休了，想用就用不着了。"

章琰不知道怎么离开章冰公司的，她一夜没睡着，反复思量章冰的话，天蒙蒙亮了才想明白：章冰说的是对的。有个能干的爸爸，是她生下来就有的。她的爸爸没偷没抢，用过硬的技术和能力以及手腕当上了新仁医院的院长，她不该为此自卑，反而应该为此自豪。

就像章冰说的，这个道理很多人都明白，而章琰活了这么多年却不明白，她真是有够迟钝的。然而这个道理，当章琰一旦想明白的时候，她整个人的气质立马就不同了。她以前总是会因为各种各样的原因自卑，因为她学习不好自卑、因为她没有任何技能和"有用的"爱好自卑、因为不够漂亮不够优秀自卑、因为她是章院长的女儿自卑……章冰的一席话，让章琰的心灵受到极大的冲击，她的自卑感消失了很多，居然逐步自信起来了。

老李之前介绍给章琰的客户，章琰又一个个拜访，联络感情，她带着公司里的策划小姑娘，跟那些客户聊天，或者找到他们的爱人约出来喝咖啡。她总是不经意间透露"章院长女儿"这个身份，有时候还会附带着讲讲母亲，讲她在外科时的辉煌业绩。

章琰开始做生意的时候，市场还不是特别规范，很多开公司的人，都是屌丝初次创业，只是时间和机会比较好，才获得人生的第一桶金。有些人很认章院长的名头，居然让章琰谈成了好几单。

也是章琰机会好，公司开得早，又是章院长正当权时，若换到现在，"章院长女儿"这个身份只怕就不怎么管用了。

后来，当章琰公司扩大的时候，有一个小伙子，极会察言观色，总是会瞅准时机把章琰是"章院长女儿"这一身份透露出来，而不是由着章琰自己说出来。这个小伙子，后来成了章琰公司的客户总监。

时间就这样一点点地过，章琰的公司在飘摇中，居然逐步站稳了脚跟。做了几个成功案例之后，章琰再出去谈客户时，就有了东西可以说，谈判获得成功的可能性就更大了些。

打着“章院长女儿”的旗号出去谈生意的次数多了，章琰的脸皮逐渐练得很厚，谈客户时也能事半功倍了。

就算是一开始只懂个皮毛，活动做多了，也就总结出经验来，逐渐变成半个专家了。

而做生意这种事，只要是客户层面打开，只要是用心经营，生意只会越来越好。

因为一开始亏的钱多，因为看到章冰不断赚钱，因为想给小白更好的生活，因为习惯了老白曾经给予她的生活品质，章琰才开始创业的那几年，激情十足，拼着小命赚钱，倒也给她赚了不少钱。

2003年的时候，章琰在徐汇买了间办公室，把公司里二十多个人全部迁了过去。2005年，章琰在闵行哥哥住的那个小区里买了栋别墅，把家搬了过去，和章冰成了邻居。

2006年之后，章琰逐步跟大的开发商签订全年合同、跟政府部门合作……她的公司就变得更加强大了。而章琰本人，经过多年历练，也从一个小女人，变成了商场上的女强人。

03.

这世上哪里有不透风的墙？城市再大，经常在外面活动，总会碰到熟人，何况白恣天留给章琰的房子离新仁医院并不算太远。

章琰大肚子的时候，在外面溜达，被人远远看见，却不敢确认，只能回家在小范围内讨论，倒也没传到章爸爸章妈妈的耳朵里。小白只有几个月大的时候，章妈妈推着小车带着她在外面玩，被医院家属撞见，问是谁家孩子，章妈妈答："乡下亲戚的，我帮忙看一天。"便也糊弄过去。

小白越来越大，眉眼逐渐长开了，那眼睛，和章琰几乎一模一样，脸型极为相似。章琰带她出门，那亲密的样子，孩子张口叫"妈妈"，有些事情想瞒也瞒不住了，见过小白的人不止一个两个，大家怀疑那孩子就是章琰的孩子，怀疑是个私生子。一开始小范围议论，到后来，大家也都知道了。

难听话传到章爸爸章妈妈耳朵里，章家父母对外只有一句话："乡下亲戚家的孩子，放在上海养，琰琰没上班，又喜欢小孩子，就帮忙带着。"这句话倒也能暂时堵住人嘴，信不信，就是另外一回事了。

小白露面之前，还有不少热心观众打听章琰，给她介绍对象，虽被章琰拒绝，虽章琰逐渐大龄，但仍有不死心之人，时不时带优秀男青年的照片给章妈妈看。

小白露面之后，基本上就没什么人再帮章琰介绍对象了。大家看章妈妈章爸爸的眼神，也有些怪异，背后议论有多难听可以想象，只是章琰的姻缘线似乎就这样断掉了。不好听的议论越来越多，对章琰的负面评价也越来越多，章家父母那句"乡下亲戚家的孩子"显然是没有任何说服力的，有些不长眼的人甚至当着章家人的面就提了这事儿。

小白的出身，是章琰自己选择的，被人恶语议论，早已在预料之中，虽心里难受，却并没有当回事。章妈妈章爸爸听到这些话的时候，脸都气绿了，想到孩子无辜，而之前他们也默认了章琰生孩子这件事，便也不放在心上了，只交代传话到他们耳朵里的人："别人说什么，到我这里就停止了，不要给琰琰知道。"

护犊之心可见一斑。

小白一岁多的时候，章琰的活动公司开起来了，生意没招揽到，反而吸引了一个人的注意。

这个人姓赖，是另一家广告公司的老板。赖先生年轻有为，年轻时奔事业，一直没有结婚，他倒是真喜欢章琰的，虽追求并不算热烈，却表现也算明显。

为讨佳人喜欢，他也帮章琰介绍过客户，只是无一例外，因为章琰没有经验，那些公司都拒绝了她而已。几次之后，赖先生有些难堪，劝章琰不如放弃，安心嫁为人妇，相夫教子比自己做事业更好。

章琰何尝不想嫁人？她想嫁的人娶了别人。为了小白，为了生活，不得不抛头露面。经历了夏晓军和白恣天两段感情，章琰早已不是感情方面的小白（此小白非彼小白），赖先生对她的好感如何看不出来？

此时，白恣天已婚的消息已被消化掉，章琰逐渐冷静下来了，白恣天说得明明白白，让她找个好男人嫁了，再加上有亲妈和嫂子的耳提面命，章琰很清楚，她得放下那段感情，朝前走了。

既然敢开公司，就说明已经想明白了。那么，如有好男人，她也会考虑的。

老赖是白恣天走后，第一个对章琰表示好感的男人，而且，他也开着广告公司，算是事业有成。章琰仔细思索了他俩在一起的可能性，发现没这种可能。老赖人不错，可毕竟不是白恣天。白恣天软语温言，像父亲一样照顾章琰，老赖事业心重，做不到。白恣天像朋友一样理解章琰，不给她任何压力，老赖或许能做到，可他想要的，更多的是一个温顺的妻子，现在的章琰做不到。

老赖人其实不错，无奈有了白恣天珠玉在前，就显不出老赖的好来，也只好作罢。更何况，章琰对老赖没有那种心动的感觉。

老赖毕竟一直在帮章琰，无论他出于什么目的。自白恣天走后，章琰心里一直憋着一股劲儿，老赖这边还没明确跟章琰表白，章琰就先入为主，把和白恣天的所有纠葛全盘倒出了。老赖也是认识白恣天的，听了章琰的倾诉，知道他们感情很深，而他爱得并不深，心里几番衡量，也就打消了继续追章琰的念头。

章琰没有当面问过，老赖听她那笔烂账心里究竟怎样评价她，但看他之后态度冷了，大致也就明白了。之后章琰想让老赖帮忙介绍客户的时候，老赖也口头答应着，态度却有些敷衍了。章琰松了一口气，老赖这样也是人之常情，倒不能说他势利。那些听了女主角经历复杂，反而对她越发有好感，追得更紧的故事，基本都只发生在言情小说里，现实生活中，人人有一笔账，利益得失算得门清。章琰和白恣天，只怕是例外吧！

在章琰的人生里，老赖只是一个龙套，对章琰却起着举足轻重的作用。除了章冰以外，章琰从来没跟哪个男人谈过白恣天，这是第一次，在明确知道白恣天结婚之后，第一次跟人谈起白恣天。这个倾诉对章琰意义非凡，章琰虽早打算放下这一段，无奈心里还惦记着，跟一个不算熟的男人说过了，心里就好受多了，反而能真正放下这段过往了，也就能朝前走了。

经营一家公司没那么容易，办公室要付租金、水电费、物品损耗，工作人员要付工资。章琰还得养家，要给小白好的生活。生意不好的时候，哪里有心思谈恋爱？只一门心思开拓客户做生意便也罢了。

2002年秋，小白刚满三岁，章琰的公司正展现出蒸蒸日上的苗头，章琰接到了一个陌生电话，就一句："请问是章琰章小姐吗？"就这一句话，从那特有的台湾腔里，章琰判断出，这是淑箐。

章琰的心咚咚跳，以为这个女人秋后算账来了，她看来电显示，是上海的号，章琰不知道，淑箐是否带了一帮人要打她，这是她一贯的风格不是吗？而且现在淑箐和白恣天结婚了，章琰虽是过去式，但毕竟名不正言不顺的，气势也低了，更何况，她还瞒着他们为白恣天生了个孩子。

章琰胡思乱想着，那边听不到回应，就问："请问是章小姐吗？我是淑箐，找章小姐。"

果然是她！

证实了自己的猜测，章琰突然就不紧张了，淑箐能大老远从台湾杀过来，这事白恣天一定不知道。如果他们婚后感情好，淑箐也不会没事找事跑上海来。而白恣天这两三年一直在台湾，只给过她一封已经结婚的信，从此再没消息。

毕竟是曾经爱到连命都可以给他的男人，章琰迫切地想要知道白恣天的消息，即使可能会因此被羞辱，即使可能会遭受暴力攻击。章琰还是想知道白恣天究竟怎么样了，哪怕是从他妻子的嘴里听到，也好。

章琰心想着，上海好歹是她的家乡，治安一向良好，淑箐即使再厉害，也不至于在章琰的地盘上撒野。那么，见一见她又何妨?

章琰调整了情绪说："我是章琰，有什么事吗？"

"我上午刚到上海，想跟你聊一聊。"

"约在哪里？"

"你定吧，我对上海不太熟。"淑箐说。

这样一说，章琰就更加安心了，报了个以前和白恣天常去的咖啡馆地址。

章琰赶到时，淑箐还没来，等了一会儿，她才姗姗来迟。

淑箐和章琰想象的，完全不一样。那是一个特别瘦的女人，目测不超过八十斤，完全可以用瘦骨嶙峋来形容。她很白，脸上扑了粉，打了腮红，还化了眼影，然而章琰还是能第一眼从她的脖子和手上的皮肤判断出，淑箐很白，是苍白而无血色的那种白。

淑箐的脸小小的，眼睛很大，鼻子和嘴巴却又小巧。她的头发是黑色的直发，束在脑后。戴了一对珍珠耳钉，其他并无饰物。初秋的天气有些凉，她穿着一件淡绿色的开衫，下面是条长齐脚踝的深绿色裙子。皮鞋也是绿色，圆头，牛筋粗跟，四厘米左右，复古的样子。

淑箐整个人看起来很温和很有教养，一点儿都不像白恣天描述的那样，是个长不大的小太妹。

章琰落座，几句寒暄，听淑箐讲她的来意。

"白恣天死了。"淑箐一开口就放出这样的重磅消息。

章琰心里一紧，没有说话。

“他去了肯尼亚，我们家在那边有个木材厂，结婚之后，他接管了我们家的生意，过一段时间就会过去一趟。他在那边贫民窟里建了个免费小学，收养一些父母双亡以及上不起学的孩子。连日暴雨，食物储备不够，他为了把新鲜的食材让给孩子们吃，自己吃了变质的饭，食物中毒，又没有及时就医，死掉了。”淑箐面无表情，说了这么一番话。

“你骗我。”白恣天已经不联系章琰了，淑箐还能编出这样的谎话来骗她，真是有够恶劣的。章琰想。

“我才听到这个消息的时候，也特别难受，可这是真的。”淑箐说，“你听了我的名字并不陌生，想必白恣天跟你讲过我。他的故事是一个版本，我还有一个版本，你想听吗？”

“你说。”章琰想看看，淑箐究竟玩什么花样。

“我是淑箐，是白恣天的青梅竹马。他大我几岁，我喜欢他，可他只拿我当妹妹。”淑箐说。

章琰默不作声，看着面前这个消瘦的台湾女人，明知道他不爱她，却用暴力手段把他抢走。她恨她。是的，章琰恨她，章琰恨淑箐。

“我十二岁的时候，情窦初开，就做好准备将来要嫁给他。我跟外公说了这件事，外公哈哈大笑，他当我是小孩子的胡言乱语，外公曾经是个将军，对白家有恩。我跟外公说，我没有开玩笑，是很认真地想要嫁给他。那时候，我不叫他白恣天，而是叫他天天哥哥，整日跟在他身后，围着他转。他二十岁时，他的爸爸妈妈出车祸死了，那天我和白恣天都在上学，没去车祸现场，他爷爷和我外公去了。据说，车祸现场很蹊跷，白叔叔和伯母散步，走在绿化带里，那辆车开上绿化带把他们碾死了。看起来，就像是得罪了仇家，被仇家追着开车碾死的。白爷爷很激动，只说这件事冤枉，拜托外公帮忙追查真相。外公在政府做事，但是跟台湾的一些黑势力关系不错。几经打听才知道，白叔叔这么多年，一直赌博，输了人钱，无力偿还，那些人逼着他卖公司、卖房子偿还债务，他却不肯，坚持要给白恣天留下点资产。白叔叔与那些人发生了激烈冲突，离开后，被他们派车轧死了。他们本来还想弄死白恣天，被外公阻止了。白叔叔赌博这件事，外公一直都知道，还曾经帮他偿还过大笔债务，后来看他屡教不改，就不再管他，哪知，他们夫妇还是为此丢了性命，差点儿连独生子都害死了。外公帮忙把欠的债全部还清，并让那些黑道势力知道，白恣天这个人，是外公保着的，让他们不敢来欺负他。白恣天和他爷爷才能在他爸爸妈妈死之后，过上那么平静的生活。而这些事情，外公只跟白爷爷讲了，我和白恣天，一点儿都不知道。”

淑箐停顿一下说：“又过了两年，被瞒在鼓里的白恣天谈恋爱了，我听到这个，简直要气疯了。我一开始是没想要找他们麻烦的，只在家里发脾气，我那时候是个大小姐，脾气挺坏的。外公骂了我，他反对我对白恣天有这种心思，认为我能找到更好的。气急了说漏嘴提到当初还好我妈没嫁给白叔叔，不然死的就是我妈。我反复追问下才知道，白叔叔当年和我妈妈还有一段纠葛，白叔叔没选我妈，婚后没几年却走上了赌博的道路，把夫妻俩的命都搭上了。我的选择让外公的反对很强烈，我却跟他大吵一架，我坚持白恣天和他爸爸不一样，外公却认为，他们家基因不好，配不上我们家的女孩子。那天，外公打了我，却也激起了我的逆反心理。我故意跟外公作对，让外公知道，我也没好到哪里去，我故意跟社会上的人来往，故意打扮得很怪异，只为了让外公头疼。一次喝醉酒，同伴激我连自己喜欢的男人都抢不到手，我那时年轻，人冲动，被人一激就带着他们去把白恣天的女朋友打了。白恣天气急了，为此打了我一巴掌。

我从小到大，何尝挨过谁的打？一次为了他被外公打，一次因为他的女朋友，被他打。我气疯了，扬言让他们分手，不然我见一次打一次。那时候我只有十七岁，还是个什么都不懂的小女孩，喜欢的男人不喜欢我，还打了我，这跟天塌下来没什么区别。回家之后，我越想越难过，就闹着要自杀，其实也就是闹闹罢了，外公却以为我是真不想活了，问我怎么办。我说，除非能嫁给白恣天。外公被闹得没办法，问我，是不是得偿所愿就会好好读书，做一个乖女孩，我回答说是。外公去跟白恣天的爷爷说了这事，白爷爷欠外公实在太多了，立刻满口答应。两位老人张罗着给我们举行婚礼。我心里却有些忐忑，我才十七岁，就要嫁为人妇吗？话毕竟说出来了，这时候反悔又有些来不及了。还好白恣天来找我，求我去跟爷爷说取消婚礼。这正合我意，然而那时候毕竟年轻，想着我可以因为年龄太小不跟他结婚，但他主动提让我取消婚礼，这又算什么事儿呢？我有些生气，却架不住他苦苦哀求，就说不结婚可以，但不许他跟别的女人在一起，不然我见一次打一次，他当时也答应了的。可是没几年他就又找了个女孩谈恋爱。我简直气疯了，我爱的人不爱我，总是跟别的姑娘在一起。我找到他大吵大闹，他以为我会打那个女孩，可是这次，我根本没想过要打任何人。他威胁我，如果我再动手，他会打我，我受不了这气，本来不想打人，却还是动手了。我不知道该怎么办才好，书也读不进去。那时候毕竟年轻啊，以为男人就是一切，没有手段和方法吸引他，只知道打扮怪异，好吸引他的眼球，却不料这样做只会让他更加厌恶。”

倒是跟白恣天说的几乎一样，章琰有些同情当年的淑箐。如果没有遇到夏晓军，她会跟淑箐一样，也是一个打扮怪异的女孩，那样的她，只怕是永远也吸引不了白恣天的。跟白恣天在一起之后，章琰才逐渐明白，男人的审美都是差不多的，都更喜欢外表更加清纯一点儿的女孩。说起来，章琰比淑箐有优势的地方，仅仅只在于，她在对的时间遇见了他。

淑箐说：“我心如死灰，每天都特别不开心，本来学习就不好，这下子就更讨厌上学了，干脆退学在家待着。我去找过白恣天几次，他都不理我，还去找些坏女人交往。我找人跟踪了他，对他特别失望，我们吵得很厉害，我一气之下跑到了国外，外公快要死了，我才回到台湾。在国外待了几年，经历了些事情，才知道谁是真心对我好的人。而外公，再也回不来了。弥留之际外公问我，还喜欢不喜欢白恣天，我说如果外公身体能好起来，我谁也不喜欢，就整天陪着外公。外公笑着说我傻，说他要走了，我如果真喜欢白恣天，他会尽一切能力帮我。外公把他手里关于白叔叔赌博的一切资料都给了我，交代我能不用就不用，免得白恣天对我更加厌恶。又交代白恣天的爷爷，让我们结婚，白恣天的爷爷什么都听外公的，自然执行到位。但是外公才走，我也无心结婚，就跟白恣天说，我还没玩够，我要想清楚，这个我追了十几年的男人究竟值不值得我继续把心放在他身上。我去找白恣天时，他看我的眼神很厌恶，他以为，我还是那个在外面瞎混、什么都不懂的女孩子。他不了解我，他甚至没有试图去了解过我。实际上，我从来没有跟其他男人在一起过，只是虚张声势骗他，以为他会为此难过，最后不过是让我自己难过罢了。”

说到这里的时候，淑箐点了根烟，缓缓抽起来，吐了一个圆形的烟圈。

章琰心里五味杂陈，没说话，等着淑箐继续说。

淑箐说：“我心里想过放弃他，无数次说服自己放弃他，可毕竟做不到，后来，他就来了大陆，我想着眼不见为净，总能忘记他，就强迫自己不去想他，甚至真的开始跟别的男人交往，只是无论如何，都走不了心。白恣天总在我眼前晃来晃去。后来，他回了趟台湾，专门谈你的事情，他爷爷却没有主动告诉我。直到我去疗养中心看望他，他劝我放弃白恣天，我才知道事情的始末。而那时候，白爷爷已经病得快死了，他想着白恣天在大陆过得不错，就没有通知白恣天让他回来。我想，白爷爷不想他回来之后继续被我纠缠，以至于很痛苦吧！白爷爷心心念念为他打算，连重病都不肯告诉他。对我外公的誓言自然没有遵守。那时候不知道为什么，我特别恨他，我不想让白恣天好过，要痛苦就一起痛苦，我跟他爷爷说，叫他回来结婚。他爷爷毕竟承诺过我外公，见劝不住我，就写信给他。而我，也给他寄了个包裹，包裹里是白叔叔赌博证据的影印件。”

说到这里，淑箐的脸上，终于显出一丝表情，那是恨意和悔恨交织的表情，看起来很复杂，也很痛苦。

“你明知道他喜欢的人是我，为什么还勉强他呢？心里既然已经后悔了，为什么还这样做呢？”章琰问。

淑箐抬头望天，很久很久才回答：“终究还是不甘心啊！我不甘心我爱的人娶个大陆妹，我这一辈子再见不到他。我也嫉妒你，我费尽心机他都不喜欢我，而你却轻而易举就能得到他的爱。”

章琰看着淑箐，再次确认了，她恨透了这个女人。

随着淑箐的故事，章琰心里一点点变冷。淑箐说的和白恣天说的差不多，那么，白恣天死了这件事，有可能是真的。

淑箐说：“如果早知道他会死，我宁可他在大陆，一辈子见不上一面。”

章琰突然就开始哀哀哭泣，又嚷嚷：“他没有死，你骗我对不对？”

“我也希望他没有死，可他还是死了。”淑箐说，“我们结婚之后，我爸爸让他接手我们家的事业，他一开始是不肯的。我爸爸的身体不太好，高血压糖尿病，早就该退休了，我是独女，不懂做生意，他不接手，爸爸就只能继续做下去。我跟他说，他爷爷欠我外公的命，他父亲欠我外公的债，我只要他十年时间，十年不跟你联系，跟我好好过日子，帮我们家打理生意，给我个孩子，过了十年，他若还想走，无论是大陆还是哪里，我都放他走，但这期间，不许和你联系。他为了能尽早跟你团圆，终究还是答应了，甚至还承诺我，写信给你，告诉你他已经结婚，让你找个合适的人嫁了。他也都一一答应了。

我一直不明白，为什么他隔两个月就要去一趟肯尼亚，而不是留在台湾，我曾经怀疑过他是不是转道来找你，他告诉我他承诺过的事不会反悔。现在想来，他去肯尼亚，不过是不想留在台湾见我，而不来找你，是因着对我的承诺和对你的不忍心。他让你等他一年，却不忍心再让你等他十年，他不相信我，他怕我反悔，他怕中途出变数。”

“这些事情，你为什么要告诉我？埋在你心里不好吗？为什么专门跑上海来告诉我？”

“我觉得，你应该知道。你是他死前最爱的人。”

章琰一直沉默，一直沉默，很久很久不说话，过了一会儿才说：“有他的照片吗？给我看看。”

淑箐从包里拿出一个相册，还有一沓信：“这个相册，是他一直珍藏的，里面有你们的合照，有他回台湾之后和在肯尼亚的照片，和信放在一起，都是他的，我收拾遗物时才找到的。”

章琰先看那些信，大概有三四十封的样子，全部都贴了封，白恣天的字迹，写着“琰琰亲启”和落款日期，却没有贴邮票，想来，是不打算寄给她的。章琰不想当着淑箐的面打开那些信，看了看就放下了，又开始翻看相册，前面两人合照部分翻得很快，后面到台湾后的生活，却是一张张仔细看了。

相册的最后一页，是白恣天的墓碑，章琰抬头看淑箐，淑箐说：“我拍的，实际上，我也没见到他最后一面，他们只送回来他的骨灰盒。”

章琰心里木木的，什么都说不出来，她始终不相信这是真的。

淑箐说：“打你电话的时候，听到一个小孩的哭泣，是你的孩子吗？”

“嗯。”

“你结婚了？”

“没有。”

“白恣天的孩子？”

“嗯。”

“多大？”

“三岁多一点。”

“白恣天知道这个孩子的存在吗？”

“不知道，我没告诉他。”

“多可惜。”淑箐摸着自己的肚子，“他有两个孩子，他却不知道他们的存在。”

04.

章琰扫了一眼淑箐的肚子。开衫很宽松，却也能看到微微鼓起，目测大概四五个月的样子。

章琰问：“男孩女孩？”

“女孩。你的孩子呢？”

“女孩。”

“他最喜欢女孩，我们两个人都给他生了女孩。”

章琰心里难过，扯了扯嘴角，想对淑箐笑一下，却笑不出来。

“他的墓在哪里？”章琰问。

淑箐报了个地址，章琰拿笔记下来。

“他出事时的那间学校，具体位置在哪里？”

“你想去查证我是否撒谎？”

章琰沉默。

“我多想我在撒谎，如果他能活着，我宁可没跟他结婚，宁可他一辈子待在大陆，跟你在一起！”到了咖啡馆，淑箐一直都很平静，现在却突然变得很激动，几乎是吼着说完这几句话，说完了眼泪就不停地流。没有啜泣，没有其他动作，连眨眼都很少，只不停流眼泪。

“他走后，我一度很自责，如果我没逼他结婚，或许不会有这样的结果。”淑箐紧紧抓住椅背，想以此借力。

淑箐在哭，情绪很激动，章琰只冷冷看她，不说话，心里有恨，却懒得对她发出来。

这个台湾女人，连让她对她发怒的权力都没有。虽然，她也是个可怜人。可她更可恨不是吗?

淑箐哭了一会儿，控制住情绪，又报了个地址，章琰再次记下来。

记完之后，章琰叫埋单，打算走人，淑箐整个人瘫在椅子上，仿佛所有的任务都完成了。

章琰拿起包，站起来跟淑箐说："我不怀疑你的话，我只是想亲眼看一下。"走到门口又折转回来，"你强迫他，威胁他，纠缠他一辈子，他死你是该负责，就算是把你杀了，也抵不了他的命。不过你最好好好活着，健健康康的，至少也要把他的孩子养大成人，我的女儿没权力姓白，你得生一个姓白的孩子。"

淑箐看着章琰离开，一动不动。

这是章琰第一次在人前展现出强势的一面来。后面随着她公司步入正轨，管的人越来越多，复杂的事情越来越多，强势的时候，也越来越多了，久而久之，强势成了她性格的一部分。

章琰并没有在路上多耽搁，回到她和白恣天共同生活了三年的那套房子里，回到卧室，把门关上，看白恣天写的每一封信。在信里，白恣天跟她说了回台湾之后发生的所有事情，请求她的原谅，告诉她，之所以没有把信寄出去，是怕她知道他的消息，会担心，会傻等，他宁可当负心汉，让章琰在恨里忘了他。

"我又怎么会恨你呢?"章琰自言自语，泪流满面。

章琰把自己关在屋子里整整一天，第二天一早联系旅行社，准备带着小白一起去台湾。

她的行程是这样的：先去台湾看白恣天的坟墓，再把小白送回上海，独身一人去肯尼亚，看看那所白恣天投入了很大心力的学校。

到了台湾，住下之后，章琰买了白纸，亲手叠了白花，买了两身孝服和孝手巾，亲手叠了一篮元宝。到墓地之后和小白换上孝服戴上白花和孝手巾，以未亡人的身份祭奠白恣天。

得知白恣天死去的消息，章琰哭了很多次，一直都是夜里躺在床上咬着被角压抑着小声哭。到了白恣天的墓碑前，才终于放开嗓子，号啕大哭起来。章琰的哭声太过悲切，吓着了小白，小白跟着一起放声大哭。

小白终究是小孩子，哭累了就不哭了，感觉疲倦，坐在地上打起盹来，打着打着就睡着了。章琰心里只有悲伤，没注意小白睡在地上，只哭，不停地哭，哭着哭着晕了过去。

看守墓园的阿伯来叫母女俩，小白先被惊醒，去推妈妈，推了几下，不见她起来，忍不住又哭了，她以为妈妈已经死了。阿伯用手探章琰的鼻息，跟小白说："你妈妈还活着，她只是太累了。"

阿伯和小白合力把章琰弄醒，问清楚她们住哪间酒店，叫自己的儿子把母女俩送回酒店。

哭了太久，又吹了风，章琰和小白双双病倒了。好在只是普通的伤寒和高烧，酒店的服务员请了医生，开了药，倒也很快好了。

这之后，章琰发现了一件很奇怪的事：她的泪腺出了问题，她再也无法掉一滴眼泪，无论发生任何事情。

把小白送回上海之后，章琰去了肯尼亚，去了白恣天资助的那所学校。贫民窟的环境，无人管的状态，章琰看了只皱眉头。

章琰问清楚，自白恣天走后，淑箐一直在伤心，在处理白恣天的身后事，在稳定生意上的事，那所学校根本没心思管，学校里虽然仍有白恣天之前存放的钱支撑，但人多口杂，烦琐事情多，已经几乎捉襟见肘了。

章琰在学校里待了几天，每顿饭都和管事的人一起吃，她自认为并不养尊处优，那些饭菜却觉得难以下咽。得知白恣天在学校的时候，吃的是一样的伙食，食物不够，白恣天就把新鲜的让给孩子们吃，他自己吃剩饭剩菜，章琰吃着吃着就想哭，新鲜的食物尚且如此难吃，变质的饭菜他是怎样吃下去的？他生前最爱美食，对食材和主厨非常挑剔，却死在变质的食物上，也真够讽刺的。

然而，她的眼泪已经哭干了，多想哭，却哭不出来。

和管事一起去政府办了手续，章琰把这所学校接收过来。她的公司此时已进入正轨，逐步打开局面。她并没有其他的烧钱爱好，有了钱不过是一套套买新房子，当包租婆而已。白恣天留下的这所学校，反而是寄托。

只是，她实在不喜欢这个伤心地，于是委托管事代办所有的事情，章琰只负责寄钱看账，一年过来一两次。也算是帮着把白恣天未尽的责任尽完而已。

和白恣天的这段感情，就这样落下了帷幕。章琰还年轻，日子终究得过下去。永远活在往事的阴影里，为一个死去的男人守活寡，这不是现代女人的正确做法，何况，章琰为了白恣天，已经耽搁了这么多年。

小白一天天长大，公司一天天步入正轨，房子一套套买，物质生活一天天变好，章琰的心里却越发空虚。

又过了两年，章琰总算意识到，这样一个人带着个孩子生活，不是办法，尽管她有钱，有房子，她还是想要个男人。此时的她，已经差不多三十五岁了，小白上了小学，章琰萌生了找个男人过一辈子的想法。

刻骨铭心、伤筋动骨的爱情，经历一次就够了，最难的是过日子。章琰想着，只要他是个好人，有好的身体、顾家、对小白好、对自己好，也就足够了。足够结婚，足够搭伙过日子了。

而章琰之所以会有这样的心思，也不过是看亲爹亲妈感情好，是老来伴；哥哥嫂子感情好，相互扶持把日子越过越好。而她，折腾这么多年，却始终只有孤孤单单一个人。几番对比，心里越发难过而已。

章琰想结婚，要求不高、想法现实，章妈妈是最高兴的。章妈妈的两个孩子，章冰样样顺利，而章琰，却总让她操心。章妈妈张罗着帮章琰介绍对象。

而这时候，基本上认识章家的人，也都知道章琰未婚生子的事情，从一开始的窃窃私语到落井下石，这么多年，总算是消停了，见怪不怪了。

人言就是这样，一开始放得比天大，随着时间的流逝，终究都会归于平淡。

章妈妈张罗着给章琰介绍对象，周梦君作为嫂子，也操着心。

周梦君生活美满，又得章家人真心相待，早就收敛了一身的脾气，把他们当成亲人，再加上年龄大了，人稳重了许多。小姑子的事，就是她自己的事，帮章琰张罗对象，是十分真心。

周梦君给章琰介绍了一个本家哥哥，也姓周，国企中层干部。离婚，有一个儿子，已经上初中了。

周先生比章琰大十来岁，为人稳重本分，又是周梦君的本家哥哥，章琰自然会相对高看他。

周先生并不嫌弃章琰未婚生子这件事，用他的话说："年轻时，谁没有过冲动的时候。孩子毕竟是无辜的，为一个要跟别人结婚的男人生下孩子，这只能说明，你是一个善良的女人。"周先生的甜言蜜语，让章琰感觉很暖心。未婚生子这件事，章琰收到的都是怪异的眼光和冷嘲热讽，第一次，有人这么理解她，倒像是她的知己。章琰的心里，对老周不由得亲近几分。

到了章琰和老周这个年龄，孩子也这么大了，考虑更多的是能不能在一起过日子，而不是风花雪月的爱情故事。不讨厌对方，在一起吃了几顿饭，看了几场电影，便决定相处看看，也就是暂时确定了男女关系。

为什么会用"暂时"这个词呢？也就是说，彼此承诺交往，但毕竟还不算太了解，所以规定个期限，若过了这个期限，觉得对方还不错，就结婚。中间若发生了什么事情，该分手就分手，各找各的也没啥。两人于是就这样在一起了。

章琰有车，老周没有，章琰经常很忙，老周按时上下班，空余时间多。两人在一起之后，老周经常开着章琰的车，接送两个孩子上下学。

老周第一次提出开章琰车的时候，章琰有些犹豫，那辆车，是白恣天留下来的，他们在一起时买的那辆德国车，开了很多年了，按理说该报废了，可章琰很爱惜那辆车，一直小心翼翼地保养着，还换了一次发动机，看起来倒也算新，就一直开着。

那辆车，和白恣天留下的房子以及其他东西一样，都让章琰特别珍惜。但毕竟和老周在交往了，一辆旧车而已，不给他开，显得太过于小气，何况他是为了接送孩子，犹豫了一下，也就肯了。

章琰和老周确定关系，是在2005年，章琰不想让老周踏入她和白恣天曾经住过的房子，就在章冰和周梦君住的那个小区里买了套别墅，装修好，把家搬了过去。而之前住的那套房子，因为有白恣天太多的痕迹，并没有租出去，只是放着，偶尔过来看一下。

都是成年人，都有需求，在一起没多久，两人便发生了关系。过程不必细述，只说章琰当时的心情。当时，虽然是老周主动引导，但章琰毕竟空了这么多年，生理上有欲望，倒也没怎么矜持。

毕竟空窗太久，老周又是过来人，章琰很容易就动了情，动情处，差点儿脱口而出白恣天的名字，这让章琰多少有些难过。

事后，章琰不停地说服自己，白恣天已经是过去式了，他去了另外一个世界，再想念也该好好生活。现在的身边人是老周，心里想着白恣天，这对老周不公平。便强迫自己不再多想了。

发生了关系，老周待章琰的态度就又不同了，不愿意回他那个又小又冷清的家，总是带着儿子赖在章琰的别墅里，就像他们已经是一家人一样。

章琰其实不想发展这么快的，按她的设想，即使发生了关系，两个人毕竟还没有确定要结婚，感情还没深入到那一步，同居算什么事？何况两个人都有孩子。然而老周不这样想，老周理所当然地认为，跟他发生了关系，章琰就是他的人了，年纪都不小，住一起又怎么了？

此时的章琰，虽身体上已接受老周，但情感上却慢了半拍，她只觉得老周是个好人，却没有那种心动的感觉。

是的，心动的感觉，章琰曾经对夏晓军和白恣天都产生过，对老周却没有。章琰怀疑她的感情腺和泪腺一样，都坏掉了，她很难再爱上一个人了。因此，即使对老周没有心动的感觉，只因为他人还不错，也愿意跟他在一起将就着。

但同居这件事，未免太快了点儿。

老周对章琰是满意极了。这个女人，三十五六岁，生过孩子却没结过婚，她的身上没有已婚妇女那种为家庭、为人情世故计较得失的腌臢气，反而像少女一样灵动。她在做生意上，积累了不少经验，但在男女问题上，却依然天真。世故和单纯两种气质同时在她身上体现，而她本人，亦经过岁月的洗涤，身上逐渐呈现出一种介于少女和少妇之间的妩媚感。这种妩媚感比少妇更容易让人心动，比少女更容易抓人心魄。

三十五岁的章琰，刚刚好。

老周很庆幸，他是在章琰这个年龄这个阶段出现，再年轻一点儿，章琰看不上他。年龄再大一点儿，他的生理和心理机能都倒退了，找女人不过为养老，他也留不住章琰这样的女人。

还有最重要的一点，章琰有钱。章琰不介意他没钱。

是的，老周没有钱。老周是国企中层，却没有权力，国企虽福利不错，工资却不高。养养老便也罢了，想在纸醉金迷的大上海过上好的生活，却非常难。

Chapter 7

最爱的人他走了

01.

一周七天，老周恨不得七晚上都在章琰家度过，这让章琰感觉特别不好。章琰跟老周说，两个人毕竟才交往，就这样住她家里，给人看见了会乱说。老周一副很了解章琰的样子说：“你这个人，才不会介意这种事。”这话听着，让章琰感觉不太舒服，好像她很不在意脸皮似的。章琰只好说了实话，不是担心别人看见了怎么样，是自己感觉太快了，无法接受。老周自我感觉良好地说：“没事，习惯了就好了。”章琰说：“不是习惯不习惯的问题，而是希望能放慢节奏，这样同居，我心里不舒服。”老周理所当然地说：“可是，我每天要接孩子上下学呀！”

苏阿姨在章琰家里做了很多年，小白还没出生，就到了章琰家，这么多年，章琰在外面忙，家里多亏了苏阿姨照顾。老周出现之前，小白上幼儿园、小学，都是苏阿姨接送。其实，章琰并没有太需要老周接送小白。而且，老周的儿子上初中，小白才刚刚上小学，两人不在一个学区，完全不同路。

章琰说：“苏阿姨可以接小白。”

老周有些生气：“你一会儿这个借口一会儿那个借口，不高兴我到你家？不高兴你直说呀！一点儿诚意都没有，那我们还谈什么恋爱，将来还怎么结婚？”

明明是老周死乞白赖赖在章琰家里，他却先发脾气，像是章琰嫌弃他。

章琰这个人，别人好好说话的时候，她尚且能正常思考，一旦对方表现出生气或对她提要求，她气势就先弱了，主动认㞞，好像自己真错了一样。章琰说：“我不是那个意思。”

老周见章琰声音低了下去，语气也变软了，抱住章琰：“我是喜欢你，想跟你在一起，才总待在你家里。要不然你以为为什么我有家不回，总朝你这儿跑啊？”

老周最擅长软语温言，章琰最擅长心软。于是谈判破裂，这事儿就只能这样算了，章琰心里面不舒服，也不好再多说什么。

然而不舒服这种情绪，只要产生了，见到那人出现，而且还是特别频繁地出现，在她家里就像男主人一样，看着就会感觉特别不舒服。

过了几天，章琰跟老周说：“我做生意，总在外面跑，没车不行，你还是得把车还给我。”

老周说：“给你了，我拿什么接孩子啊？”

“苏阿姨可以去接小白。”

“那我儿子呢？不在一个学区，总不能劳动苏阿姨坐公交跑那么远去接吧？”

“你以前没车，怎么接他的？”要车只是借口，章琰只是不想让老周每天都准时出现在她家里而已。要车之前，章琰想得很清楚，她现在住的这个别墅区，离公交车站走路要半个小时，打车来很方便，起步价。从小区走到公交站地铁站就艰难了，连黑车都打不到。老周的儿子每天早上要起早上学，没车接送，就不信老周让他儿子步行，这样的话，他们还是得乖乖地回去住，而不是每天住她家里，父子俩在她眼面前晃。

章琰刚那句话的意思很明显：你以前怎么接，现在就怎么接。如果这样你还天天跑我这里，那我还真是服了。

老周默不作声，过了一会儿才说："现在我儿子的同学，都知道他爸爸有车，以后我再走路去接，他会被人笑话的。"

"那是我的车。"章琰有些不高兴，她的车，却成为别人虚荣的道具。

章琰捍卫的语气明显惹得老周不高兴："那么破的车，你还当个宝贝。"

那是白恣天留给章琰的车，老周这样说，章琰很生气，嗓门大起来："是，是破车，可那是我的车。"

这是两个人交往以来，章琰第一次对老周发火。

章琰是个不爱发火的人，这也是被老周逼急了。

老周有些下不来台，却还是低声下气跟章琰解释："我知道是你的车，孩子不是小吗？他同学问起来，他没多想，直接说是爸爸的。我本来想解释，可咱们没结婚，我说这是我女朋友的，还不知道他同学怎么想他呢，就没解释。十多岁的孩子，自尊心强，我不想他被同学取笑。"

老周的解释，让章琰好受了一点儿，可要车这件事，是她琢磨了很久才琢磨出来的办法，不肯轻易妥协，于是坚持："可是，我真要用车。"

老周看章琰脸色实在不好，知道再这样待下去，两个人心里都别扭，就说："那我今儿先回去，改天再来看你。"还是把车钥匙还给了章琰。

老周带儿子回家，也就隔了一天没来，第三天又跑来了。老周舍不得打车，两人走过来的，走得满头大汗。而这时，章琰和小白已经吃过晚饭了。

章琰很惊讶："你怎么来了？"她差点儿脱口而出"又"字。

"嘿嘿，想你们了。"老周转头对苏阿姨说，"阿姨，我们都还没吃饭呢，给我们一人下一碗面条吧！"

来都来了，章琰不好赶人走，只好让他们留下。

章琰家房子挺大的，她心里其实不想让老周睡她床。可之前毕竟已经睡过很多次了，他不肯走，睡得自然而然。

两个人在房间，老周跟章琰说："你都不知道我们走得有多累。你说你那么有钱，怎么不买辆新车呢？反正我又不嫌弃你这辆车旧，淘汰给我多好。"

"这辆车意义不同。"章琰说。

"小白爸爸留下来的？"章琰和白恣天的事，老周听周梦君说过一些，问得也是自然而然。

章琰点头："嗯。"点头的时候本来没看他，不知道怎么回事突然就抬起头，看到了老周的眼睛。这是怎样的眼神啊，含着鄙视和玩味，以及探究。见章琰突然抬头看他，连忙收敛住，露出一贯温和的笑容来。

章琰怀疑自己是不是眼花了。不能确定究竟看到了什么，只好默不作声。

老周却没那种自觉，见章琰不说话，又厚着脸皮说："那不然你开旧车，买辆新车给我开？"

章琰心里厌恶极了，盯着老周，老周被她盯得有些不自在，哈哈大笑："我开个玩笑，你看你，都当真了。"

"早点儿洗洗睡吧。"章琰心里厌恶，面上却很平静。

心里不喜欢一个人，他偏偏又做出一些让她不太高兴的事情，在床上很多时候就会比较抗拒。老周这人，最大的优势是脸皮厚，章琰活了这二三十年，一直性子都软，即使偶尔强硬，也是在工作上。被老周缠着缠着，也就半推半就了。再加上心里面犹豫，想要找个男人结婚，因此即使对老周没感觉，甚至很多时候厌恶，章琰却并没有主动提分手。两人就这样含含糊糊地拖着。

老周这人也是好耐性，章琰不给他车开，他依然每天带着儿子到章琰家吃住。有时候会打黑摩的，有时候走路过来。第二天起个大早，走半小时路去公交车站送儿子上学。

苏阿姨跟老周开玩笑："你们家没饭吃呀！"

老周笑哈哈："我们家就我们爷俩吃饭，冷清清的，不如这里热闹。阿姨煮饭好吃的，吃一顿就想第二顿、第三顿，我可舍不得走，是不是，小毛头？"老周推了推儿子。

老周儿子像没听见一样，苏阿姨也只是笑，不说话。

章琰看老周每天跑得实在可怜，再加上他甜言蜜语多，人又勤快，总跟苏阿姨抢活干，觉得他也挺不容易的，在老周糖衣炮弹的攻势下，还是把车给老周开了。

可她自己上班没车也不方便，于是又买了辆车。开了不到一个星期，就主动跟老周换过来，让老周开新车，她开旧车。

旧车很旧，意义不同，章琰舍不得让老周开。

老周在章琰家住习惯了，倒也把自己当成了半个主人，之前特别勤快的"习惯"没有了，不自觉对苏阿姨颐指气使起来。有时候让苏阿姨倒杯水，有时候让苏阿姨给他儿子削个苹果。苏阿姨倒也乐呵呵地做了，反正都是小事。

再后来，就开始安排菜单，让苏阿姨照着他和他儿子的口味买菜。苏阿姨有些不高兴，做饭的人最为难，章琰和小白都不吃剩菜，一顿饭将就那么多人的口味，难免会有富余，生活费章琰虽然多给了，但苏阿姨是节约的人，每顿都倒剩饭剩菜，多少有些心疼。看在章琰的分儿上，却也没说什么，就照着老周说的做了。

又过了一阵子，老周嫌洗衣机里洗衣服不干净，让苏阿姨用手洗他和儿子的衣服，还说："按道理说，家里的床单、窗帘、地毯都应该手洗的。也就是琰琰好性子，从来不要求你做这些事。你要在我家，这样可是不行的。”

苏阿姨看老周剔着牙花，算计来算计去的样子，想着在章琰家做了这么长时间，那母女俩可从来没对她这样过，又委屈又生气，理都不理老周，一甩袖子走了。

这些事情，大都发生在章琰不在家时。两人毕竟没结婚，老周多少有些顾忌，当章琰的面，相对收敛许多。

章琰自己做公司，管着几十号人的就业问题，经常休息的时候还在公司忙，这么多年，家里的事情交给苏阿姨，向来是放心的，她整天操心着公司的事情，家里的事就有些忽略，不知道她不在家时老周和苏阿姨之间发生的这些事。

一日，老周不在，苏阿姨找到章琰，跟章琰说不在这里做了。章琰问为什么，苏阿姨嘴巴动了半天，始终没好意思在章琰面前说老周坏话，于是找了个借口说：“我女儿家的孩子调皮，我要去给她带孩子。”

苏阿姨的女儿，章琰是知道的，前年生了孩子，章琰还送了红包。苏阿姨的女儿没有工作，全职带孩子，根本不需要苏阿姨帮忙。而苏阿姨家境不好，丈夫还生病，她很需要这份薪水。苏阿姨在章琰家这么多年，像自己的家人一样照顾章琰和小白，章琰离不开她，而苏阿姨，对章琰也产生了母亲对女儿般疼惜的感情。苏阿姨突然提出要走，还是这么牵强的理由，章琰自然不信，跟苏阿姨说：“若有什么委屈，一定要告诉我，我们一起解决。”

“没有。”苏阿姨扭扭捏捏。

“可是嫌工资低？我再给你加五百块钱。”章琰给苏阿姨开的薪水，几乎是同等水准住家阿姨的两倍了，和一些专聘到外国人家庭的阿姨相比也只多不少，而那些在外国人家里做事的阿姨，通常都会外语，会做西餐，对学历也有一定的要求，在上海的阿姨帮里，又是另一种存在了。

“不是，小姐，你别问了，我只是不想做了。”苏阿姨说着，眼圈儿就红了。

看苏阿姨一副委屈的样子，章琰差不多也知道问题出在哪里了。她和小白是怎么都不会给苏阿姨气受的，那只能是老周和他儿子。苏阿姨这人嘴紧，不喜欢一个人也不会直说，章琰只好问得很委婉：“你觉得我跟老周怎么样？能不能结婚？”

“这个你要自己判断的呀！”苏阿姨说。

“可是我想听听你的意见，你在我们家这么多年，就像我姆妈一样，你的意见对我很重要，阿姨你就别保留了。”

苏阿姨的嘴巴动了动，过了好久才说：“小姐，说真心话，周先生不配你，你跟他在一起委屈了。”

“行，我知道了。我仔细考虑一下。”章琰说，“你在我家这么多年，也没休过长假，不如我放你一个月长假吧，薪水我这边照付，你去帮女儿带一段时间外孙，若还想回来就回来，不想回来，你跟我说一声，到时候咱们再商量解决的办法。”

章琰给了苏阿姨一笔钱，放苏阿姨走了。

至于老周，章琰交往了这么长时间还是有些犹豫，她毕竟年龄大了，跟老周交往之初，想的就是找个人结婚，老了能相互照顾。老周这个人有他的缺点，但人总体不坏的，更何况两人睡也睡了，现在又住在一起，随便分手，也显得太过于狠心了。章琰想着，得跟老周好好谈一谈了。

章琰还没找老周谈呢，老周就跟章琰絮叨：“你对苏阿姨也太好了，哪儿有家里请的阿姨跟个主人似的。这说请假就请假，一走就是一个月，那这一个月，家里谁做饭，谁洗衣服啊？你给她那么高的薪水，她一个阿姨一个月赚的，比我这上班二十多年的人都多，还整天这也不高兴，那也不高兴的。我看她不是要在家里做阿姨，是要到这里养老来的……”

章琰打断他："不是苏阿姨要请假，是我主动放她的假。这一个月，咱们对付着过，你既然下班早，接孩子的路上，就顺便买了菜，回来把饭煮上。"

上海男人普遍都会做饭，跟章琰在一起之前，老周每天给他儿子做饭，只是在章琰家这几个月享受惯了，就不愿意再做了。章琰直说让老周煮饭，老周就很不高兴："好嘛！我倒成了你家的阿姨，也没见你给我开工资。"

"你不吃吗？"章琰云淡风轻地反问。

章琰和章冰住在一个小区。自从章冰的儿子上学之后，章妈妈倒不必每天贴身伺候了，大多数时候，待在自己家里。章妈妈和周梦君这对婆媳，也不必每天面面相对了。

章妈妈偶尔来几次，都遇上老周在章琰家，看这架势，章妈妈自然很清楚，两人这是同居了。章妈妈背着老周唠叨章琰："毕竟还没结婚，住一起像什么话，又是你嫂子的亲戚，将来要是万一吹了，名声还要不要了……"

章琰有时候挺烦她妈唠叨的，却也知道她说的有道理，可是直到现在，她都不明白，明明是想控制节奏交往的，怎么弄着弄着就成同居了。章琰很无奈："我让他走，他不肯走。"

"他不肯走你就让他留下了？你不会想想办法把他弄走啊，还带他儿子住在这儿！听起来像是他面皮厚，可你是女人，不比他一个大男人，别人指不定怎么想你，怎么戳你脊梁骨呢，你的面皮还要不要了！"

章琰不耐烦："当初是你天天唠叨让我找个男人结婚，不必有多深的感情，只要人好，能过日子就行了，想的就是老了找个伴。老周是嫂子介绍的，你也觉得他不错，现在又来唠叨我。"

"我让你处处，合适了结婚，意思是结婚前保持距离，婚后才可以住一起。你看看你现在，没结婚就住一起了。还好这是个知根知底的，不然再弄个孩子出来，却把你甩了，我们章家的脸朝哪里放。”章妈妈越说越生气，她真心觉得这个女儿，在感情方面实在是拎不清。

章妈妈不知道白恣天已经过世了，章琰并没有说过。虽然白恣天给章琰留下了不少资产，但他毕竟没跟章琰结婚，最后还甩了章琰，章妈妈私心里就一直认为白恣天欺骗了章琰的感情。说话就非常难听。

然而白恣天究竟是不是好人，这个不需要别人评价，章琰心里很清楚，她很反感章妈妈把白恣天和老周放在一起比较，就很不耐烦地说：“我会很快做出决定的。”

“你最好早点儿决定，周先生要是不嫌弃你，干脆领证好了呀！免得夜长梦多，你年龄不小了，可不能像个小姑娘一样，总昏头昏脑，让我操心！”章妈妈最后补充道。

02.

章琰跟老周在一起，一直都很纠结。一方面，她对老周实在产生不了喜欢的感觉。另一方面，整日被妈妈唠叨，希望她能早点儿结婚。而她这些年，独自一人带小白，处理公司的事情，遇到困难，连个商量的人都没有，没有一个肩膀可以依靠，确实是累了，她想结婚了，无论是谁，只要人好，对小白好就可以了。

章琰甚至把自己的需求降得很低，她一直说服自己，不过是找个伴，看起来还不错就可以了，不必强求一定要像白恣天一样好。毕竟，白恣天是鲜有的存在，大部分男人，很少能做到像他那样的。

也因此，章琰跟老周在一起好几个月了，虽然一直纠结，却始终没有主动提分手，甚至连强硬让他走的态度都没有。

苏阿姨因为老周要辞职，章琰很难受，她明白，若想要苏阿姨留下来，除非老周走。她是不想让苏阿姨走的，却又觉得为了一个阿姨，跟老周闹翻也不太好，毕竟一个是家里请的阿姨，另一个是有可能相伴终生的男人。

她需要时间过渡，想清楚这件事怎么处理，才放了苏阿姨一个月的假，苏阿姨走了不过十来天，家里就乱得不成样子了。

章琰让老周做饭，老周乖乖做了。可章琰的家，是一栋三层的别墅，每天擦洗拖，需要很多时间，老周擎着面子，不肯主动做，于是家里到处都积了灰。章琰和小白的衣服，苏阿姨在时，洗干净熨好叠整齐，放在柜子里。甚至还会根据她们平时的喜好，搭配成套挂起来，只为了让她们穿得更方便。苏阿姨走了，就没人这样做了。

一开始，老周倒是帮她们洗过两次，当然是用洗衣机洗，至于手洗这种事，只是要求苏阿姨的，到他自己头上，却是怎么方便怎么来。老周把章琰和小白的衣服放在洗衣机里和他及儿子的衣服袜子一起洗的。上初中的男孩子，整天踢球、打球，衣服上灰和汗层层叠叠，章琰的白色衣服洗了比不洗还脏。被他洗一次，自己再洗，就怎么都洗不干净了，只好把挺好的衣服扔掉。章琰不好意思直说让老周分开洗，怕他敏感，误以为她嫌他儿子脏，只好跟他说，再洗就只洗他们爷俩的，章琰和小白的衣服章琰休息时洗。

也不知道他是怎么用的洗衣机，被他用一次，洗衣机就得清洗一遍，否则洗出来的衣服照样不干净。

章琰很怀念苏阿姨在家的日子，那段时间苏阿姨同时给章琰、小白、老周和他儿子洗衣服，居然也洗得干干净净，而且毫无怨言。家里有个能干的阿姨，实在太重要了。

苏阿姨走后，章妈妈倒是隔一两天就来一次章琰家，孤儿寡母的，能帮一把顺便帮一把，而且章琰实在太忙了，没个人照顾家里，总是不行的。

章妈妈这个曾经手术室里的外科圣手，年龄越来越大，头发越来越白，脸上的褶子越来越多，当年的风采消失不见，变成了一个极爱唠叨的老妇人。她帮章琰收拾一次屋子，就会唠叨她一次，嫌她在公司里花的时间太多，家里的事情都荒废了。

章琰不服气，顶嘴说："我不比哥哥，哥哥公司有他和夏晓军两个人操心，家里有嫂子和你。我就只有我一个人，也只能顾得了这头顾不了那头。"

章妈妈说："那你就早点儿结婚，你主外，周先生主内。或者干脆少赚点钱，把家操持好。"

"还没结婚呢，家里的事情他都不肯多做。结婚了你以为他会主动负担多少？我可不指望他。我现在算看出来了，他就指着在这个家里当大爷呢！我再劝劝苏阿姨，她若真不愿意回来，我就只能换阿姨。"

"像苏阿姨这么好的人，真是很难找。能劝就劝，劝不了你要跟周先生说，让他改改脾气，让着点儿苏阿姨，免得再把人气走。到时候吃苦的还不是你们娘俩。"章妈妈唠叨。

章琰也觉得这样不是办法。晚上老周回来时，就跟他说要把苏阿姨接回来，让他对苏阿姨态度好点儿，不要安排苏阿姨做事。老周说："这老娘皮，忒势利眼，知道是你出的钱，就不把我的话当回事。我看干脆换掉也好。我明天去家政公司再挑挑看，一定有比她更好的，还能便宜点儿。"

"苏阿姨我用惯了，而且是真心对小白好，我不想换。"

"那怎么办？总不能我跟儿子还看她的脸色吧，我们毕竟是主人。"

"倒不是要你看她脸色，就是让你们对她态度好点儿，她虽是家里请的阿姨，在我和小白眼里，跟自己的家人一样。小白对她，像对长辈一样尊重，你总不能老拿人家当佣人，她心里自然不舒服的。"

"她本来就是个佣人呀！反正我是看她不顺眼，早想换掉了。"老周说。

"佣人"这两个字，章琰听着很不舒服，她忍住气跟老周说："我跟苏阿姨说了，给她一个月的假，回不回来看她的意思，咱们别趁她刚走就请新的阿姨，这样太不人道了。她肯回来做，就还让她做，她不回来再请别人。她才走十来天呢，家里就乱成这样，我妈年纪大了，隔两天来收拾一次也不方便。你若有时间，也稍微把家收拾一下。”

“我哪儿有时间啊？你整天在公司忙，两个小毛头都是我在照顾。还要做饭洗衣服，忙得团团转，房子这么大，你让我收拾，还不得累死我。”

章琰不作声了，确实，他一个大男人，虽然回家早，但只怕也没做惯。

老周又温言说：“我倒不是不肯收拾。就觉得咱俩这个样子，又没结个婚，我名不正言不顺的，再上赶着做事情，怕小白将来瞧不起我。”

一开始你不就是上赶着做事情吗？现在人到手了，反而矜贵起来了。章琰心里这样想着，却没说出来，她得给他留个面子。

“不会的，小白人善良，不会这样想你的。”章琰说。

“小白不这样想，我心里也不好受。”老周说，“要不咱抽个时间去扯证吧！”

这就算是求婚了？跟章琰想象的完全不一样。章琰有些慌乱，她潜意识里一直不肯想结婚这件事，主要还是对老周太不满意，今日老周主动提出来，她倒不知该怎么办了。

章琰说：“太仓促了点儿吧？咱们才认识两个多月呢！”

“我咋觉得好久了呢！”老周笑。

第二日，快睡的时候，老周跟章琰说：“我仔细想了想，咱们还是早点儿结婚比较好。对孩子也好些。”

章琰没吱声。

老周犹豫半天，厚着脸皮问章琰：“我听梦君说，你的钱都用来买房子了，你有多少套房子呀？”

“加上咱们现在住的这栋别墅，一共六套。”

“算公司那套写字楼了吗？”

“没算。”

“我儿子前几天问我，会不会跟你结婚了、生了我们自己的孩子，就不要他了。我跟他说不会的，他却总是不相信。小毛头敏感，总担心被爸爸抛弃，我想来想去，若是能把咱们手头的房子过户一套给小毛头，他或许就不这么想了。你觉得怎么样？”

章琰抬眼看他，什么叫“咱们手头的房子”？那房子，大部分是白忞天留给她的，还有两套是她自己买的。什么时候成了“咱们的”了？

“你不是有套房子吗？反正你也不住，过户到你儿子名下好了。”章琰建议。

“那不行，那套房子小，才六十多平方米，还是老房子。”老周说，“我工资低，你又不给我钱，我还指望那套房子将来租出去收点儿房租呢！”

章琰厌恶的情绪到达了顶点，她抱着枕头起床：“晚上我还有个方案要修改，我去书房睡了。”

好嘛！自己的卧室鹊巢鸠占，她却抱着枕头躲进了书房，这事儿闹的！

章琰这个人，向来最大方。跟夏晓军谈恋爱的时候，把家里的水果、罐头、麦乳精一袋子一袋子朝夏晓军家里提，拿仅有的生活费给夏晓军的妈妈和妹妹买衣服。跟白忞天在一起，虽然白忞天从来没主动要过章琰的任何东西，章琰却很清楚，若白忞天肯要，她什么都肯给的。爱到最浓时，命都可以给他，何况这些身外之物呢！

老周找她要套房子，按道理说，也不是不能给，可自己主动给和别人开口要是两码事。老周开口了，章琰心里极不舒服。她有一种被算计的感觉，这种感觉非常不好。

章琰不是第一次动想跟老周分手的念头，却是第一次认真思考了两人的关系。

她觉得，她可能真的无法忍受老周，如果他们要一起生活一辈子的话。

这件事发生之后，连续好多天，章琰一直都在思考要不要分手，答案是肯定的，这一次，她是很认真地想要跟老周分手了，哪怕一辈子不结婚，哪怕老来无依。

章琰想清楚要分手，却一直拖着没主动提。她必须想好说辞才能开口，老周毕竟是嫂子的亲戚，现在又住在她家里，一个不好，可能会闹得很不愉快。

章琰这边还在想怎么说呢，家里却发生了一件惊天动地的事情。

那天是周末，章琰在客户活动现场，接到章妈妈的电话，气急败坏地让她赶紧回家。章琰说："正在办活动呢，我得盯着。"

章妈妈说："天大的事你也给我回来，公司倒闭了你也给我回来，快点！"

章琰隐约听到小白的哭声和老周的叫骂声，她心里一慌："不会是小白出了什么事情吧？"

"就是小白，你别啰唆，快点儿回家。"章妈妈不等章琰回应，挂了电话。

章琰心跳得很厉害，生怕小白有什么事，这么多年，母女俩相依为命，小白就是她的命。章琰哆哆嗦嗦地跟同事交代了工作，磕磕碰碰开车回到家。

门刚打开，就看见章妈妈叉着腰指着老周的儿子叫骂，老周在旁边赔不是，间或骂两句儿子，小白坐在凳子上哭，老周的儿子蹲在地上低着头，不知道想些什么。

章琰连忙冲到小白身旁，抱起她，上上下下检查，见没受伤才松一口气，又见她哭得稀里哗啦，连忙问："发生了什么事？"

“什么事？你问问他们！”章妈妈仍然气呼呼的。

原来，章妈妈知道章琰今天有活动要做，只留了老周和两个孩子在家，她不放心，做了些好吃的来家里看他们。门刚打开，就听见小白的尖叫声，章妈妈放下东西快步上前推开小白的卧室，才看见小白缩在角落，老周的儿子站在她身旁说些什么。

章妈妈冲过去护住小白，问怎么了，小白哭着说：“哥哥不停地摸我，我不让他摸，他还是要摸。”

章妈妈抬手甩了男孩一耳光，又推了他一把。上初中的男孩子，已经有些力气了，并没有推倒，只朝后退了几步而已。

老周本来在客厅看球，见章妈妈风风火火冲到小白卧室，连忙跟了来，就看见章妈妈打他儿子。他护犊心切，上前一步推了章妈妈一把：“你干什么打孩子？”

“你问他干了什么！你问这个小瘪三干了什么！”章妈妈本来就站在墙角，被老周一推，坐到了地上，头发晕，却还是紧紧护住小白，“家里就你一个大人，小白叫这么大声你没听到啊？你就不会过来看一眼？任由你们家小狼崽子欺负我们家小白？”

老周说：“我在看球，还真没听到。”又转头问他儿子，“你欺负妹妹了？”

男孩子只低着头不说话。章妈妈忍着头晕站了起来，把小白护在身后，去推那男孩：“跟你爸爸说，你做了什么！你说呀，你怎么不说话，你说呀！”

“你别总拉扯他呀，有话好好说。”老周护住儿子。

老周毕竟是男人，个头比章妈妈高，体型比章妈妈胖，从气势上章妈妈就弱了几分。

章妈妈眼泪哗哗直往下掉：“我女儿引了两匹狼回来，小白才七岁呀，他就能这样对小白。”说着说着悲从中来，泣不成声。

这下子，老周基本就明白发生什么事了，却还是护着儿子：“孩子们闹着玩，不当真的。”见章妈妈只哭，又去哄小白：“是不是小白？哥哥跟你闹着玩。”

章妈妈擦干眼泪，把老周和他儿子朝外推：“滚，你们给我滚，滚出我女儿的家……”

老周一时没反应过来，顺着章妈妈的力气朝后退，倒也被推下了楼，推到了客厅，却怎么都不肯走了，只坚持是小孩子们闹着玩，不能当真，转头又骂他儿子，希望能借此让章妈妈消气。章妈妈见赶不走他们，气急败坏打了章琰的电话。

章琰进门时，正看到老周和章妈妈僵持着，屋子里乱成一团。

03.

听章妈妈说了事情的经过，章琰如坠冰窖，她拼了命也要守护的人，却因为她识人不明引狼入室，遭受到这么大的伤害。

章琰紧紧抱着还在发抖的小白，牙齿格格响，想安慰她，却又无从安慰起，偏老周还很不识相地走到章琰身边，拉她，跟她解释：“小毛头跟妹妹开玩笑的，你妈年纪大了，开不起玩笑，还打了小毛头，她是老人家，我也不计较的，你应该明白我们都没有恶意。”

章琰看着这个男人凑到她面前试图大事化小小事化了的丑恶嘴脸，厌恶极了，大脑不受控制，伸手甩了他一巴掌。

那一巴掌打得重极了，老周被打蒙了，直起身条件反射地想打章琰，就像当时他推了一把章妈妈一样。还好控制住了情绪，看章琰在气头上，又摆出一副讨好的笑：“琰琰，我知道你生气，小毛头还小，不知道事情的严重性，他以为他在跟妹妹玩呢！你别生气了，我揍他！”

章琰只觉得心里难受，倒没听清楚老周说什么。老周见章琰脸色铁青，不说话，转身装腔作势扬起巴掌要去打他儿子，他不是真心打，他儿子自不会乖乖站在那里让他打，号叫着躲开，碰翻了椅子，撞倒了茶几，一时间屋子里鸡飞狗跳。

章琰抬头看老周，看出来他并没有真打，只是装装样子罢了，觉得一分钟都无法忍受这对父子了，大吼一声：“够了！”

那对父子被这声音惊住，停了下来，老周以为他态度好，多少让章琰消了些气，再次往章琰身边凑，赔着笑脸叫：“琰琰……”

章琰抬手打断他的话，指着门：“滚，你们俩有多远滚多远！”

老周停住，一脸惊愕，他没想到章琰的态度和章妈妈这老太太一模一样，他本来以为一日夫妻百日恩，章琰不会下狠心让他滚的。

老周这人，惯会察言观色，看气氛实在僵，就小心赔不是：“那我带小毛头先走，你和妈妈消消气，等气消了我们再来。”说着拉着儿子就朝门口走去。

“站住。”章琰说，“把家里的钥匙、车钥匙交出来，上楼收拾你们的东西，别漏下什么，免得还来第二次。”

“琰琰——”老周一副不可置信的表情，“我知道你生气，只是事情不要做这么绝，我们还是要结婚的……”

“把钥匙放下，去收拾东西，我不想说第二次。至于结婚，你更是想都别想。”章琰咬牙切齿。

老周站着不动。

章琰拿出手机，当着老周的面，拨了110，却没接通，跟老周说：“你若不肯走，我只好报警了。”

老周看着章琰的脸，知道她是气急了，知道若就这样走了，以后再想回来就不容易了，于是站了一会儿，一屁股坐地上，又拉他儿子坐他旁边，赖着不肯走了：“你报警吧，我跟你住在一起，我们在谈恋爱，小毛头还是个孩子，不满16岁，小白说他摸她，她又没证据，我们的事儿顶多算是民事纠纷，我就不信警察还能把我们都抓走。”

老周在赌，他赌章琰为了小白的名声，不会把这件事闹得尽人皆知。

他笃定，这屋子里的三个女人，不会拿他们两个男人怎么样。无论如何，就算她们人多，但在体力上，他和儿子占绝对优势。

章琰直接按了拨打键，老周倒是没有料到。好在电话尚未接通，章妈妈快步冲了上来，挂断了，倒也让老周松了一口气。他是个极爱面子的人，又在国企上班，也不想这些事闹得尽人皆知。

“打给你嫂子，她引来的人，让她来解决。”章妈妈说。

此时正逢周末，周梦君在家休息，来得倒快。章妈妈不放心，怕周梦君一个女人，压不住老周，又打了章冰电话，章冰在公司忙，闻讯放下手头的事情，也赶了来。夏晓军听章冰说，章琰家里出事了，心里一咯噔，无论如何，要跟着章冰一起过来，就都一起过来了。

周梦君先到，进门问清楚事情的原委，不可置信地看着老周和他儿子，怯生生地说：“会不会弄错了，小白还这么小……”

章妈妈目光犀利地盯着周梦君：“你眼瞎了？没看见小白哭成这个样子？你的立场究竟站在哪边？”

再好的婆媳，都会有些龃龉的事。章妈妈和周梦君，已经算是相处特别好的婆媳了。章妈妈真心待周梦君，全心全意帮她带儿子，又不计较她说话直，一些小事都一笑了之。周梦君不傻，能感觉到章家人的真心，结婚这么多年，跟章妈妈从来没红过脸，章妈妈更是从来没跟周梦君说过一句重话。这次，因为老周的事情，章妈妈第一次对周梦君恶言相向，倒也足够让她吃惊的。

章妈妈不等周梦君说话，就说：“你弄来的人，把他们弄走。”

周梦君去劝老周，让他先走，老周不肯，只说：“这是我跟琰琰之间的事，让我们自己解决。”

周梦君好话歹话说尽，老周就是赖着不走，一屋子的人僵持着。好在不一会儿，章冰带着夏晓军来了。

章冰听说了整件事的经过，目眦尽裂，一声不吭走到老周面前，照着脸就是一拳。那一拳快如疾风势如闪电，狠狠砸在老周脸上，打得他一阵趔趄。

章冰伸拳再打，老周躲，老周的儿子上前给他爸爸帮忙，被夏晓军架住。夏晓军是外人，不好直接动手，但他想打老周父子的心，一点儿都不比章冰少。他趁着混乱，踹了老周几脚，又扇了老周儿子几个嘴巴子。

老周毕竟年龄比章冰和夏晓军大，个子也没他俩高，这场打闹，章冰这边以绝对优势胜出。周梦君本来想拦，被章妈妈犀利的眼神制止，也只好站着不动了，看着那父子俩挨打。

老周撑不住了，大叫："别打了，别打了，我们走。"

章冰看一眼章琰，见章琰不动声色点头，就放开老周，夏晓军也放开那男孩。老周抬脚欲溜，章妈妈叫："去收拾你们的东西，把钥匙留下。"

老周只好乖乖上楼收拾东西，收拾好之后提着两个行李袋下楼，把钥匙放在玄关处，垂头丧气地开了门打算离开。

"站住。"章妈妈大喝一声，"行李放下，我们要检查一下，看有没有偷家里的东西。"

老周不可置信地看着章妈妈和章琰，见章琰并没有制止章妈妈的意思，才知道章琰对他只怕是一点儿情分都没有了，不由得有些心灰意冷。他没想到，这一对看起来软绵绵的母女，狠起来这么狠。

他很丢脸，却不能不听章妈妈的，章冰和夏晓军虎视眈眈看着他呢！

章妈妈指示周梦君去检查，周梦君象征性地翻翻他们的袋子，说："都是他们爷俩的衣服。"

章妈妈快速上前，把袋子里的东西倒出来，胡乱翻了一阵，还踩了几脚，才说："你们可以走了。"

老周把乱糟糟扔在地上的衣物朝袋子里胡乱一塞，起身走了。

看着他们出了小区，章妈妈才关上门，坐在凳子上喘气，这一闹，她是累坏了。章妈妈没想到，她这样一个备受尊重的退休老医生，今天会为了女儿和外孙女，扮演了一个泼妇。

屋子里一时陷入了沉默。章冰率先对周梦君发难：“你把这种人介绍给琰琰，安的是什么心？”

周梦君自从进了这个屋子，先被婆婆骂，再遭受无数白眼，现在还受到丈夫的责骂，委屈得眼泪掉下来，她以为这一家人生气，只是因为那男孩子。周梦君说：“这孩子平时挺沉默的，我没想到私下里居然这么龌龊……”

章琰打断她：“他先赖着不走，又找我要车，还找我要房子。这么贪婪的人，她是你本家哥哥，你不知道他是什么人？”

“他平时人挺好的，待人和气，见人就笑，一个人拉扯个孩子这么多年，把孩子照顾得也好，为人又节约……我主要是看琰琰一个人挺可怜的，也是好心，我没想到他会这样做。再说，你之前不是也挺喜欢他的嘛……”周梦君的声音逐渐低了下去。

毕竟是自己老婆，章冰也不好一味苛责周梦君，又听周梦君越说越难听，只好跟章琰说：“这事还真不能一味怪你嫂子，她嫁我们家来，很少回娘家，不知道老周父子的为人也情有可原。倒是你，优柔寡断，为什么不早点儿赶人走？”

章琰哑口无言，就是因为她的犹豫，她试图将就，才冷了苏阿姨的心，才让小白遭受今日的伤害。她比谁都后悔，她后悔每次刚下定决心就开始犹豫；她后悔总是考虑到亲戚的情分，没有把话说绝；她后悔她太贪心，想结婚的心情太过于迫切，才会丢了自己的脑子，让小人有机可乘；她后悔，她的要求太低，才会让这样的人走进她家里来，像牛皮糖一样赖着不走。

章冰见章琰不说话，又蹲地上对着小白温言细语：“小白，你告诉舅舅，那小瘪三都摸了你哪里？脱你衣服了吗？这是第几次？”

章琰制止章冰：“哥，她毕竟是个女孩子，你让我私下问。”

章冰回头瞪章琰：“我是她舅舅，没保护好她我难辞其咎，事情已经发生了，咱们只能按发生的来解决，小白没事还好，若那臭小子真做出什么事来，我不饶他。”

周梦君一个头两个大，一边是自己夫家，一边代表了自己娘家，她搁在中间里外不是人。周梦君不知道章冰会把那男孩子怎么办，拉住他：“你不要冲动，他也是个孩子。”

章冰回头瞪着周梦君：“你闭嘴！”又轻声细语哄小白，“小白不怕，跟舅舅说。”

小白一手攀住章琰的脖子，另一只手指着身体的几个地方，小声说：“这是他第一次摸我，就摸了这里和这里，我一直躲，他没脱我衣服。”

众人见小白指的地方，是脖子、胸口和腋下，松了口气，章琰跟小白说：“小白今天表现得很棒！要记得，若再有男人靠近你的身体，除了尖叫以外，要拿起手边所有的东西砸他、打他，用指甲抓他脸，若他力气太大，个子高你够不着，就砸窗户，叫救命，弄出动静，这样别人才能来救你。”

章妈妈跟章琰说：“发生了这样的事情，小白心里一定是很害怕的，你先把公司的事情放一放，陪几天孩子。”

章冰听了章妈妈的话，又来说章妈妈：“要不是你整天唠叨让琰琰结婚，说什么没感情没关系，没有钱没关系，人好就行，琰琰也不至于这样。”

章妈妈低着头不作声，心里有几分后悔。章冰又来教训周梦君：“你那个哥哥，只怕是不好相与的，毕竟是你招来的人，出了事情你得出面解决，无论用什么办法，亲戚关系也好，找长辈出面也好，得把这事儿解决了，别让他再找琰琰和小白的麻烦。”接着又叮嘱章琰，“若他还来缠你，就打我电话。你一个女人家，带着个孩子，就不要出面解决这种龌龊事了。”

全部都交代完毕，章冰跟章琰告辞，准备带周梦君和夏晓军离开。夏晓军全程都是旁观者，几乎没有说话，他看到了章琰的不幸，非常同情她，亦非常难过。临走的时候，他嘴巴动了动，想说点什么，最终什么都没说，离开了。

经过这么一闹，屋子里真是挺乱的。章琰坐在椅子上抱着小白，不知道在想些什么。章妈妈想安慰她几句，却觉得任何语言在她们母女俩遭受的这些事情面前，都太无力，就什么都没说，转身帮忙收拾屋子去了。

章琰坐着没动，看章妈妈把杂乱的客厅一点点整理好，恢复往常干净整洁的样子。

这一场闹剧，从开始到谢幕，整整一上午加一中午时间，大家中午饭都没吃，章妈妈明显感觉有些饿了，她说："早上带来的菜，还在盒子里，我放微波炉里转一转，再下点面条，咱们将就着吃点儿。"

章妈妈说做就做，拿着盒子打算进厨房，章琰出声叫她："妈妈！"章妈妈转身看着章琰，只见她眉头紧锁，很痛苦的样子。章琰的面容有些苍白，眼窝底下有浓重的黑色，头上隐隐显现出几根白发，才三十多岁的女人，就有些显老了。章妈妈很心疼，叹了口气，很温和地问："怎么了？"

章琰皱着眉头，像是在考虑该怎么说，过了一会儿才开口："一个女人单独带个孩子，生活在这个世界上怎么就这么难呢？我们真的就离不开男人吗？"

章妈妈心里咯噔一下，她不知道是不是前几年，她催章琰结婚的次数太多，乱了她的心，还是章琰这些年独自带小白确实太累了，以至于变得软弱，迷失自己了。章妈妈絮絮说："也……也不是，只是若能嫁人，嫁对了人会过得好一点儿。"

章琰笑了，笑得很孤苦："我这次是真想嫁人了，他也是太笨，心思露得太快，若肯再多装一段时间，说不定我就真嫁他了。"

章妈妈走到章琰身边，搬个椅子坐下："女人就是菜籽命，男人是田，落在哪块田里，决定开出什么样的花，结出什么样的果。你命不好，找的男人都不是良田。”

“菜籽命吗？”章琰喃喃自语。

章妈妈走过去把章琰和小白这母女俩一起抱住：“也是我教育得不好，从小到大，恨不得什么都给了你，却没有教你怎么识别男人。”

章琰抬眼看了看章妈妈，妈妈又哪里懂得男人？若真懂得，就不会才认识老周不久，就催着她结婚了。

章琰知道，这几年，她让妈妈操碎了心，才会让妈妈从一个冷静自持的外科医生，变成了白发苍苍、啰里啰唆的老太太。不管妈妈做了什么事，给了她怎样的心理压力，出发点都是为她好。她又凭什么怪罪她呢？

章妈妈抱着女儿和外孙女，悄悄抹了把眼泪，站起身来：“我去弄饭。你秦音姐姐从国外回来了，才离婚，带回来一对双胞胎，一直想跟你聊聊天，待会儿我把她电话号码给你，你空了就跟她联系。”

04.

章妈妈把秦音的手机号给了章琰，按章琰和秦音曾经的交情，章琰应该第一时间去找秦音玩的。可章琰只觉得疲累，生活的各个方面都让她感觉疲累。若能哭一场也是好的，可她的泪腺已经坏掉了，再难过也哭不出来。还得随时关注着小白，免得她出现情绪问题。

好在小白每天正常上学放学，表现跟以前没什么区别，倒也让章琰松了口气。这是一个从来都让人省心的孩子，虽只有七岁，却聪明又懂事，给了章琰很大的安慰。

秦音等了两周，见章琰迟迟不来找她，主动打来，约章琰见面。

那是一个周末，两人约在一个室内儿童游乐场。秦音和章琰各自带了孩子。秦音先到，她的双胞胎儿子已经在游乐场里溜冰了。秦音站在外围，边等章琰边照看着她的双胞胎儿子。

章琰拉着小白进场，到处张望，秦音叫她，她连忙赶过去：“你若不叫我，我还真不敢认了。”

秦音以前皮肤白皙，现在却呈现出健康的小麦色，很明显是刻意晒过的。黝黑的头发保养得很好，打成卷披散在腰间。化着浓妆，戴着款式复杂的耳环。身材很好，身上的衣服是明亮的波西米亚风格，靠近了能闻到或浓或淡的香水味。整个人看起来非常洋气，散发着浓浓的女人味，跟之前那个清纯的姑娘相比，有很大的区别。跟章琰认识的大部分中国女人，亦有很大区别。

秦音未语先笑：“人总是会变的呀！你其实也变了，自己不觉得罢了。”

“我们都老了。”章琰感慨。

“哪里老？我的好日子才刚刚开始呢！”秦音笑，一脸享受生活的样子。

秦音冲着溜冰场内大喊：“洛伦斯！托马斯！”两个长得几乎一模一样的混血小男孩满头大汗地滑了过来。

“跟你们介绍一下，这个是洛伦斯，是哥哥，哥哥脸上有几粒小雀斑，不仔细看看不出来。这个动不动就爱脸红的呢，是弟弟托马斯。两个人还是很好分辨的。”介绍完自己的儿子，又介绍了章琰和小白，接着招呼两兄弟，“你们带妹妹去换溜冰鞋，妹妹可能不太会滑，洛伦斯负责教，托马斯负责照顾妹妹的安全。”

小白想上场，却又有些害怕，询问的眼光看着章琰，章琰示意她不要怕，跟哥哥们一起玩，她才恋恋不舍、一步三回头地走了。

秦音说：“小白很漂亮，气质也很好。”

“就是胆子有点小，没爸爸的孩子，妈妈又忙，平时都是阿姨带。”章琰遗憾地说。

秦音准确洞察章琰的落寞，笑着安慰：“女孩子文静点挺好的，这样才能长成一个lady（淑女）。”

章琰跟着一起笑：“若能像洛伦斯和托马斯一样懂事就好了。对了，他们有中文名吗？”

“有啊，洛伦斯中文名叫秦文，托马斯叫秦武，你可以叫他们小文小武。”

“性格还真是跟名字相反呢！”章琰评价，看见远处溜冰场内两个男孩子把小白照顾得很好，放心了不少，两个妈妈一起走到旁边的休息场地坐着喝饮料聊天。

“你现在住在哪里？家里吗？”章琰问。

秦音出国十几年，这是第二次回家，上一次回来的时间非常短，那几天章琰正跟白慭天蜜里调油，没见着。这次倒是两人分别十几年后的第一次见面。

虽然见得少，但秦音的消息，却总是隔三差五传到章琰的耳朵里。章琰知道，秦音这些年，过得并不容易。

秦音上次回来，是打算带父母到奥地利参加她的婚礼，而这次回来，却是离婚后回上海定居。章琰本来以为，离婚后的秦音会跟她一样凄凄惨惨戚戚，却没料到，眼前出现的，是这样一个明艳动人的美女。

“家里怎么能住？不得被老头儿老太太唠叨死？这几年我存了些钱，回来找中介在长宁路上的那个国际小区买了套房子，和两个孩子一起住。”

“以后有什么打算？”

“才帮两个儿子在国际学校报了名。那所学校是寄宿制，每周只回家一天半，下个月月初送他们过去念书。我申请了几所学校的音乐教师职位，等安顿好了兄弟俩，就上班去。”

章琰注意到，秦音的打算里，并没有男人。她想问，最终却没问，秦音毕竟才离婚，问这种问题，似乎不太好。

秦音跟当年相比，目光似乎更加犀利了点儿。她看得出来章琰最近很困惑。虽然这些年，两人联系不多，但章琰未婚生子这件事，还是传得沸沸扬扬，她多少知道一点儿。虽然这些年生活在国外，但她了解国内的生存环境，亦能体会到章琰的不易。

秦音问："这些年都一个人过？"

"嗯。最近两年想结婚了，倒是谈过一两个，时间都不长，缘分亦太浅。"

仅这两句话，就道尽了所有的心酸，秦音不打算对具体的事情追根究底，这样很不礼貌，于是劝章琰："对男人不能强求的，对感情更不能强求。一个女人，生活在这个世界上，首先要有足够的钱，能让你生活体面，其次最好有自己的孩子，他们是孤独时的慰藉。这两样你都有，已经很幸福了。"

章琰不作声，秦音开玩笑："总比有一个没什么出息的穷男人，一起吃苦受罪抱怨社会强。"

章琰笑了笑，最终还是问了出来："洛伦斯和托马斯的爸爸……"

"地下乐队的贝斯手，结婚这么多年，一直靠我养着，前年我受够了，带着孩子离开了他。"秦音倒是很坦率。

章琰大吃一惊，真是没想到。

"年轻的时候，我以为有情饮水饱。到维也纳之后，没多久就遇上了他，那时候我还在上学，却疯狂迷恋上他的才华和温柔，同居几个月就跟他结了婚。本来想着，那边怎么说都是发达社会，人不会穷到哪里去。结婚之后才发现，他根本没有赚钱的能力，花钱却很厉害，手里但凡有一点钱，就投到音乐里去。音乐是很烧钱的，他的这种行为，让他的父母很愤怒，早就不管他了。那时候我多单纯啊，也酷爱音乐，就很支持他。于是我俩就在那边做一对今朝有酒今朝醉的快乐夫妻。后来我怀孕了，才发现这样的日子过得有问题。我想为孩子攒一点钱，他倒是不愁，说孩子生下来自有政府管。可是我怀孕期间的营养，又有谁来管呢？整日照顾孩子没有收入，又有谁来管呢？我妈听说我有了孩子，从国内寄了好几次包裹，全是些干货和营养品之类的，倒让我度过了那一段时间。

生完孩子，我俩都没有收入，政府给的一点钱，他花得又太厉害，我们过了一段捉襟见肘的日子。后来，我从学校毕业了，被聘到学校做讲师，我一直偷偷存钱，才逐渐给了两个孩子好一点的生活。

他这个人，对我好，对孩子也好，也从来不在外面找女人。我贪恋他的温柔，一直没有离婚。可是你知道，一个男人，生活在音乐的象牙塔里，不能赚钱，太能花钱，在生活面前，他的个人魅力，就会逐渐打折扣，久了，魅力就消失不见了。不知道是什么时候，我发现，我根本不爱他了，就算他说再多的甜言蜜语，到我这儿，只有厌恶。双胞胎三岁的时候，我出轨了，对象是学校里的教授。他哪儿都好，就是已经结了婚。他很有钱，给了我很多钱，我都攒着。他在床上很温柔，给了我最好的性爱。跟他在一起的那几年，虽我俩都是婚外情，却是我最幸福的时光。

教授的妻子一直知道我们之间的事情，不知道为什么，她选择沉默。后来，我丈夫也知道了，他不停地问我为什么。而我此时根本就受够了他，不愿意再将就这份没有爱情的婚姻，正式跟他提出了离婚。他自然是不肯的，反复哀求，可我的心已经不在他身上了，我坚持要离婚。最终当然是离掉了，孩子归我。我又在维也纳待了两年，独自带着两个孩子生活。后来，教授被更年轻的女学生吸引，我们也分了手。我突然觉得这样的日子很没意思，就决定回国。这基本就是我在国外十多年的全部经历了。”

秦音的故事，章琰听着无限感慨。没想到，当年这个聪慧伶俐的姐姐，出国之后的经历会这么坎坷。章琰尚未对此发表意见，秦音又说：“男人靠不住，女人靠不住，感情更靠不住。女人能靠得住的只有自己，还好那些年我存了些钱，不然回来还得仰仗父母生活呢！”

秦音说：“我想你一定很爱很爱小白的爸爸，才会在这样的社会环境下，没有结婚，为他生下孩子，可惜他还是走了。换个角度想，若他当初没走，留在你身边，多年以后，两个人从相爱变成相互厌倦，或者为了孩子、为了生活，不断争吵，把感情生生磨灭掉……爱情以不同的方式死掉，那时，你如何自处？在最浓烈时戛然而止，未尝不是最好的。”

章琰笑，她不得不承认，秦音说的有道理。可是，她会和白恣天相看两厌吗？不会，她相信白恣天，亦相信自己。

秦音说：“我跟你讲，在时间面前，什么都会消逝，人心亦是，只有金钱和欲望才是真的。”

章琰其实不太认同秦音的这个观点。如果白恣天能活过来，她宁可失去所有的钱。哪怕最终他没跟她在一起。

秦音看出来章琰的不认同，问她：“你穷过吗？”

章琰一呆，这个问题白恣天曾经问过，而他当时问这个问题时的表情现在想起来亦历历在目。只是不知道为什么，章琰回想起来，只清晰地记得白恣天的表情，而他的面容，却变得那么模糊。章琰揉揉眼睛，想要努力地记起来，可惜，她失败了。

秦音说：“咱们这种家庭出身的女孩子，若不走出去，经历些挫折，是不会知道穷是什么滋味的。因为咱们从小到大，可以享用的物质，总是比同龄人多，才会轻慢物质，才会把感情或者其他看得比物质更重要。若真正经历了缺吃少穿的日子，才会知道，有钱是多重要的一件事。”

章琰惊呆了，不得不承认，在某些观念上，秦音和白恣天是一致的。

“你不是说，小白的爸爸走后，有好几年的空窗期，那几年，你是怎么解决的？”秦音又抛出了一个重磅问题。

“什么怎么解决的？”章琰一时间没反应过来。

“那种事，床上的。”秦音说。

章琰一时间有些羞赧，她是一个传统的女人，她羞于谈论这个话题，没想到，秦音倒是直白地问了出来。

“那些年，特别思念他，每天都很难过，再加上公司才起步，事情特别多，总在操心，没想过这种事。”章琰说，“我想，我可能是个欲望特别少的女人。”

“哈！”秦音笑了，“生过孩子的处女。”

“人的欲望并不可耻，我们未必要在感情上多依赖一个男人，但是我们却需要他们提供身体上的满足。”秦音说。

“不要觉得你是一个欲望特别少的女人，我想，跟小白爸爸在一起的时候，你对他也是有欲望的吧？只是你爱他太深，对别的男人提不起兴致罢了。”秦音说，“你要学会正视自己的欲望，可以不结婚，可以没有男人，但是不能活得太压抑，不然，人会出毛病的。”

章琰笑了笑，秦音的观念太超前，她一时无法接受。

“另外，你实在太土了，表情像修女，一脸性生活不和谐的样子。难怪，即使已经有了很多钱，却还是没有魅力吸引到优秀的男人。”秦音说，“什么时候，都不能忘记加强女性的魅力，这样我们才能真正地享受美好的生活。”

三个孩子满头大汗地走到章琰和秦音面前，秦音把准备好的矿泉水拿出来分给他们。要分手了，秦音调皮地对章琰眨眨眼睛：“改天，等孩子们都上学了，就咱俩出来，我带你一起玩，咱们好好享受一下。”走远了又回头叫章琰的名字，说，“我其实相信爱情，我渴望在国内遭遇一段美好的爱情。”

回去的路上，章琰一直在消化秦音的话，她的话信息量太大，需要时间好好消化。小白一改往日的沉默，反而叽叽喳喳起来：“妈妈，你下次还带我出来跟洛伦斯他们一起玩。跟他们在一起实在太开心了。”

“怎么个开心法呢？”

“他们都好照顾我，洛伦斯幽默，托马斯细心，他们跟我们班上的男孩子都不同。”

“哦？”

“我们班上的男孩子，都坏死了，整天只知道欺负女孩子。洛伦斯和托马斯，他们很尊重我，就像电影里的绅士一样。”

章琰第一次听见小白这样评价认识的人，感觉特别新鲜。章琰问：“那你更喜欢洛伦斯还是托马斯呢？”

小白的脸突然就红了一下，有些害羞：“他俩都很好，我一样喜欢。”

Chapter 8

痛 | 过 | 才 | 会 | 买 | 醉

01.

老周这边刚走，那边章琰就打电话把苏阿姨叫了回来。苏阿姨回来没几天，老周又来了。他是被扫地出门的，多少有些不甘心，多少想再挽回些什么。感情挽回不了，要点钱也是好的。

老周来的时候，章琰不在家，家里就苏阿姨和小白两个人。小白听到老周的声音，瑟缩了一下。苏阿姨隔着门喊话，让老周走，老周赖着不肯走。苏阿姨只好打电话给章琰，章琰打给老周，让他走，他却不肯，只在电话里说："小毛头还是个孩子，犯了点小错误，不该影响我们两人的感情，若你真接受不了他跟我们住一起，我们可以把他送到寄宿学校去。"又说，"或者把小白送到女校。一个月回来一次，两个孩子不见面，就不会有事了。"

老周的这番话，想必是想清楚了才说的。可是他们之间的问题，并没有那么简单。小白那件事，只是导火索罢了。章琰跟老周说，她对老周没有感情，老周却不肯信。或者说，他潜意识里不愿意相信这件事的真实性。章琰对老周的反复纠缠厌恶极了。见他仍喋喋不休，只好打电话给小区的保安，让保安把他请走。

章琰所在的小区，治安向来良好。老周既然已经进了小区物业的黑名单，自此自然是进不去这个小区的了。第二日一早，老周班都没上，去章琰公司静坐，要找章琰“谈一谈”。章琰不想把自己的私事闹得尽人皆知，只好把他叫进自己的私人办公室。

章琰再次重申了她不愿意跟老周过下去的想法。老周倒也不含糊，直接说出了自己的目的：“当初是你要谈恋爱，我就跟你谈，谈了这么久，住都住一起了，说分手就分手。你是大老板，随便找找都能找个好的。我不一样，我没钱，又带个孩子，现在名声也被你弄坏了，谁肯跟我？要分手可以，你得付我分手费。”

老周无耻的样子，把章琰气得眼前一黑，差点儿晕过去。这种牛皮癣一样的男人，占了便宜还要分手费，也真是让她长见识了。章琰知道，若不答应他，只怕又会闹起来，问他：“你要多少？”

“一百万，一分不少。”老周狮子大开口。

这几年，上海的房子涨价特别厉害，但一百万，也足够买套不小的房子了。章琰怎么可能答应：“太多了。”

“不给钱也行，把你静安寺旁边的那套房子给我。”老周说。

那套房子是白恣天留给章琰的，当初买的时候，不过几十万，现在只怕报价两百万都有人买，地段在那里管着。章琰被老周的无赖样气得头疼，还没开口，老周就说：“你那么多房子，想必也不在乎这一套两套的，静安寺那套，房龄有十年了吧？旧房子了，也不值什么钱，你给我得了。哦，对了，你现在不是有两辆车吗？你喜欢那辆旧的，就把新的给我算了，反正我也开习惯了。”

“那辆车，你走后没多久，我低价卖了。”章琰说。那车被老周开过了，章琰看着不舒服，是怎么都不会再要了。

“什么？”老周有些气急败坏，亦有些心疼那辆车，“你问都没问我就卖了，你怎么能这样做呢？”老周的语气，就像那辆车本来就是他个人的，被章琰非法卖掉一样。

章琰一秒钟都不想再跟这个男人说话，再说下去，她得气死。却也知道此时不是得罪他的时候，仍旧好言安慰："你提的要求我都知道了，你总得让我想一想吧！一百万不是小数目，我凑钱也得一段时间。你先走，保持电话畅通，我会跟你联系的。"

"你是大老板，我就不信连一百万都没有。"

"钱都在账面上，流水没有多少。除非我现在关公司，否则根本拿不出来这么多钱。我说了联系你就会联系你，你在这里纠缠也没有用。"

"多久跟我联系？"老周问。

"这个月吧。"

"不行，一周内。"

"一周时间太短了，我借也借不到那么多。两周。"

"行，就两周。"老周见章琰认真跟他讨价还价，觉得这事有门，心里一喜，也就屁颠屁颠地走了。

老周刚走没多久，章琰咬牙切齿打给章冰："哥，你想办法找些外面混的，帮我打听一下，弄死一个人得付多少钱。"

"怎么了？"章冰意识到事情的严重性。

章琰把老周到公司骚扰这件事说了出来，对他要一百万或一套房子这件事更是直言不讳。章冰听完跟章琰说："这件事我来处理，你就不要操心了。我保证他不会再来骚扰你。"

章琰试图再问两句，章冰却不肯多说了。

当晚，章冰回到家，跟周梦君把事情的始末说了，并给了她两万现金："我出面这事情不是解决不了，无论是找人揍他，还是用跟他同样的方法去他单位闹让他丢工作，他的损失都会比我们大。他毕竟是你的亲戚，事情做绝了也不好，我才让你去解决。若你解决不好这件事，那就只能用我的方式解决，到时候别说伤了亲戚脸面，只怕是夫妻也做不长久了。这两万块你给他，不是补偿他的，而是封口费，让他知道什么话能说什么不能说。这件事解决好了之后，你去跟琰琰道个歉，你可能觉得你无辜，但事情毕竟是你招惹来的。要说无辜，琰琰比你无辜多了。”

章冰的话很重，周梦君只能很无语地接下这两万块，并答应解决好这件事。这一段时间，因为老周的事情，她明显感觉到婆家人的冷淡。她也只能把这件事圆满解决了，才能不让老周这颗老鼠屎坏了她多年维持的好婚姻。

不知道周梦君是怎样解决这件事的，反正从此老周就再也没在章琰眼前出现过了。至于后来，老周和章琰的这些事情，多少还是闹得尽人皆知。因为未婚生子，章琰本来就是过街老鼠，声名狼藉，这下子因为老周，名声更加坏了。这就都是后话了。

这一段时间，章琰和秦音走得挺近的。作为儿时的伙伴，她俩都算得上是“情场失意”，只是两人的处理方式不同罢了。相对来说，章琰的思维模式受父母和教育的影响比较大，更淑女、更传统一些。而秦音，在国外生活了十几年，则更潇洒、更肆意罢了。

秦音说带章琰一起玩，说到做到，没多久就约她到酒吧喝酒。

因为工作的关系，章琰去过几次KTV、酒吧这种地方，去得倒少。要去也是去一些静吧，那种群魔乱舞的酒吧，她基本上没有去过，更何况是秦音带她去的，客人以外国人为主的群魔乱舞的酒吧。

章琰一出现，秦音就直皱眉头，嫌她打扮得太过于保守了。再反观秦音，大波浪卷挑染了些紫的蓝的荧光的，耳朵闪闪发光的是亮晶晶的大流苏耳环、手指闪闪发光的是夸张的戒指、眼皮闪闪发光的是眼影、嘴唇闪闪发光的是夸张的紫色唇彩……亚洲美女的国际范儿扑面而来，闪闪发光。

秦音一上场，就有男人和她眉来眼去，她也很高调地和人调着情。而章琰，却跟这个酒吧格格不入。然而，就是章琰这种寡淡的女人，很少出现在这种场合，看起来才够新鲜，反而吸引了一个人的注意。

那人先用英语跟章琰搭讪，见章琰有些木讷，又用蹩脚的中文夸她："美女，你好漂亮！"

章琰囧得直想逃开，本来学了点英语的，此时却一句话都说不出来，连最简单的"How do you do"都不会说了。

秦音上前帮她解了围，又跟她说："那老外对你很感兴趣。怎么样，要不要跟他聊一聊？"

章琰直摇头。

秦音又说："没事儿，语言不通也没关系。男人若想勾搭你，会主动将就你的语言。我看他那样子，你不用说话，低着头笑一笑，他就被你征服了。去吧，去跟他聊聊吧，喝点啤酒，多少也能扫一扫你最近的郁闷。"

章琰连连摆手，直说不要。秦音只好过去帮她推掉了。

章琰像个小傻子一样，坐在座位上，看秦音和人跳舞，高声笑着。过了一会儿，又有个外国人过来搭讪，章琰用紧张的表情和无论别人说什么都只有一个字"No"把人给支走了。

章琰感觉无聊，想回去了，秦音在舞池里和一个帅哥勾肩搭背，恨不得挂在他身上。章琰想叫她，却不好意思打扰。直到音乐停了，秦音带那个男人来跟章琰打招呼，章琰才说了想回去的话。秦音有些惊讶，可她的心思此时不在章琰身上，便也让她回去了。

虽然那天晚上，章琰表现得非常别扭，可与之前完全不同的经历却让她感觉很震撼。那晚，章琰失眠了。

睡不着的夜里，章琰给秦音打过几次电话，都无人接听，也不知道秦音干什么去了。

第二天上午，秦音回电话来才说，昨晚和男人去酒店开房了，才到家。章琰大吃一惊，秦音的行为挑战了章琰的三观，章琰问："你这样随便好吗？"

"有什么不好？我开心就行了。"

章琰不说话。秦音在电话那头说："妹妹，你还是太单纯了点。我跟你讲，女人活在这个世界上，首先要让自己舒坦。至于男人，不能陪伴终身的男人，就都是床上用品。对待床上用品，把他的'作用'发挥到极致就够了……"

秦音这番大胆的话，章琰简直不要听。章琰问："秦叔叔他们知道吗？"

"傻丫头，这事能告诉他们吗？他们不得吃了我呀！当然得瞒着了，反正说也说不通。"

"我总觉得这样不好。咱们都是好人家的姑娘，这样做，太滥交了。"

秦音哈哈笑："我想我的节奏太快了，吓着你了。没事，你会跟我一样的。"

又过了几日，秦音跟章琰打电话，告诉章琰她已经是某私立高校的音乐老师了，再过两周就去上班。为了庆贺，要去购物，让章琰作陪。

章琰自然二话不说就答应了，秦音却说，上海的衣服太土了，要去香港买。

迅速弄好了通行证，赶在秦音上班前一起去了香港。两人都有钱，自然是满载而归。这是章琰第一次到香港，却不觉得香港哪里比上海好。秦音说："香港的好，要多待一阵子，要融入进来才体会得到。"章琰摇头表示不赞同。

当然，晚上两人住宿在深圳。秦音说，要去找乐子。章琰追问去干吗，秦音用嘴型说了一个字"鸭"。章琰吓了一跳，恨不得捂住她的嘴。

秦音照样咯咯笑，连损带说，最终还是说服章琰跟她一起，并保证中途不退场。要说章琰当时的心路历程，跟男人第一次被人带着找小姐是一样的。首先是好奇心重，其次，秦音说："反正你现在没男人，不必对谁负责，只用对自己负责就够了。"这让章琰的心理负担多少小了一些。再次，章琰这一阵子确实够郁闷，据说这件事能让她心情变好，她内心深处也就肯了。另外，老周给章琰的打击有多大，只有章琰自己知道。连跟老周这样龌龊的男人都能上床，何况是外面花钱买的呢？自我厌恶，也是章琰堕落的原因之一。

虽是花钱买的，但被一个年轻帅气的、朝气蓬勃的身体费尽心思取悦，也是一件很开心的事。

第二日，秦音问章琰：“满足了吗？”

章琰的脸一红，只说：“实在是太贵了。”

秦音只笑不说话，章琰说：“你是一个大学老师，这样做还怎么教学生？”

秦音还是不说话，她知道，章琰已经从一个传统的淑女，朝着荡妇的深渊越走越远了。

02.

秦音回国定居，作为秦家的世交，章家自然是要请秦家全家吃顿饭的。这两家人说来也奇怪，章冰娶了周梦君，没要秦音，居然一点儿都没影响到两家人的感情，想必，工作关系上的利益要重要很多吧。

以前章家和秦家两家人聚会，基本都在家里。2005年之后，为赶潮流，再聚基本就是去好一点的饭店定包房了。

2005年年底，两家人再次聚会了。这次聚会和十几年前完全不同，以前就是单纯的两家人聚会，这次，却加入了秦音的两个儿子、小白、周梦君以及周梦君的儿子。

秦音私底下的事情，两家老人都是不知道的。章家父母看到的只是这姑娘越发明艳动人，再加上多年学音乐修炼出来的高雅气质。秦音极会打扮，这种场合，自然是把“大学老师”和“乖乖女”这一身份标签展露得很完美。

得不到的才是最好的，年龄越来越大的章妈妈，不仅越来越啰唆，而且各个方面和普通老妇人没有什么区别了。言谈之间居然不小心表露出来，对秦音没做自家儿媳的遗憾。而章冰，当年秦音远走他乡，虽未直接说明是他的原因，但他找她谈话之后没多久她就走了这件事，多少让章冰有些内疚。章冰不傻，秦音对他的情谊就算当年没有看太清楚，过了这些年，多少还是明白了，于是越发内疚起来。章冰本来就拿秦音当妹妹，此次在饭桌上更是热络。

本来也没啥。当年的年轻人，现在最小的都三字头过半了，章冰也快奔四十了，个个拖家带口的，两家是世交，自不会发生什么。但女人无论啥年龄，一旦吃醋都会小心眼儿，哪怕曾经是胜利者。饭桌上，周梦君越来越沉默，脸也越来越寒。好歹修养在这里管着，又经过了这么多年的沉淀，周梦君倒也没当场发作起来。

饭店门口，章冰、章琰、秦音把车从停车场开出来，秦音先带自家老人和孩子走了。章冰和章琰争着送父母回去。周梦君这时很突兀地插了一句："秦音好漂亮啊！"

同样一句话，不同的语气说出来，听的人感觉自然不同。反正这声音到了章家人耳朵里，就是酸溜溜的。章琰从来没跟这个嫂子交恶过，一直看在是一家人的分儿上，对她尊敬有加。秦音回来了，章琰和秦音的个人感情自然比周梦君要深，章琰见不得有人用酸溜溜的语气说秦音，于是说："秦姐姐一直很漂亮的。"

周梦君嘴巴动了动，想说什么，却没说。章琰又说："你把心放肚子里去，秦姐姐这样的女人，是看不上我哥这种土老帽的。"

章琰的意思很明显，捧了秦音，故意打压自己亲哥以达到抵触周梦君的目的。章琰不是个刻薄的人，这样说话，说明她不高兴了。章琰说完，不等这几个人反应，又跟章冰说："你今天晚上还要熄后院的火，爸爸妈妈我来送。"说完就扶两位老人上了自己的车，开上就走了。

周梦君愣在当场，她突然觉得，自己特别多余。她想起那天晚上，章冰让她就老周这件事跟章琰道歉，而她一直没去。想必章琰心里还为此生着气呢！

底线和底裤一样，脱了一次，后面再脱就容易多了。找鸭这件事，除了一开始的心理不适之外，简直可以说是全身上下都舒坦，比做SPA还舒坦。阴道通了，身体的处处都通了，多年积累的压抑一扫而光，章琰从内到外，都精神焕发了。

从此，酒吧也不是禁忌了，章琰反而喜欢上了这种地方。至于穿着打扮，在秦音这个老师的指点之下，越来越有味道了。接触男人多了，阅历和经验自然也就积累起来了。这个积累是飞速递增的。

而章琰这一段时间的心路历程，则由最初的拿男人当烫手山芋，不知道该怎么办才好，到轻慢男人，认为他们都是下半身思考的动物，女人稍稍一勾引，就像苍蝇一样贴上来。到最后，则是和秦音一样把男人物化，看他们的区别，是有头脑和无头脑的区别，在此基础上，再分大小长短的区别。

这一段心路历程，章琰整整走了两年，可以说，这两年，章琰一直是醉生梦死地活着。白天，她是事业上的女强人，小白的好妈妈，一到了晚上，就化身为暗夜的精灵，游移于各种声色场所，在不同的男人之间谈笑着，风情万种。若有看得上的男人，几句话聊一聊，或去酒店开房，或去男人家里，第二天一早才回去。

自从老周的事情发生之后，章琰再也没带过一个男人回家，她怕他们讹上她。

至于小白，章琰无论在外面表现怎样，她心里还是想做一个好妈妈的。她不想让小白知道这些事情，于是早早听从秦音的建议，把小白送到了国际学校，只周末接回家。苏妈妈年龄大了，章琰工资照常给她开着，只让她周末来两天，其他时间就住在自己家里了。

国际学校很多方面都很先进，而且这里有秦音的双胞胎儿子，小白倒是挺乐意在国际学校读书的。

声色场所毕竟不同于之前和白恣天的恋爱。彼时，只有两个人，时间都消磨在家里，若有心要瞒，还是能瞒住的。而此时，在公共场合，和很多人来往，想瞒是怎么都瞒不住的。秦家和章家多少听说了秦音和章琰的事情，询问过，劝过，两人不承认，他们又没拿住证据，倒也拿这两个女人没办法。

秦音和章琰除了不直接承认以外，别的方面倒也算坦然，比如说面对询问和质疑的时候，非常一致的说辞："我都快四十岁的人了，又没有婚姻束缚，就算发生点什么事，也正常。""我的事情，能让我自己做决定吗？"

这两句话，虽堵不住老人啰啰唆唆的嘴，但起码，他们不会很强硬地干涉了。或许在两家老人的眼里，自己那大龄却婚姻生活不幸福的女儿，也是有够可怜的吧！

时间转眼就到了2007年，这一年，章爸爸总算从新仁医院退休了，他也不容易，愣是干到六十五岁才退休。章冰和夏晓军的公司友好和平地分道扬镳了。两人虽是好朋友，但终究做生意的理念不同，只好分手。章冰退了股，新成立了一家医疗器材公司。之前的医药公司，老板就只有夏晓军一个人了。而章琰的活动公司，在2006、2007年的时候，借房地产经济飞速发展的契机，一举成为沪上赫赫有名的大公司了。再加上章爸爸退休之前，跟政府牵了下线，帮章琰签下了好几条街道的户外、道旗、高炮。有了这些资源，钱自然是滚滚而来。

章琰没别的烧钱渠道，有了钱就投资买房，就两三年工夫，她手里的房产证几乎可以打扑克牌了。

章琰有时候想想，觉得挺厌倦的。她有钱、有魅力、有事业、有女儿，也有各种看起来还不错的男人，可是她却很难开心起来。也不能说是完全不开心，只是开心太过于短暂，以至于过后就都是空虚。

然而她却没有任何办法，她依赖于不同男人带给她的短暂的开心。

夜路走多了，难免会撞鬼。2007年冬天，章琰和秦音一起，在某娱乐场所喝醉了酒，各自搂着一个年轻男人去酒店开房。半夜口渴起床，章琰却发现，自己的包包和手机都丢了。她猛然清醒，把所有的事情串到一起，立刻就想明白了，她是被刚刚在一起的那个男人偷了。

秦音在隔壁房间，章琰跑出去砰砰砸门，秦音来开门，却还是一副睡眼蒙眬的样子。经章琰提醒，秦音才发现，她也被偷了，偷光光了。

二人下楼去停车场，车也不见了，可见这次遭遇是对方早有预谋。她们出现在那间娱乐场所的次数太多，被人惦记了。她俩甚至怀疑，酒里被人下了药，才睡得这么死。

酒店里的房费还没结，这时候打车回家，连进门的钥匙都没有，备用钥匙都在双方父母的手里。两个女人只好再次回到酒店房间里，毕竟那里有空调，更暖和一些。

两人商量来商量去，本来想等天明，章琰打给公司员工，让他们送钱来，可觉得这样狼狈的样子，出现在员工面前，不太好。最终决定给章冰打电话，这时候是凌晨三四点，麻烦章冰，是她俩能想到的最好办法。

章冰见到两人妆残、颓废、失落的样子，非常惊讶，但毕竟一个是他的妹妹，一个是曾经的青梅竹马，他也不好多说什么，骂了几句，便把两人各自送回了家。

从此，秦音和章琰也算是学了个乖，再出去快活就小心多了。

报了案，最终不了了之。东西丢了就是丢了，再找不回来了，只可惜老白留下的那辆德国车。再珍惜又怎么样，车跟人一样，都有它自己的命。那辆车的命就是，到了该报废的年龄，因为主人珍惜，一直没报废，最终被贼给偷了。

章琰又买了辆新车，她对车没有欲望，能开就行了，十多万的速腾，成了她的新座驾，从此一直开着，直到这辆车报废。

夏晓军终于听说章琰的事情了，也知道章冰根本说服不了章琰，不知道他哪根筋搭错了，作为一个已婚有娃人士，居然跑到章琰常去的酒吧逮她，想要拯救她。夏晓军很少去这种地方，踩不准点，他去的时候，章琰已经喝得醉醺醺和一个男人你来我往调情了。

见到章琰，夏晓军一把握住章琰的手腕，让那个男人滚。那男人看夏晓军表情实在吓人，摸摸鼻子走了。他是出来玩的，犯不着跟一个看起来像是要发疯的人计较。只是走的时候，多嘴了一句："你是她男人啊？"夏晓军只瞪着他，不说话。

章琰这边，喝醉了酒，根本没搞清楚状况，见来了一个斯文帅气的男人，把之前的男人赶走了也不觉得有什么损失，反而跟夏晓军搭讪起来。

章琰勾着夏晓军的下巴问："帅哥，你是新来的啊？我以前怎么没见过你？"

见夏晓军不说话只拉着她朝外走，边踉跄着走边仔细看着他说："你跟我初恋长得蛮像的，哎，我对你这种长相的男人，完全没有抵抗力。"

又说："你要拉我到哪儿啊？去开房吗？我知道最近的酒店，四星级的，环境还不错。"

还嘟囔夏晓军："你走慢一点儿，我跟不上。"

夏晓军脸色越来越黑，醉酒后的章琰却没有察觉，反而顺势揩油："你怎么总是不说话呀，别凶巴巴的，凶了就不帅了！"

"好吧，你不理我就算了，我理你就行了。看在你长得像我初恋的分儿上，待会儿开房姐请客？"夏晓军不理她，章琰的嘴巴却不停，自顾自说着，又咕咕笑着。

出了酒吧门，瞬间安静了许多，在无人的角落，夏晓军终于撑不住了，把章琰按在墙上，疯狂地吻了起来。章琰一开始有些错愕，没多久身体就变柔软了，抱着夏晓军的脖子有了回应，嘴里还笑嘻嘻地嚷嚷：“你还真是性急呀！”一时间两人激情四射。

吻完之后，夏晓军捧着章琰的脸，只看着不说话，这跟夏晓军来之前的设想完全不同，他本来只想问清楚章琰这是怎么了，怎么就堕落成这个样子了？夏晓军也不知道那一刻为什么就只想用吻堵住她的嘴，想必是压抑和思念得太久了。吻就吻了吧，反正一直以来都想做这件事。

这可是夏晓军第一次吻章琰的嘴巴，却是在这种状态下，而章琰从前到后根本没认出他来。

夏晓军的脸跟章琰的脸挨得挺近的，章琰的眼前却出现了重影，看不清夏晓军的样子，只醉醺醺地说：“吻技一般，也不知道床上功夫怎么样。别愣着了，我们走吧！”说着就拽着夏晓军去附近的酒店。

难得她醉成这样，方向感倒还不差，想必是去的次数多了。酒店就在五百米之外，走走也就到了。夏晓军没解释，任由章琰牵着他去酒店。

章琰醉得太厉害，夏晓军开了房。一进房间，章琰就朝夏晓军身上扑，夏晓军没反抗，任由她扑倒，见她醉得太厉害，反身把章琰压在身下。两人脸对脸，夏晓军正要吻上去，章琰居然在这一刻看清了夏晓军的长相，她抱着夏晓军的头：“夏晓军？”

夏晓军“唔”了一声，又低头吻了下去。

章琰一个激灵，彻底清醒了，她用很大的力气才推开夏晓军，坐了起来：“为什么你会出现在这里？”

“你不要管我是谁，也不要管为什么我会出现在这儿，你不是要找男人吗？这一刻至少我能满足你。”夏晓军声音有些嘶哑，再次推倒章琰，俯身压了下去，索吻。

章琰再次用很大力气推开夏晓军，夏晓军这次有准备，章琰毕竟是女人，力气不如夏晓军大，怎么推都推不开，反而被他吻上了，章琰头乱摆，躲着他的吻，只说：“不可以，夏晓军，你不可以……”

夏晓军不管她的反抗，只专心按着章琰的头，终于还是吻上了，章琰却使劲儿咬了一口夏晓军的嘴唇，夏晓军吃痛，松开了嘴巴。章琰哀求夏晓军："晓军，我求求你，不要这样做！我求求你，你不可以这样做！"

夏晓军看着章琰，她的表情太痛苦，像是在哭，却没有眼泪。夏晓军的激情瞬间褪得干干净净，他像失去了力气似的，整个人趴在章琰身上，他的头发凌乱，嘴唇上都是血，若仔细看，还能看见他的泪光，夏晓军很痛苦的样子，扶着章琰的头，哀号："为什么我不可以？别人都可以，任何人都可以，为什么我夏晓军不可以？"

03.

夏晓军说"为什么我不可以？别人都可以，任何人都可以，为什么我夏晓军不可以"的时候，章琰明显地从他的眼神和动作里感受到他的痛苦，章琰的心抽抽得痛，却无能为力，伸手推开了夏晓军。

章琰深深地看了一眼夏晓军，起身到卫生间上厕所、洗漱。等她出来时，夏晓军已经由一动不动趴在床上变成坐在床边了。夏晓军听见卫生间门开的声音，抬头看着章琰，他的嘴唇有些苍白，眼神有些绝望，见章琰看他，舔了舔嘴唇，才说："对不起。"

章琰笑笑，坐到了夏晓军旁边，说："没关系。你怎么来的？自己开车了吗？没有的话，我送你回去吧！"

"我开车了。"说完，夏晓军却不肯动，仍坐在床边，章琰也只好坐着。一时间陷入了沉默。

终究是章琰忍受不了这种沉默，站了起来："那，要不我先走？"

夏晓军拉住章琰："琰琰，你怎么会变成这样？"

章琰没有回答。

夏晓军说："当我知道你堕落成这个样子的时候，我很心痛，你知道吗？我不希望你这样。"

章琰仍然沉默。

夏晓军越说越激动：“你忘记了以前，你是一个多么可爱，多么善良，多么单纯的姑娘了吗？你再看看你现在每天都在做什么事情！之前未婚生子也就罢了，我可以理解成你重感情。那现在呢？你是一个女人，能不能稍微自爱一点……”

夏晓军的话太重，章琰听不下去了，只好打断他：“夏晓军你够了！”说着就气呼呼地站起来，“你以什么样的立场来教训我？你又能好到哪里去？刚刚若不是我认出你来，还指不定发生什么事情。我在外面玩，起码我是单身。你呢？你家里有老婆，却……”章琰说不下去了。而夏晓军听了这些话，居然哑口无言，有些颓了。

夏晓军组织了一下语言：“对不起，刚刚是我太冲动。”

“你已经道过歉了。”章琰的表情有些冷。

夏晓军的眼前，仿佛又出现了那个每次两人闹矛盾，总是气呼呼、故意装作不原谅，但哄两句就转嗔为喜的女孩。无论多久没在一起，她其实还是她，骨子里的东西没变。

夏晓军心里再次柔软起来：“其实，我倒还真没必要跟你道歉。刚刚发生的事情，是我一直想做的，这十几年一直都想做的事情。这么多年我一直很后悔。那次你生气没能留下你，是我太软弱。我甚至在想，若跟你交往的那两三年，我们发生了关系，是不是结果又不一样？我恨我自己当年太君子。你怀着小白的时候，我跟你求婚，你拒绝了，我很伤心，为你爱上了别的男人，要为别的男人生孩子而伤心。小白出生后，我跟你求婚，你还是拒绝了，你说得很明白，你不爱我了，那次我很绝望，再加上家里一直催，我也老大不小了，就跟别的女人结婚了。见你这么多年一直没结婚，我以为，你在等他回来。可看你最近两年的行事，完全不是这样。我看见随便什么男人都能接近你，都能跟你做那些事情，你知道我有多难受吗？若我当初肯多坚持一段时间，我没有跟别人结婚，我一直以单身的状态追求你，是不是就能等到你点头的那天，是不是你今天就不会变成这样？”

章琰看着夏晓军，知道他这些年心里一直有个坎，总是过不去，不禁有些同情他，亦有些同情他的妻子和孩子。夏晓军身为别人的丈夫，这么多年的时间，心里却一直惦记着她章琰，真不知道是幸还是不幸呢！章琰说：“晓军你别这样，你总是活在自己内心的纠结里，这样对你的妻子和孩子特不公平。你要朝前看，才能幸福。我是个成年人，倒不觉得现在这种状态有多堕落，有多不好，毕竟，这都是我自己选择的。我的幸福与他人无关，我希望你也如此。”

“可是我觉得，只有跟你生活在一起，才是幸福。”夏晓军说着就站起身来，朝外走，到门口又停下来问章琰，“刚才，我不可以，是因为我已婚吗，还是因为咱俩谈过恋爱？”

“不是的，晓军。”章琰说，“因为我深深地爱过你，你曾经是我对爱情所有美好的想象。你是初恋男孩，是我心里的一道光，无论我现在还爱不爱你，无论我们的关系变得如何，你在我心里都是神圣的、美好的。我不希望用这种恶俗的方式破坏它。”

“不要说得这么冠冕堂皇。我是一步错步步错，才导致今天这种局面。”夏晓军苦笑，推开门走了。

章琰又在房间里坐了一会儿，终究觉得无趣，还是回去了。

也不知怎的，自从夏晓军来过一次，发生了那些事情，章琰对再到外面觅食失去了兴致，宁可深居简出，下班回家看电视，都不愿意再出去了。

我倒是完全可以理解章琰的做法。“玩”这种事情，无论是玩什么，玩多了都会厌倦。章琰其实早就厌倦了，只是不喜欢一个人待在家里，她害怕孤独，才依赖于出去玩带来的短暂快乐。夏晓军来，跟她说了那么一番话，直接从道德的制高点上讲这件事，倒让她觉得无趣了。

小白十岁了，有了很多自己的想法，她跟章琰说，班上很多小朋友都去过国外，她也想去，让章琰放暑假的时候带她去。章琰答应了，她几乎没出过国，在学校里学的那点英语更是多年不用，说起出国玩，章琰倒是一头雾水，连攻略都没办法做。为了不出丑，章琰买了些英语书，买了字典，在家里学起英语来。日子平淡如水，倒也没什么不好。

秦音跟章琰打电话，章琰突然产生了一种从来都没有产生过的感觉：她不想接秦音的电话。

终究还是接了起来，毕竟是那么亲密的姐妹，睡过同一个欢场里的男人，在同一天丢了包、丢了手机和车。在一个战壕里战斗过的姐妹，情分毕竟不同。

章琰以为，秦音是要约她到哪里去玩，她快速地动着脑筋，想着万一她提这件事该怎样拒绝，她真的是疲倦了，不想再出去混了。不料，秦音并没有提这个，而是问："你最近怎么样？好久没联系了，也不知道你过得好不好。"

章琰并没有意识到，其实秦音已经有好几个月没打电话给她了。她潜意识里逃避着秦音的电话，才没主动联系秦音，才没朝这方面想。秦音提起来，她才想起，确实很久没联系了呢。章琰说："我挺好的，在家里看看电视，下下厨，小白想去国外旅游，我最近学英语呢！"

"学点英语挺好的，免得出去了到哪儿都让孩子给你做翻译。"秦音说。

说完这句话，两个人之间就是沉默。章琰问秦音："你最近怎么样？"

秦音正等着这句话呢，立刻就打开了话匣子："我也挺好的，我跟你讲，好久没跟你联系，是因为我谈恋爱了，我不知道该怎么跟你说。"

"没事，你说呀！咱俩的关系，还有什么不好说的？"章琰松了口气，还好她不是约她出去玩。

"他是我们大学的老师，教体育的。比我还小几岁，人挺单纯，他不知道我在外面玩的事情。一开始我是拒绝他的，后来，就被他感动了呀，觉得跟一个单纯的男人在一起也挺好的，起码不会那么累。洛伦斯和托马斯也挺喜欢他的，我们就决定在一起了。”

“什么时候叫出来让我见见吧！”章琰说。

“好。”秦音有些迟疑。

章琰懂秦音的迟疑，她刻意强调“他不知道我在外面玩”，说明她什么都没跟他说。也说明，她心里其实挺珍视这个男人的。章琰不傻，自然知道她得替好姐妹隐瞒这件事，于是说：“你放心，我知道什么话能说，什么话不能说。”

这世上有些事情就是如此，若两个人一起去干了为法律或道德或普世价值观所不容许的事情，就成了两个人之间的秘密，若一个人想要退出了，或者有了新的生活，其实是不愿意自己之前的那些事，被新生活里的人所知悉的。因为有可能会影响到新生活。因为，人总得为她自己的过去埋单。

都说女人之间没有真正的友情，其实也不尽然，女人的友情跟男人一样，也是有时间段的。若在那个时间段，价值观一样，能玩到一起去，就是亲密的朋友。过了那个时间段，若价值观没有被刷新，或同时被刷新，依然还是朋友，若一个前一个后，那就未必了。另外，很多时候，女人比男人相对更细腻更敏感罢了。所以，秦音会有那样的担心，而章琰却又立刻洞察了她的担心。

就这样又过了一段时间，2008年的春天，某一天，夏晓军突然打了章琰的电话，要求见面，章琰本来想让他在电话里讲的，他却不肯，只坚持要面谈。章琰约夏晓军到咖啡馆，夏晓军却不肯，想到章琰家看看。章琰是完全信任夏晓军的，也就同意了。

夏晓军倒也没含糊，一见面就公布了一个重磅消息：“我离婚了，除了公司归我以外，其他的几乎是净身出户。”

章琰很震惊，联想到他之前的表现，有些挣扎地问：“是因为我吗？”

“一半一半吧！一方面想跟你一起生活，另一方面，我想我始终还是不爱她，再将就下去，大家都痛苦。”

“孩子呢？”章琰问。

“她坚持要，我其实也无所谓，就给她了，不过是每个月出生活费罢了。”夏晓军说起来倒是轻松，章琰听着却怎么都轻松不起来。

事情已经发生了，而且夏晓军做这些决定，也没事先跟章琰商量，章琰一时之间有些无语，想劝些什么，却又没立场劝，只好问他：“下一步打算怎么办？”

“重新追你喽！”夏晓军说。

“不要这样做，晓军。我们之间已没有任何可能。”

“不要说得这么绝对，我已经错过你这么多年，不想再继续错下去了。你总得给我一个机会。”

“晓军，你不明白。我们从认识到现在，也快二十年了，如果说当年彼此不太了解，现在已经完全了解了。正是因为了解得太清楚，我知道，我根本不可能再第二次爱上你。所以，即使你离了婚，我们也是完全不可能的。”章琰说。

“你都没给我机会，怎么知道不可能？我们两个现在都是自由身，再处处看，说不定能在一起生活呢！以我俩现在的年龄，情和爱的感觉和年轻时又不一样，已经变得没那么重要了。而能否搭伙过日子，却又非常重要，我想跟你一起过日子，你说你了解我，那你应该知道，我会是一个好丈夫，也能给小白做一个好爸爸，我们曾经有感情基础，相处起来总比陌生人要容易得多。”

“不是的，晓军，你从来都不懂我。你从来不知道我章琰在想什么，才会一而再再而三地自以为是地做一些决定。是的，我情路坎坷，我从来没有结过婚，我曾经过了一段非常乱的日子，可是现在我想明白了，我有钱、有能力、有孩子，我什么都不缺，只缺一个男人。那么，这个男人我对他没有任何要求，没有年龄要求，没有金钱要求，没有相貌和家世要求，唯一一个要求就是我喜欢他。你即使再好，我不可能喜欢上你，那也是白搭。”章琰说。

“再强的女人，都需要一个肩膀，我自认为能提供给你。你是一个女人，迟早要结婚的。”夏晓军说。

“不，晓军，你不明白，我不需要结婚。我以前受我妈影响深，跟你想法一样总觉得女人迟早都得结婚，可我现在不这样看了。我章琰，除了男人以外，什么都能自给自足，婚姻对我现在来说，已经不重要了。你夏晓军肩膀再宽厚，我不爱你，不依靠你，对我来说就没有任何意义！仅仅我不爱你这一点，就能直接给我们之间的关系判死刑。你离婚第一时间跑来找我，还说要追求我。说实话一开始听到的时候，我挺有心理负担的，虽不是红颜，却害怕成了破坏你婚姻的祸水。可就聊了这一会儿，我就想明白了，你离婚，无论你自己认为是不是因为我，那又有什么关系呢？你离婚并不是我指使，我也没给过你任何承诺，甚至之前，你也没征求过我的意见。这样的话，离婚是你个人的选择，所有的结果都需要你独自承受，与我无关。我非常确定，我不会爱上你，本来以为我们或许还有机会做朋友，可是你这个样子，却给了我负担，我想，我们连朋友都没办法做了。”章琰掷地有声，说完就想送客。

夏晓军没想到，他今天来表白，会遭遇到这样的结果，他摇头苦笑，本来还想再说点什么，见章琰不愿意多谈，只好走了，临走放出话来，还会再找章琰。章琰却再也不想跟他鸡同鸭讲了，于是说：“我想，我们没必要再见面了。”

章琰又过了一段一个人的日子，只是这一段时间不同于以前，她从来没有像现在这样坚定、这样自信、这样了解自己，了解自己是什么人，需要什么样的男人，以及什么样的感情。她当然还会再恋爱，她当然不会再放纵自己。此时的章琰，站的高度就又不一样了。

04.

章琰从来没有像现在一样坚定，坚定知道自己究竟想要什么样的男人，想过什么样的生活。这种坚定让她整个人的状态都好起来：那种叫作强大和妩媚的气质，同时出现在她的身上。尽管仍算不上特别漂亮，却足以让人移不开眼睛。

章琰三十八岁了，她很美。她的美无关长相，与气质和状态有关。我想，到了她这个年龄，再形容一个女人美不美，似乎已经不太重要了，是否“有味道”，才是形容她们的最好的词汇。

章琰很有味道，就像强盛状态时的莎朗·斯通。那段时间见到她的人，都这么说。她依然单身，依然有很多热心群众给她介绍各种“结婚对象”，她大都一笑了之。到了她这个年龄，能介绍给她的，条件跟她比，通常都差太远，而且，大部分都接近五十岁了。

三十八岁的章琰，心态很年轻，而大部分五十岁左右的中国男人，都已经老了。

章琰曾经跟夏晓军说过：“我不需要结婚。”那么，这些五十岁的、条件比她差很远的男人，她要来有什么用呢？她有小白，内心强大，不感觉孤单，她没必要为婚姻而将就、委屈自己。

从来没有像现在这样有底气去拒绝所有给她介绍对象的人，从来都没有。可是这种感觉，还真不错。

2008年夏的某一天，章琰在公司。她的公司此时已经非常大了，23楼整整一层，坐的基本都是她的员工。她有一间单独的、相对比较完善的办公室。有四个总监，这四个总监，都有自己单独的办公室。

然而这些办公室，却没有一间配备了饮水机。

因为章琰的公司有专门的茶吧，各种饮料零食齐全。也因为，章琰不希望她的总监们一忙起来就整天不出办公室的门。她希望他们，哪怕借着倒水的工夫，也能在办公室里转一转，和员工们聊聊天，看看他们的状态。

那天，章琰端着水杯去茶吧倒水，正好看见一个男人朝大门口走的背影，章琰心里一咯噔，这个年轻人，穿着简单的黑T恤、牛仔裤，并没有什么特别，然而他的身材、他的发型、他走路的姿势，和白恣天几乎一模一样。

章琰的脑子没有任何意识，而她的脚却不由自主朝前迈，想要追上去。她往外疾走，她的一个总监却低着头朝里进，两个人差点儿撞上。

总监脑子快，闪到一边跟章琰打招呼："章总！"

章琰根本没看清究竟是哪个总监，只下意识地指着大门处消失的背影问："他是谁？"

总监说："来面试设计师的，姓刘，没有工作经验。"说着就翻面前的A4纸——那是那个姓刘的小伙子的简历以及面试意见。

不是老白！章琰松了一口气，却又有些失望。她多么希望那是老白。

章琰的情绪变化很快，突然，她很想看看那个人的脸，跟白恣天是否相似。章琰打断仍喋喋不休介绍的总监："去把他叫回来，我复试。"说完就从总监手里抽出那几张面试纸，回了自己的办公室。

看见这一幕的同事们特别好奇，他们不知道老板的表情为什么会如此变幻多端。他们知道的是，看样子老板对这个人很有兴趣。要不然为什么总监都含蓄表达了，不打算用这个人，而老板还要亲自面试呢?

后来，这个人成了老板的情人，老板为他生了个女儿。而他们在私下里八卦这两人的关系时，通常会跟不了解详情的人说：当初，老板就看了一眼杰森的背影，就深深地爱上了他。这简直是这个世界上最离谱的一见钟情。

他叫刘国棉，来面试平面设计师，二十二岁不到，刚大专毕业。

当他被叫回来的时候，是很兴奋的。走的时候总监说，要考虑一下，若觉得还不错会通知他来复试。他从总监的态度判断出，这话可能是敷衍他，实际上根本不想录取他。却不料，他今天运气这么好，老板正好在，而且老板要直接面试他。这意味着，他还是有机会的。

当刘国棉出现在章琰办公室的时候，他是非常紧张的，她能决定他是否得到这个工作机会，而这个工作机会，将决定他在大上海是否能生存下去。

刘国棉看着眼前这个老板，她短发，浓眉大眼，一副干净利落却又拒人于千里之外的样子。他进门时，老板就盯着他的脸看，看见他的脸时，却深深地皱了眉头，而且从他进门到出门，都没对他笑过，眉头皱着一直没有舒展，就像她特别讨厌他似的。好在面试很快，不过短短几分钟时间，而且老板决定要他，还给他开了比他要的还要高的薪水。

“刘国棉？”章琰看清楚眼前这人的长相后，就低头看着面前这人的简历。

“嗯。”刘国棉的声音有些绵软。

“江西南昌人？”

“嗯。”

“大学在江西上？”

“嗯。”

“为什么会来上海？”

“同学约着一起。”

“女同学？女朋友？”

“不是，男同学。”

“没有工作经验？”

“嗯，今年刚毕业。”刘国棉说，“不过我有些设计作品的，您可以看看。”

“不用。”章琰继续问，“有英文名吗？”

“没有。”

“什么时候能来上班？”

“随时都可以的。”

“你被录取了。我看你简历上写的，试用期薪水要求1700，转正后2000，不算高，我给你开3000，试用三个月，转正后看情况加。哦，对了，你没有英文名，可我们的员工一旦录取公司就会给做名片，有英文名方便些。你干脆叫杰森吧！”章琰一口气说了这么多。章琰得用这么快的速度，一口气把这些话说出来，她担心她说慢了，有可能会后悔，会拒绝这个只有三分像白恣天的大男孩。

这么快就被录取了，而且工资还这么高！刘国棉有些蒙，至于英文名，叫什么无所谓，作为一个没有工作经验的新人，开这么高的工资，老板说叫什么就叫什么。

章琰示意刘国棉离开，他的脑子还是有些转不过来，这简直太不可思议了。

从沙发到办公室门口，不过十几步的距离，刘国棉边走边频频回头，看见章琰一直盯着他的背影看，只觉得奇怪，却也没多想。

办公室门关上的那一刹那，章琰像是失去了所有的力气，瘫软在老板椅上。

我们再回到刘国棉进门的那一刻。

章琰眼睛眨都不眨地盯着眼前的年轻人，这个人走路的姿势无论从正面看还是背面看，跟白恣天都像极了。他们都是那种喜欢拖着腿走路的人，看起来有四分随意、三分慵懒，还有三分是长腿带来的优越感。两人身材相似，走路姿势相似，而五官，差别却很大，虽都是浓眉，但刘国棉的眼睛比白恣天却大很多，眼角微微上挑，有几分桃花眼的味道。白恣天的眼睛，并不吸引人，吸引人的是他的眼神，若你盯着他的眼睛看，就能从中看出温和和慈悲来。刘国棉的鼻子比白恣天的更挺，而鼻翼更小，嘴巴也比白恣天的小。虽然两人脸型很像，但很明显，刘国棉比白恣天要帅气多了。

见到刘国棉之前，章琰无数次回忆白恣天的脸，却总记不清他的五官。见到刘国棉，才发现，记不清只是因为没有对比。有时候，一个人记不清另一个人的五官，不是因为她忘了他，而是因为记忆太深，伤太痛，才刻意模糊了长相。

失望归失望，却也不觉得遗憾。若他真的太像他，章琰反而不知道该怎么办了。就像现在这样，三分像，已足够。

就只为这三分像，章琰留下了刘国棉。

而杰森，是白恣天曾经的英文名。白恣天在时，章琰从未叫过他的英文名，听他的同事叫，只觉得新鲜。刘国棉成了她的员工之后，她再也没叫过他中文名。

刘国棉这个人，大的本事没有，小聪明倒是不少，工作做得不好，却极会揣摩老板的心思。他是新人，在工作中难免会犯一些错误。小错误也就罢了，自有总监包容。可是有一次，由他量尺寸后主导设计的一些物料，制作出来之后拉到活动场地，全部都小了，无法出街。而活动第二天就要举办，重新制作已经来不及了。还是公司里一个老员工想到了办法，买了些漂亮的花边，给所有的物料包了个边，才勉强出街了。好在那次客户并不较真，付足了尾款，并没有给公司造成太大的损失。

但这件事足够严重，严重到刘国棉的试用期会到此为止。活动结束后，刘国棉战战兢兢地等着人事部通知他明天不必来了，却始终没等到。总监嘴快，跟刘国棉说："按道理，你这样的员工，公司是不会留的，总监会的时候，大家一致认为你该走了，章总却把这事压了下来，说再给年轻人一个机会。你小子，不知道走了什么狗屎运，居然入了章总的眼。”

刘国棉回想起来，章总待他，确实是跟别人不同的，不见得有多优待，但总是更包容一些，而且目光扫向他的时候，总是露出若有所思的神情来。

这些就够了！足够让他发出试探的信号了。试探了几次，虽未得到明确的回应，却也没有遭受任何严厉的斥责。在刘国棉看来，章琰的态度有些暧昧，或者说是半推半就。

他越发大胆起来，单独的时候，言语就更加露骨了。那些撩骚的话说出来，若看到章琰突然变得严厉的表情，就立刻缩了头，打着哈哈，假装说那些话的不是他。老实几天，看章琰温和下来，又开始蠢蠢欲动了。

就像是一场猫与鼠的游戏。从实力上来说，章琰比刘国棉强大太多，她是猫。可在两个人关系更近一步的推动上，刘国棉是猫，他用各种方式，撩拨着大龄女老板的心，以求证明他的魅力。

至于真被撩拨下来之后怎么办，刘国棉尚未深想，能征服女老板，本身就是一件很有成就感的事。

这一段时间，章琰的内心是很矛盾的。刘国棉外形上只有三分像白恣天，然而就是这三分，就足以让她一次次失神，一次次在他犯错误时包容了，然而这两个男人的性格差别实在太大。白恣天是一个特别坦荡的人，那种坦荡来自于世事洞明、人情练达，这份坦荡，让所有跟他接触的人，都从内而外感觉舒心。仿佛自己也变得美好起来。而刘国棉，却有太多上不得台面的小心思。他以为他是猫，可惜他太嫩，在章琰面前几乎是个透明人，那些小动作以及露骨的语言，不仅不美好，反而因为层次太低，显出几分猥琐来。

章琰私下里想过，要不要跟刘国棉再进一步，却总是在见到他时打消了这个念头。这个男孩子，年龄不大，心思不少，却又没有什么城府，偏偏还是她的员工。章琰怕万一发生点什么，后期不好收尾。

暧昧这种东西，在一男一女之间，从来不会持续太久，总会有一件事把这种暧昧打破，或朝向更好的地方发展，或朝向更坏的地方发展。

公司年会，章琰作为大老板，哪怕浅尝辄止，被轮番敬酒之后，也喝了不少。她那天是开车到的现场，年会结束已经过了十二点。章琰知道她是开不了车了，就和大部分同事一样，站在路口打车。章琰是老板，为表现自己的体贴，来一辆出租车就让员工先上，她留在后面。所有的员工都上车了，只剩下她一个人站在路边，一阵风吹来，酒气上涌，她只好踉跄几步，扶着树狂吐起来。还没吐完，就被一个人扶住了，是刘国棉。

吐完，章琰问刘国棉："你怎么还没走？"

"走了，不放心你，就回来了。"

"有什么不放心的。"

"你今晚喝了不少酒。"

章琰点点头，"嗯"了一声，任由刘国棉扶着跟跄着边走路边继续打车。等了半天，却没有出租车来，她不由得有些心焦。刘国棉问："章总，你开车来的？"

"嗯。"

"我今天没喝酒，我可以送你回家。"

"那待会儿你怎么回去？"

"先把你送回去，我再出来打车。"

"我住的那个小区，晚上根本打不到车。"

刘国棉不吱声了，却也没提出新的方案。

又等了一会儿，仍然没打到车，章琰有些不耐烦了，跟刘国棉建议："这样吧，你先把我送回家，然后开我的车回去，明天一早把车开到公司。"

"好。"刘国棉很乖。

一路无话，但本来就暧昧着的一男一女在车中，若没有音乐，亦不开窗，气氛多少是会逐渐升温的。

到了章琰家里，刘国棉把章琰扶到客厅沙发上坐下，倒了杯水放在茶几上，站了一会儿说：“那……章总，我走了。”

“杰森，不要走！”章琰从背后抱住刘国棉，扳过来，满是酒气的嘴巴吻了上去。

Chapter 9

培养一个爱人

01.

章琰当然知道发生了什么事。她只是顺应自己的心情以及酒精的作用，做了一件让自己那天晚上不那么孤单的事，尽管，作为一个老板来说，这样做确实冲动了点。

做了也就做了，章琰并不后悔，只是，刘国棉是处男这件事，却是她怎么都没想到的。

当她看出来刘国棉是处男的时候，就想要停下来，刘国棉却不愿意，只哀求她："章总，不要停，我不会，你可以教我。"

章琰以前出去玩的时候，也碰见过处男，那感觉糟糕透了。不仅没有享受到欢愉，反而一直要照顾对方的情绪，有的甚至还需要教授生理卫生知识。遇到脆弱的，还得安抚对方脆弱的小心灵。章琰得知刘国棉是处男的时候，所有的兴致瞬间都消失干净了，她打算到此为止，刘国棉却楚楚可怜地说："我不会你可以教我。"章琰不愿意做这个老师，就找借口想要下床，刘国棉抱着她哀求："章总，我是真心喜欢你的。我知道你或许根本就看不上我，没关系，让我今天晚上陪你一次，我保证以后不缠着你。"

话都说到这份儿上了，章琰还能说什么呢？可是，她已经没有继续下去的兴致了，披了外套坐在床上跟刘国棉有一搭没一搭聊天。

章琰得承认，她对她的员工，了解是不够的。比如说，她从来不知道，刘国棉是家里最小的儿子。从小姐姐们都比较护着他；她不知道，刘国棉的父母为了他能上大学，学美术专业，牺牲了很多；她不知道，刘国棉就谈过一次恋爱，对方嫌他穷把他甩了；她不知道，刘国棉其实挺善良的，特别喜欢小动物……

章琰得承认，做老板这么多年，从来没跟一个底层的设计师讲过这么多做生意的事情。她跟他讲，才开始开公司时的艰辛；她跟他讲，公司顺利之后，辛苦干了活，对方公司却拖着不肯付款，她带着员工去追债时遭受的白眼；她跟他讲，比稿的时候，明明他们做得更好，对方公司因为关系更硬，拿下项目时她的心酸……

章琰很多年没跟人这样聊天了，大多数时候，她是一个沉默而坚强的老板。跟人聊艰辛这种感觉很奇妙，一方面是女老板在跟一个才出校园不久的员工，讲他从来没经历过的事情；另一方面，是一个强大的女人，把自己并不强大的一面展示给一个明显比她弱很多段位的男人看。女强人和女人之间的角色不断转换，这个感觉很新鲜，也足以让她不设防。

聊着聊着，天色就不那么暗了，离天亮不远了，两人却很尽兴，他们从来没有像这一刻这样了解彼此，他们的心也从来没这么近过。顺理成章地，该做的事情也就做了。一切当然是章琰引导。她像个女王般，在床上引导着这个才二十二岁不到的弟弟，从一个男孩，成为一个男人。章琰很耐心，这种耐心，是之前遇到的处男们都没有享受过的，我想这一刻，章琰的耐心，应该也代表了一部分的真心。

天空变成鱼肚白的时候，两个人总算沉沉睡去。章琰过了三十五岁之后，睡眠变得极少，而她本人，也特别自律，无论头天晚上几点睡，第二天一早，七八点钟准会醒来。

睡下的时候，章琰看了眼床头的钟，凌晨五点，醒来的时候再看，还不到九点。面前这个男孩子正在酣睡。他睡着的样子很好看，浓眉微微皱着，有几条浅浅的川字纹；他的睫毛很长，在眼睛的下方投下浓重的阴影，像清晨带雾水的森林；他的鼻子很挺，线条极漂亮；而他的嘴巴，猪肝色的嘴巴微微抿着，不像熟睡，反而像是在思考。他的脸型和白恣天非常像，却因为年轻，因为皮肤光亮而富有弹性，显得要漂亮太多。

章琰得承认，刘国棉长得很好看，他是一个又年轻又漂亮的小伙子，嫩得能掐出水来，才更让人心疼，让三十八岁的章琰，产生了一种母亲对孩子、女人对男人所特有的心疼。

章琰起床的动作很轻，她尽量不吵醒刘国棉。

章琰煎了鸡蛋，切了火腿，烤了面包，还煮好了牛奶，才去叫刘国棉起床。

刘国棉在深度睡眠中被章琰叫醒，一开始是不高兴的，当他意识到身处的环境以及面对的人时，立刻就清醒了，迅速洗漱，去餐厅吃饭。

不知怎的，章琰想起她和白恣天的第一次，那次，是章琰的第一次。早上她从床上坐起来，白恣天已经做好了早餐，等她洗脸刷牙之后，就能吃了。

不同的是，那次白恣天帮她倒了杯半温的蜂蜜水，态度更加温柔，而她这次，只帮刘国棉准备好了早餐。

早餐吃得五味杂陈，章琰的思维一直在回忆过去和思考现在之间转换，而刘国棉，不知道想些什么，一直没有吭声，只沉默地吃着。

吃完早餐，刘国棉要去帮忙收拾碗筷，章琰制止了他，一顿早餐的工夫，章琰已经想清楚，他们年龄差距太大，这件事只能到此为止，不能再任由它继续。想明白之后，章琰的态度以及表情，立刻就从一个女人，变身为一个女老板。她用女老板的态度制止刘国棉帮她收拾碗筷，而她的态度，刘国棉自然是看得出来的。等章琰把碗筷洗好，上楼穿上外套拿着车钥匙准备出门时，刘国棉才说："章总，你把我送到地铁口吧，我坐地铁走。"

章琰挑挑眉，等刘国棉解释为什么会这样建议。刘国棉说："你毕竟是老板，我们两个人一起进公司对你不太好。"

章琰看刘国棉谨小慎微的样子，觉得有些对不起这个年轻的男孩子。她想了想语气很温柔地说："聊了一夜，你一定没有睡好，待会儿我帮你跟你总监请假，你就在这儿睡，睡醒了若要回去就回去，我把钥匙带走了，你走的时候门带上就好。不想回去的话冰箱里有食物，自己热来吃。"

刘国棉没吱声，章琰就出门去公司了。

晚上回家，刘国棉果然不在。章琰有些失落，却又松了口气。

被子叠得整整齐齐，冰箱里的食物并没有动过，想必章琰走后没多久，刘国棉也就回去了。

之后，就像什么事情都没发生一样，刘国棉照常上班，章琰照常做老板。刘国棉的上司是总监，若章琰不主动找他，他也不主动找章琰的话，其实是没有多少交集的。于是两个人，十多天就没再说过话了。刘国棉虽不主动找章琰说话，开例会的时候，当章琰的目光投向刘国棉时，却会发现他总是一副若有所思魂不守舍的样子。若刚好刘国棉也在看章琰，刘国棉就会脸红，目光迅速躲开。

刘国棉的总监跟章琰汇报，说刘国棉最近做事情效率特别低，即使不算特别急的活儿派给他，他也会拖延。让他去盯印刷，经常还会犯些常识性的小错误。

章琰问总监："你有什么建议吗？"

总监小心翼翼地看着章琰的脸色："我想，我组里需要再招一个人。"

公司一共分四个小组，每个小组负责的项目不一样，却又有着竞争关系。若一个人拖了后腿，竞争力就会弱很多。员工在公司，就像一枚螺丝钉，有自己的岗位需要负责。若一个人做事情不行，他的很多工作就要分配给别人做。那么，多承担工作的人，会因此加班，会因此滋生怨言。

章琰懂总监的意思。之前刘国棉犯错，试用期差点儿过不了，章琰给压了下来。这次总监真实的想法是要跟章琰说，开除掉刘国棉，免得拖了他组里的后退。却因为不知道老板究竟怎么想，才提出要再招一个人，以分担刘国棉无法胜任的工作。也以此试探章琰，看章琰的态度。

公司逐渐扩大的时候，章琰已经把招人和开除人的权力下放给总监了。若要开掉一个人，总监只用跟章琰打声招呼，打个报告上来就行了。章琰通常不会为了一个员工，反驳总监的意见。可这是刘国棉，全公司都知道章琰待刘国棉是不同的，也因此，总监在说这件事情的时候，才会更加谨慎，才会更注意用词。

章琰说："这事让我再想想，明天我给你答复。你把杰森叫到我办公室，我跟他谈一谈。"

章琰有些烦闷，当个人情感涉及公司运营的时候，确实会有些麻烦。这也就是为什么很多大公司，不会允许经理以上的人发生办公室恋情的原因之一。章琰是老板，这个道理自然懂，可是有些事情，毕竟已经发生了。

刘国棉敲门进来，章琰示意他坐。坐下之后，章琰却不知道该怎么开口，而刘国棉，也知道自己这一段时间工作不在状态，有些坐立不安，偷眼看章琰，见章琰也在看他，脸又红了。

见刘国棉脸红，章琰气不打一处来。她得承认，每次刘国棉脸红，她的心都会稍微动一下。她认识的男人，会脸红的不多，大多数都长成了一副死皮赖脸的样子。回想半天，好像就只有才认识时的夏晓军才会爱动不动脸红，接下来就是刘国棉了。

会脸红的男人，身上有一种少年的特性，会让女人产生保护欲，也会让女人的心态跟着年轻起来。

章琰忍不住想，即使到了快四十岁的年龄，也还是喜欢少年郎啊！只可惜这个少年郎，工作上总是出现差错，让她这个做老板的，实在不知道该拿他怎么办才好。

章琰想了想，决定开门见山："听说你最近工作总是不在状态？"

刘国棉低着头，不说话。

章琰问："最近工作上有什么困难吗？"

刘国棉瓮声瓮气地说："没有。"

"那是怎么了？"

刘国棉继续沉默。

章琰有些生气："我不知道你究竟怎样想。我只想跟你说，你在工作场合遇到的事情，和在家里、在学校里是不同的。在家里、在学校里，你犯了错误，有家长和老师包容你。在他们眼里，你是个孩子，有犯错误的权力。可是一旦你参加工作了，你就是个成人了，你需要为所有你犯过的错误埋单，连讨价还价都不可以。因为在这里，你犯的每个错误，都会给公司造成损失，或是经济上的、或是名誉上的、或是人力成本上的。作为一个没有工作经验的人，你犯一两次错，公司或许还能包容。犯错次数多了，只能请你走人，毕竟，公司是要运营的，是要赚钱的。你明白我的意思吗？"

章琰的话说得有些重，刘国棉有些不可置信地抬头问："章总，你是要开除我吗？"

章琰不是没想过直接开除刘国棉的，却还是不忍心，于是说："我有这种想法，但还是决定再给你一次机会。但愿你不会令我失望。"

刘国棉继续沉默。章琰不喜欢刘国棉的沉默，就像她不喜欢夏晓军当初的沉默一样。章琰说："毕竟我现在还是你的老板，我不希望，在我问话的时候，你不回答我。这会显得你很不成熟。"

刘国棉点头："是。"

章琰继续说："你的总监打算再招一个设计师，我同意了。在这里做了这么久，你们组的工作量怎样，想必你也看得到。新招的人，可能会与你产生工作上的重合和冲突，你先做好心理准备。"

刘国棉很惊讶，他这时才意识到，他的总监是打算要放弃他了，才会再招一个人来替换他。

他有些委屈，这十多天魂不守舍，是因为那天晚上发生的事情，让他不知道该怎么办才好。再看章琰一副公事公办的样子，心也就逐渐冷了。

刘国棉说："请章总放心，我会努力工作的。"

倒是没有哭音，只是喉结上下动了几下而已。章琰能看得出来刘国棉难过，却也只能硬着心肠假装没有看到。

又过了一段时间，一个周末，章琰开车带着小白去离家较远的某商场地下超市采购食品。那个超市里的吃食，基本都是进口的，号称无污染有机食品，章琰家的食物，无论是大米，还是油，或者蔬菜、鸡蛋，都采购自那家超市。

苏阿姨已经很老了，去年正式从章琰家辞职了。小白念寄宿学校，一开始是周末回家，上五年级之后，改成一个月回家一次了，因为小白不在家，章琰大部分时候在公司，倒不必专门请住家阿姨了，只找了个钟点工，每周帮忙收拾两次屋子罢了。所以大部分时候，若章琰回家，家里就她一个人，她不回家，家就是空着的。而每个月，只要小白在家，章琰就不出去工作，或在家陪着小白，或带她出去玩，或者一起去超市采购食品。

从超市出来，要过条马路才到停车的地方，过马路的时候，没想到居然会偶遇刘国棉。

刘国棉依然穿着招牌的黑T恤、牛仔裤，双手插兜，腿一拖一拖朝前走。章琰先看见刘国棉，本来想叫他，却想着毕竟两人发生过关系，而小白此时在身边，让女儿看出什么不太好，就没有叫。打算装作没看见直接走人，谁知没走两步，刘国棉主动叫住了章琰。

一声“章总”，生生拖住了章琰的脚步。

章琰有些尴尬，却又故作镇静地问：“你怎么在这里？”

“我租的房子在这附近。”

“倒是好地段。”

“老公房，就一间房子，整栋楼共用一个厨房，一个卫生间，价钱便宜。”刘国棉笑笑。

章琰知道那样的房子，那种房子在上海并不少见。外形是洋房，可能也就三四层，一栋楼住十几户人家。以前整个社会环境经济都差，这样的房子住的都是上海人。这几年经济逐渐发展，能赚到钱的一批上海人早就在外面买了公寓搬了出去，老公房就留着租给外地来沪打工的年轻人。

刘国棉见章琰没说话，目光看向小白，问：“这是您的孩子？”

“是的，我女儿，小白。”又转头跟小白介绍，“我公司的员工杰森，你可以叫哥哥。”

小白对刘国棉笑笑，没有开口。

刘国棉找了个借口，说朋友在下一个路口等，就先走了。

章琰拉着小白朝停车场走去。

小白说：“妈妈，他喜欢你。”

章琰脚步顿了顿：“别瞎讲了，你俩年龄加起来，还没我大呢！”

“妈妈，爱情跟年龄没关系，他喜欢你，我能看得出来。”小白说。

02.

章琰不打算继续这个话题，可直到上了车，小白依然喋喋不休。

小白说：“妈妈，你对他也是有感觉的，我提到这件事情的时候，你的耳朵根儿有点红，目光很躲闪。”

章琰心里一惊，这个孩子，什么时候观察能力这么强了？

章琰说：“他是我公司的员工，我是他老板，我和他没可能的。”

“妈妈，你什么时候开始在意一个人的身份地位了？你不是一直教我，职业不分贵贱吗？”

章琰被问得哑口无言。

章琰只好说：“妈妈有些累了，要集中精神开车，小白安安静静的，好吗？”

章琰放了音乐，小白闭目休息。可是刚一到家，放下东西，小白又缠住章琰：“妈妈，你觉不觉得那个杰森和夏叔叔很像？”

夏晓军？章琰可从来没这样想过。她只觉得，刘国棉的身材动作脸型和白恣天比较像。小白只在照片里见过白恣天，只怕这个爸爸没给她留下多深刻的印象。而夏晓军是章冰的好友，是章冰曾经的合伙人，小白和夏晓军倒是经常见面。

章琰说：“乱讲，他和你夏叔叔一点儿都不像。长相差很远，而且你夏叔叔戴眼镜，身上有书卷气，看起来又稳重又成熟。他完全就是还没长大的孩子。”

“妈妈，我不是说长相，也不是说气质，我是说某些特征。”

“什么特征？”

“他们都不太自信，跟你说话，都会脸红。我听舅舅说过，夏叔叔以前是一个特别犹豫的人，杰森看起来就特别犹豫。”

“你夏叔叔才不会脸红，他是大老板，处理事情可不犹豫。”

“妈妈，你故意岔开话题。”小白有些不满。

章琰只笑不说话。若不是小白提醒，她不会知道，原来刘国棉一直吸引她，是因为某些地方和夏晓军特别像。当年，豆蔻年华的她一眼相中夏晓军，未必不是被他身上那种不太自信、优柔寡断的性子吸引。而现在，她对刘国棉的好感，除了刘国棉和白恣天在外形上相像以外，在气质上，更像年轻时的夏晓军。

兜兜转转这么多年，她喜欢的，其实还是一类人。

不管小白怎么说，章琰始终认为，她和刘国棉之间差距太大，首先是年龄上的差距。国内的普遍认知中，能接受男人比女人大十几岁，却无法接受女人比男人大十几岁。其次，他是她的员工，若他们在一起，她老板的形象必然会打折扣，若将来分手，她更是恶人。

她这一辈子，从决定未婚生子起，就一直声名狼藉。交往的每一个男人，都在她本来就已经很臭的名声里，抹了一把墨。若再跟刘国棉在一起，还真不知别人会怎样讲她。

所以，算了吧!

章琰跟小白说："妈妈的事情，妈妈自己会判断。你还小，看问题只看到表面。我不妨告诉你，杰森这个人，工作能力很差，他的总监很含蓄地跟我提过，要把他开除掉，我还在观察，可能他在我们公司做不了多长时间了。"

"不要，妈妈！"小白嚷嚷，"妈妈，两情相悦是一件多么难得的事情。他不胜任他的工作，你可以教他呀！或者给他调换个岗位。员工好找，喜欢你同时你也喜欢的男人，可难找了。"

章琰眼珠一转，笑嘻嘻地问小白："我怎么听怎么觉得你巴不得早点把我推销出去，怎么着，女孩子大了，还有自己的小心思了？"

小白扭捏着摇头："哪有。"

章琰见小白不愿意说，想着毕竟要给女儿留一点私人空间，便也不再追问，而是扑上去胳肢她："告诉妈妈，你的这些理论都是哪儿来的？你在国际学校都经历了些什么？有哪些是瞒着妈妈没有讲的？"

小白讨饶，叫停章琰，很认真地说："妈妈，这些年，每年暑假寒假，你都带我去国外，若你没有空，秦音阿姨就带我和洛伦斯他们一起去。走的地方多了，我见识了各种各样的人，就越发觉得你过得苦。你比秦音阿姨有钱，可你没她活得潇洒。秦音阿姨无论做任何事情都没有心理负担，她有她的处事标准，就是在不损害别人利益的基础上尽量让自己过得快乐。若一定要损害别人的利益才能让自己快乐，她会去判断值不值得。若她认为值得，她还是会去做。她很坦然，也很open，我问过她是否快乐，她跟我说，她非常快乐。可是你不一样，你总是瞻前顾后，道德感太强烈，而且为人保守。你这样的人，责任感太重，才不容易快乐。可是我不希望你这样，我希望你为自己活，每天都开开心心的。”

章琰很诧异：“你怎么会有这么多古怪的想法？”

“这些想法一点儿都不古怪。每一个孩子在成长的过程中，都会以父母为参照物，思考他们的人生轨迹，分析他们的遭遇，判断他们走的弯路究竟是命运造成的，还是性格造成的。每一个孩子都会这样做！有的孩子跟父母讲了，有的没有讲而已。”

“所以？”章琰问，她想知道，小白突然跟她这样谈心，究竟想要说什么。

“所以，妈妈，如果你也喜欢杰森，你不妨接受他。”小白总结。

章琰沉默着思考，没有说话。

小白说：“妈妈，你的生命里只有我，你所做的所有事情都是在为我考虑。可是，我不想让我在你的生命里占据那么大的比重，我逐渐长大了，说不定什么时候就离开你了，那时候你怎么办呢？如果你还是孤孤单单一个人，我就算是走，也不放心的。”

“你要到哪里去？”章琰心里一紧，小白十一岁的生日还没到，居然会考虑这么长远。

“我只是打个比方。比如说，我要去留学呢？一出国就是好多年呢？那我走了，谁来陪你？我会不会因为你太孤单，而委屈自己，打消出国的念头？若我真这样做了，对你公平吗？对我又公平吗？”小白一连串的问题，问得章琰哑口无言。小白觉得猛药下得足够了，也知道自己的话章琰听了进去，就说，“妈妈，你仔细考虑一下我的话。我们相依为命这么多年，你对我所做的一切都是为我好，我跟你说这些，也是为你好。”

不得不说，小白的“肺腑之言”，对章琰是很有效的。也就是在这时候，章琰发现，以前捧在手心里疼的女儿长大了，而自己，真的不那么年轻了。同时章琰听进去了小白的建议，开始认真思考她和刘国棉的关系，以及两个人在一起的可能性。她认为两个人在一起也不是不可能的。只是差距毕竟大，先相处着试试好啦，若能行，就作为长期伴侣考虑。若不行，分手了，她也不会亏待刘国棉。或许给不了别的，但经济补偿，她还是肯给的。

如果，刘国棉对她，也是真心的话。

不得不承认，就算是男女关系，也会因为身份地位的区别，而有弱势强势之分。无疑，在章琰和刘国棉的这段关系中，章琰无论从智力、阅历、能力、地位等各个方面，都是强势的一方。再加上她是刘国棉的老板，在公司是说一不二的，连刘国棉的上司都要看章琰的脸色，何况才二十出头的刘国棉呢！也因此，章琰刚一暗示，刘国棉就飞蛾扑火般扑了上来。两个人的关系，也一日日火热起来。

章琰是不可能去刘国棉的出租屋的，无他，那出租屋不必看就能想象破败到什么程度，那样的地方，于现在的章琰来说，根本不适合约会。章琰也不愿意让刘国棉每次去她家里，她和哥哥住一个小区，之前老周的事情，闹得很不愉快，她不想再招一个男人进来，将来赶都赶不走。

章琰更不愿意出去开房，毕竟是恋爱，开房这种事，怎么看怎么仓促。情调不够，不好。

章琰手里的房子，基本都简装之后租了出去，因为有租约在，一时也腾不出来。章琰干脆在市区某高档小区租了一套精装修两居室，让刘国棉搬了进去。平时都是刘国棉一个人住，章琰偶尔想去的话，会提前通知刘国棉，在他那里过夜。

两个人的关系，在章琰的关照下，自然是瞒着全公司的。毕竟是女老板和男下属，听着就充满了桃色信息，传出去对彼此都不好。刘国棉自然是同意的，不管怎样，章琰都比他大了十多岁，说出去，是两输局面：有人会说章琰老牛吃嫩草，更有人会说，刘国棉是看上了章琰的钱。

从另外一个角度来说，一段关系里，有强有弱，弱势的一方一定是既得利益者。因为，一旦投入了感情，投入了物质，投入了心思，很多东西是共享的。

两个人在一起，刘国棉得到的好处则是实实在在的。

首先，他的居住环境得到了很好的改善。其次，衣食方面，章琰自然是按照自己的标准为刘国棉配备。她还接纳了小白的建议：刘国棉工作上不行，她帮他。于是刘国棉得到了很多大老板亲自指导的机会。

前者先不说，都是实实在在看得见的好处，金钱可以衡量。而后一条，则是无形的。

章琰在商场上打拼了很多年，她积累的工作经验，涉及大局观，站的高度就又不一样了。在章琰的亲自指导下，不能说刘国棉的技术有多大改进，起码，他在思考问题时的角度已经和以前有很大不同了。

而思考问题的角度，才是最养人气质的地方。和章琰在一起几年，尽管性格或者其他方面，刘国棉没有太明显的改变，但气质，却又逐渐不同了。

在这段关系中，章琰是带着完全的诚意去相处的。她很认真地投入到这段关系中，不为别的，只因为她准备好了，只为了能过自己的心。

老板和男员工之间的事，想瞒其实是瞒不了多久的。刘国棉才进公司时什么样子，和章琰在一起之后又变成什么样子，群众的眼睛是雪亮亮。别的不说，单说那条值刘国棉好几个月薪水的皮带，若章琰不送，刘国棉自己，是怎么都买不起的。

章琰曾经想过，要不要让刘国棉就此辞职，在家里待着就好。却自动打消了这个念头，毕竟是社会人，他又是男人，若堂堂正正拿一份薪水，即使章琰再补贴，两人也是恋爱关系。一旦养着他了，那跟包养有什么区别？为他好，也不能这样做。只是章琰把刘国棉调了个组，调了一个人事关系最简单、工作做得最好的组，为的只是他能多学点东西，工作更加顺心。

员工即使猜出两人的关系，却因为章琰是老板，不好直接问，就只能去问刘国棉了。刘国棉到公司之前没有工作经验，年龄又小，是很多人眼里的“小弟”，有人当面问刘国棉两人的关系，刘国棉一开始很尴尬，毕竟两人在恋爱，在大众的眼里不算正常。一开始支支吾吾不知道该怎么回答好，久了就总结出经验来：干脆不承认，即使所有人都认为是真的，也不承认。由着他们猜去。就当是锻炼脸皮的厚度好了。

冷嘲热讽是必不可少的，这是他跟章琰交往必然要付出的代价。得了好处，自然得付出代价，这一点刘国棉想得很开。从这一点上来说，刘国棉比当年的夏晓军拎得清。

有时候两个人私下在一起，会聊起公司的事情，公司人多事杂，刘国棉又不是一个心眼很大的人，偶尔会凭借着自己的喜好，跟章琰聊起对某些人的看法，以及人事安排上的想法。一开始，两人只是闲聊，久了章琰发现了一个不好的现象：刘国棉在猜她的心思，给她“适当的建议”，她很反感刘国棉这样做，不管怎么说，多少有种小人进谗言的感觉。当然，她不是昏君，她也不想刘国棉因为猜她的心思，而把原本美好的感情变了味道，便及时严厉地制止了他。并教他怎样换一个角度去看待问题。因为在这方面，章琰足够强硬，不给刘国棉任何机会，久了，刘国棉便也认清了事实：章琰对他好，那是因为两人是爱人的关系。一旦涉及公司，她立马变身强势女老板。

既是女老板，又是情人，关系一旦处理不好，就会把简单的事情复杂化。幸好，章琰处理得一直不错。

03.

章琰既成熟又有魅力，对刘国棉是真的好。这一点刘国棉不是看不出来，他只是一直想不明白，章琰究竟看上他哪点了。他不明白，却也不问，只在心里琢磨，琢磨来琢磨去，就琢磨出一个答案：章琰是看上他年轻貌美了。

他当然也喜欢章琰，这一点是毋庸置疑的。可是喜欢也有程度之分，他喜欢她，并没有深到非她不可的地步。

章琰是刘国棉的爱人，也是他的老板。刘国棉喜欢章琰，却又防备着章琰，并且由于两人身份地位的差距，他并不完全信任章琰。正是这样矛盾的心理，让他以小人之心揣度章琰：这个女人，有可能就像大多数老牛吃嫩草的富婆一样，看中的是他年轻的身体，以及还算好看的脸。

刘国棉享受到章琰提供的物质生活，他舍不得这种物质生活，他希望这样的好日子能一如既往地持续下去，最好能保障他的终身。章琰对他够大方，虽并没有赠予他更多更奢侈的物质，在吃穿花费上，尽量都给他最好的。在刘国棉的有限理解里，他认为这是章琰对他“以年轻貌美取悦一个老女人的补偿”，在心态上，他把自己放在被包养者的地位。

刘国棉不了解章琰，他从来都不知道，章琰不是一个在意物质的人，只要有感情，她向来大方。就算是家里请的阿姨，只要真心待她好，只要她认可这个人，她都会给很多的钱。何况是同床共枕的刘国棉呢！

刘国棉没有刻意算计，却开始悄悄攒钱，并时不时地找章琰要钱。他没有安全感，他不知道章琰什么时候就对他失去了兴致：她们那些富婆不都这样吗？玩几年玩腻味了，就像甩一块破抹布一样把他甩掉。他得在那天到来之前，弄到尽量多的钱。

章琰工作很忙，偏又是个光明磊落的人，因为她从来不会这样想，所以一时没有察觉到刘国棉的小心思。只觉得刘国棉在她面前谨小慎微了点，言谈之间总带着刻意讨好的成分。比如说为了取悦她，居然一门心思学起了上海话。刘国棉在她面前就像大户人家养的小妾，依附着主子生存。而且他要钱的次数确实频繁了点，虽然每次数量不多，但总会有买衣服买鞋子等各种需求，几千块几千块地要。章琰稍微多问几句，他就又不要了，说自己的衣服够穿。

以章琰的身家来说，她自然不会在意这每次的几千块。她只是有些烦。她宁可刘国棉一次多要点，而不是隔两天就烦她一次。这多少影响了她与刘国棉交往的情绪。

以章琰的阅历来说，也只是一时没有察觉刘国棉的小心思罢了。刘国棉要钱的次数多了，刻意讨好她的次数多了，她再傻也能想明白刘国棉要干什么了。章琰不由得苦笑：他还真是一点儿都不懂她的心哪！她所做的事情，包括把他调到最好的组，让能力最强的总监教他，自己一有空就亲自指点，不过都是希望他能掌握更多生存的技能。从一个小男人，成长成一个顶天立地的大男人。

章琰又何尝不了解刘国棉的缺点呢：他优柔寡断，没有城府，自以为很聪明，有很多小心思，而那些心思却又都在明面上。他不打歪主意还好，一旦动了心思，不仅不能轻易达到目的，反而还很容易惹人反感。

也就是她章琰，才会在明知道他有那么多缺点的基础上，仍然包容他，一门心思想要培养他。

章琰一直在想，她为什么会对刘国棉这样一个在做人做事上并没有多少天分的“朽木”付出那么多心思呢？她仔细想想，要说喜欢，除了一开始的心动之外，并没有喜欢到失去理智的地步。刘国棉本人，亦没有这个魅力让她不顾一切。那么，她喜欢刘国棉，也是有理智，在情感上有所保留地喜欢。

或许一开始是喜欢他和白恣天极为相似的皮相，可刘国棉和白恣天，毕竟是不同的人，性格差异太大，那点皮相的吸引力，在一次次的对比中，会逐渐消失殆尽。终有一天，就像刘国棉担心的那样，她会失去对他的兴致。到了那一刻，离两人分手也就不远了。

她为什么要这么用心地培养刘国棉呢？如果说和小白的一席谈话，让她产生了要和刘国棉恋爱的念头，那么，正是因为刘国棉的年轻和没有城府，让她产生了一个非常大胆的想法：如果刘国棉在遇到她之前，没有长成她理想中爱人的样子，趁着他年龄不大，一切没有定性，她把他培养成她理想爱人的模样。

以白恣天为标准，来培养刘国棉。这个心，不可谓不大。

章琰和刘国棉在一起之后，难免会一直回忆白恣天，越对比，越觉得刘国棉不堪。可是她当年，遇到白恣天的时候，不也是二十出头，什么都不懂的年龄吗？

当年，在阅历上，她和白恣天根本就不对等。白恣天能成为她的精神伴侣，而她却无法真正去理解白恣天究竟在想些什么，她更无法准确探知白恣天所做的事情。可以说，章琰和白恣天在一起，白恣天是施予者，章琰是接受者。白恣天那么用心地在生活上照顾章琰，在情感上包容章琰，更时不时地跟她讲他的工作，即使那时候，她没有多少兴趣。他依然在讲，或许，白恣天并不像现在的章琰一样，带着目的很刻意地去教，但他就是教了，他潜移默化教了她很多东西。让她从一个普通的小护士，成长为一个商业上的“成功人士”。

章琰这几年，经历了不少男人，她也算是看明白了：找一个各个方面和她对等的男人，成为一辈子的伴侣，并不是那么容易的事情。这得要有多好的运气才能够遇上。而她自认为，自己在姻缘上，并不是一个运气特别好的人。那么，既然没有那份运气，她自己培养一个知心爱人出来又如何?

不得不说，章琰要给自己培养一个理想爱人的心很大。可她就是这样想了，也这样做了。无奈的是，刘国棉毕竟是个人，而不是一个任人摆布的玩偶，他无法理解章琰的用心，才会一次次曲解，一次次动那些看起来就很幼稚的小心思。

章琰既然想培养刘国棉，自然不会被他这一点小心思打败。章琰给了刘国棉一张副卡，跟刘国棉说：“这张卡最高可以一次性透支五十万，想买什么东西自己刷卡，十万元以内的，不必跟我讲，自己决定就行。”

对，她明知道刘国棉有这样那样的小心思，却一点都不在意，除了她本身够强大，强大到不在乎这些小事情以外，她更是一次又一次用清晰的态度表明：我是真心待你好的。

金钱换不来真心，却足以证明一个人的诚意。给张副卡不足以说明什么，不过也是攻心。

章琰像当初白恣天对她好一样，对刘国棉好，除了金钱以外，更体现在一点一滴的小事上面。两人单独相处时，她像个妻子一样照顾刘国棉的生活。她跟刘国棉说的最多的话是：“你饿不饿？我给你做饭去。”

夫妻感情，不过是一餐一饭逐渐积累出来的。一餐一饭，也足以瓦解一个人的心防。当初白恣天这样对章琰，今日，章琰又用一模一样的态度对刘国棉。

刘国棉城府不深，章琰师从白恣天，又刻意表现，根本没用多久，刘国棉就死心塌地了。

人心都是肉长的，两人一日日相处，倒也像真正的夫妻一样了。章琰决定跟小白公开和刘国棉的关系。刚一开口，小白就很开心地说："妈妈，真好！"又说，"你把他叫家里一起吃饭呀！我也很想再见到他。"章琰家此时是没有保姆的，叫家里来，就是章琰下厨。章琰给小白煮过很多次饭，给刘国棉煮过很多次饭，可是，她还没有做好心理准备，同时给两个人煮饭。她还没做好准备，让刘国棉和小白，像家人一样相处、一样生活。因此，她建议在外面吃。小白毕竟小，心思没这么复杂，自然是同意的。

在外面的饭店里，小白落落大方，刚落座，就跟刘国棉开玩笑："上次见面她让我叫你哥哥，还好没叫。不然你岂不是比她还低个辈分？"

刘国棉有些尴尬，只笑。

小白说："不然，我还是叫你杰森吧！你叫我小白，我们就像朋友一样相处。"

刘国棉说："好。"

小白真心希望章琰好，对刘国棉既亲热又客气，刘国棉也真心喜欢小白这样一个精灵古怪、活泼开朗的孩子。而章琰呢，看着自己的小男人和女儿开心地聊着天，觉得一辈子就这样生活下去，也好。

中途，章琰去洗手间，小白没跟着去。看着章琰走掉，小白跟刘国棉说："我妈这辈子不容易，你要对她好，不要辜负她的心。"

刘国棉点头："好。"

小白伸出手指："拉钩！"

小白幼稚的行为逗得刘国棉一阵笑，伸出手指跟她拉钩。

这一顿饭可以说是宾主尽欢，三人都很高兴。从小的方面来说，小白和刘国棉相互认识了，彼此认可了；从大的方面来说，这一顿饭对刘国棉的意义，几乎是里程碑似的。小白的接纳和托付，让他感觉到，他真正融入了章琰的生活之中，而不是作为背后的男人存在着。

没多久，刘国棉提出，想要在公司内公布两人的关系。他不想总偷偷摸摸的，让公司里的员工拿有色眼镜看他，误会他是为了老板的钱，是吃软饭，从心理上看不起他。章琰想都不想，就说："好。"

两人的感情经营了这么久，也是时候对外公布了。

刘国棉又提出，他现在只是一个普通的设计师，上面有总监管着，还有很多比他资深的同事，一旦章琰承认了两人的关系，只怕大家都不好做。至少总监不知道该怎么安排他的工作。

章琰立刻就明白了刘国棉的意思，刘国棉希望能给他提升一个职位，最好是一人之下的职位。章琰很清楚，刘国棉现在的能力，还不足以做总监，她本来想说："我会跟你的总监讲，该怎么安排工作就怎么安排工作，至于其他人的态度，你工作认真严谨的话，久了大家习惯了也就不会多想了。"这句话并没有说出口，她认真想想，即使她跟总监交代了不必特殊照顾，即使刘国棉拥有一颗强韧的心脏，即使所有的员工都不多想，她把刘国棉放在一个普通员工的职位上，也不利于刘国棉的发展。她是想要用心培养刘国棉的，他没有能力，她就把他的能力锻炼出来。那么，还有什么方式比直接跟在她身边，学习得更快呢？即使总监能力再强，教了刘国棉再好的技术，在大局观上，也比不过她这个老板啊！

章琰暂时没有想过让刘国棉跟她一起做她的公司，她也没想过，她跟刘国棉之间，真有一辈子的缘分。她之所以想培养刘国棉，不过是看在已有的情分上。她曾经下过决心，即使将来有一天，因为什么原因分手，她也会补偿刘国棉——即使可能只是以经济的方式。

那么，无论如何，她不会让刘国棉再去打工，要打工，也只能给她打工。

她是以培养老板的态度，培养刘国棉。

因此，刘国棉隐晦地提出想提升职位的想法，章琰也只是想了想，就回答：“好。”

章琰在公司又设了一个客户总监的职位给刘国棉。只不过，这个客户总监和公司另外一个客户总监工作内容不同。那个客户总监主要对外，负责执行中的项目对接。而刘国棉这个客户总监，算是章琰的私人助理，章琰带在身边。无论是拓展新客户，还是对接老客户，只要章琰在的场合，都带着他，言传身教，一日日教刘国棉怎样做生意。而刘国棉的工作，不仅要对接客户，还要对接公司所有的总监、所有的项目。他的工作更繁杂，也更全面，完全可以说，在某种程度上，刘国棉就是章琰的代言人。

04.

章琰从来没有像这一段时间这样快乐：生活虽然很平淡，却有条不紊地进行着，有一个年轻而又帅气的男朋友；有稳定且还不错的性关系；女儿一天天长大，聪明又懂事；公司进入了稳定发展期……

这种稳定而平淡的生活，章琰很满足。她一生追求的，不过也就是这样的生活。而她活到四十岁，却只经历过两段这样的生活。一段是白恣天给她的，很美好，却只有三年；另一段是她自己创造的，在白恣天离开后十多年，她亲手铸就的和刘国棉在一起的日子。

章琰希望这样的生活持续下去。她也在尽自己的努力，给刘国棉更多的关爱，以求让这种生活持续下去。

章琰能明显感受到刘国棉跟她在一起之后的变化。刘国棉的眼界提高了、品味提高了，看人的眼光、待人接物，也不像才在一起的时候那样小家子气了。这些都是内在，而外在方面，刘国棉越发帅气了，也更胖了。刘国棉个子高，以前很瘦，胖个十来斤从外表看并不明显，同床共枕的人却是很清楚。

看着刘国棉一天天变好，章琰很高兴。在章琰眼里，刘国棉的现在，几乎是她一手改造出来的。章琰对刘国棉的感情很复杂，既是爱人，又是弟弟，还是学生，某种程度上，更是一个儿子。

章琰过第三十九个生日的时候，刘国棉提议："既然感情这么好，不如结婚。"

这个提议让章琰有些措手不及。她以前是很想结婚的，自从老周事件爆发之后，章琰在外面玩了几年，经历了些男人，逐渐就淡了结婚的念头。跟刘国棉在一起之后，虽然感觉很好，却从来没有动过跟他结婚的念头。

章琰跟刘国棉说："你还年轻，根本不知道婚姻意味着什么。婚姻意味着，两个人不再是恋爱关系，而是组成一个家庭。这时候，双方的亲戚将会交叉，而外人也将对已婚夫妇要求更为严苛。我比你大十六岁，在上海，即使小范围内人们知道我俩恋爱，顶多背后说几句，当面调笑几句，却不会当我们是怪胎，因为大部分人，并不看好我们之间的关系，而且我们的关系，和他们并没有关系。我们一旦结婚，你要面临父母亲朋的压力，要面对更多的社会舆论。正因为你年龄比我小，你将要承担的压力比我大得多，面对的舆论，也会负面得多。"

刘国棉说："我又不介意喽，你情我愿的事情，管别人怎么说。"

此时的刘国棉上海话已经非常好了，他和章琰沟通，一律用章琰的母语上海话来说。

"或许你现在不介意，万一将来介意了呢？你还年轻，我希望你考虑几年，再决定要不要结婚。至于我，我已经快四字头了，结不结婚，不重要了。"章琰说。

"是你不想结婚，才找这么多借口对不对？"

"也是为你好。"

“你怕我跟你结婚，万一将来离婚了分你财产对不对？”刘国棉有些口不择言。

“你怎么会这样想？”章琰很诧异，“你很缺钱吗？需要钱你跟我说呀！在我眼里，你和小白都是我的亲人，我没那么多花花心思。”

“那你为什么不肯结婚？”刘国棉追问。

“我刚刚不是说了，到了我这个年龄，结婚已经没必要了，我不想结婚，也不需要结婚。我跟你在一起，是因为有感情，而不是别的。提结婚，就俗了。”

“可是我想结婚。”

“那不过是个形式。”

“我总觉得，这样跟你在一起挺没保障的。”刘国棉情绪有些低落。

“你的思维方式有问题，你不应该把自己看成是我的附属品。这一年多，我教了你不少东西，就算是出去，你也有了安身立命的资本。你是我的男人，是我的男朋友，我们两个人，是堂堂正正站在一起的情侣。”章琰说，“我跟你在一起，是不是真心，我想你应该能看得出来。我一直以为，我们之间的感情，是很纯粹的。我以为，即使我没有现在的财产，你也愿意和我在一起。”

刘国棉看着章琰，嘴巴动了动，走过去抱着她：“我始终觉得，这样在一起不是个事儿，结婚可能更好点。”

章琰说：“我现在真没心思结婚，再过几年看吧，若那时候，我们两个人都还有这种意愿，就结婚。”

刘国棉点点头。

之后，刘国棉再也没提过结婚这个话题。然而这件事毕竟已经摊开来讲了，章琰多少还是放到心里去了。站在刘国棉的角度想，又觉得他的担忧不无道理。几次想开口跟刘国棉说，万一将来两人分手，她也不会亏待他。却又觉得若这样说，就有一种拿看不见的金钱诱惑他，迫使他跟她在一起似的的感觉，便也什么都没提了。

这事儿过去了一两个月，有一天，章琰主动找刘国棉谈心，问他：“你觉得我们要个孩子怎么样？”

“你怎么突然提这个？”轮到刘国棉诧异了。

“你想结婚，你觉得这样在一起没有保障。可是，我现在不想结婚，我不想走这样俗套的形式。要个孩子倒是挺好的，我喜欢孩子，他还能成为你的定心丸，一举两得。”

“我还不到二十五，要孩子早了吧？”刘国棉撇撇嘴，他倒真没想过养一个孩子。

“你想呀，我们生活在一起，有一个有我们两个人血缘的孩子，叫你爸爸，叫我妈妈，我们共同见证他的成长，这是多好的一件事。”章琰说，“小白从小到大只有妈妈没有爸爸，我始终觉得遗憾。我们两个人的孩子，不必经历小白经历的这些事。而且我也快四十了，再不生，要不了多久就不能生了。”

“你有小白呀！又不是没有孩子。”

“可她不是我们俩的孩子，我想生一个我们两人的孩子。”章琰说，仿佛以这种方式，就能证明她的真心似的。

“随你了，我对孩子没有任何想法。”刘国棉说。

他当然没想法，他自己都还是个孩子呢！

而章琰，得了刘国棉的这句话，觉得生个孩子是个好主意。就心里盘算着，悄悄做着准备。

刘国棉见章琰不怎么避孕了，就问她：“你不是认真的吧？”

“我是认真的呀！”章琰说。

刘国棉有些不知道该说什么好，却又觉得，无所谓了，反正章琰那么有钱，多少个孩子也没什么问题。

不避孕的日子持续了有半年多，章琰却迟迟没有怀上。去医院检查，医生说身体倒是没什么问题，但毕竟年龄大了，又整日操劳，不好怀是正常的。又跟章琰说："一般来说，女人到了四十岁，我们是不建议怀孕的。风险太大，对孩子也不太好。"

跟医生沟通之后，章琰有一阵子挺失落的，却没多说什么。她仍然没有避孕，刘国棉却觉得这样也好，不用小雨伞更舒服些，至于要不要孩子，刘国棉的态度一直都是也可也不可。他以为章琰跟他想法一样，毕竟章琰有小白，没必要再要第二个孩子。因此，从医生那里得知，上了年纪不好怀，章琰的情绪有些失落，刘国棉却并没有怎么安慰她。

章琰对怀孕这件事本来已经不抱什么希望了，却发现自己怀孕了。这次怀孕和怀小白的时候，感觉完全不同。怀小白的时候，早期总是孕吐，腰酸乏力吃不下饭。而这个孩子，却很安静，除了经常感觉疲累和困倦以外，并没有其他不适。

章琰确定怀孕没几天，就出了一次血，去医院检查，医生却告诉她没事，只交代她不要剧烈运动，注意保胎。

毕竟年龄大了，章琰不知道这个孩子能不能保住，想着干脆先不跟刘国棉讲得了。却在一次逛街中，发现一个很重要的事情：刘国棉好像是出轨了。

那天下午，刘国棉说是要去见客户，就没到公司。章琰处理完公司的事情，打电话给刘国棉，问他回去没有，刘国棉说，还在客户那里。章琰就一个人出门逛街了。那天她随便走着，就走到了常乐路。经过一家冷饮店时，却看见刘国棉和一个年轻女孩坐在里面喝东西。

刘国棉背对着章琰，自然没有看见她。章琰不能确定那是不是刘国棉，怕认错就没进去，在店门口站了几分钟走了。等刘国棉回到家，章琰才发现，刘国棉穿的衣服和冷饮店里那个背影一模一样。

章琰不动声色地跟踪了刘国棉几次，锁定了他出轨的对象：市区某休闲品牌服装专卖店里一个叫阳阳的营业员。

某一个休息日，章琰只说出去逛街，开车带着刘国棉到了那家服装店。

刘国棉见章琰的车停在那家店附近，就有些尴尬。章琰挽着刘国棉的手亲亲热热地走进了那家店，刘国棉整个身体都僵硬了。刘国棉搞不清楚，章琰是否知道他们之间的事，知道了多少？见章琰不动声色，又暗自侥幸：或许她不知道吧？

那天阳阳正好在店里，章琰进店，并没有看阳阳，只专心地看着款式，刘国棉和阳阳却非常尴尬，交换了几个眼神之后，就变得特别沉默。

那家服装店施行一对一接待服务。没有接待顾客的员工，或站门口当门迎，或站在大堂内熟悉产品。接待章琰的是另外一个姑娘，阳阳站在大堂内，看着章琰和刘国棉手挽手进门，和刘国棉交换眼神，确认他们的关系之后，沉默着看章琰细细看衣服，看章琰转完一圈之后，站在大堂中央，指着其中五六件衣服说："这件、这件、这件，还有这件、这条裤子和这条裙子……这几件不要，其他的全给我包起来！"

章琰这种睥睨天下的、暴发户似的嘴脸，惊呆了后面跟着的营业员。那姑娘嘴巴张得老大，一副不敢置信的样子。此时店里的款式起码有三百多个，章琰不要的款屈指可数。以均价三百元来算，她一下子买了近十万块的衣服。

这何止是大客户，简直是大客户中的大客户！就这十几分钟，她一个人的购买金额，就算抵不上这家店一个月的营业额，半个月的总是有了。

负责接待的营业员好半天才反应过来，指着章琰指过的衣服问："您是说，除了这件、这件、这件，还有这件、这条裤子以及这条裙子，其他的都包起来？"

"是。"

"您……您什么……要什么码？"

"M号，全部都要M号。"

店长闻风而动，走到章琰面前，替代了那个营业员的位置，用非常谄媚的态度赞美章琰，并为她服务。

衣服款式多，单价又不同，两个收银员一起出动，打包和算价钱花了将近一个小时。章琰坐在店铺的沙发上喝着茶休息，间或翻翻杂志。刘国棉的脸色是苍白的，阳阳的脸色也是苍白的，而其他营业员，则露出狂喜的表情。章琰并没有刻意看任何人，只云淡风轻地喝着茶翻着杂志，偶尔回应一下店长的谄媚，却已经把每个人的脸色尽收眼底。

衣服打包好章琰去刷卡，刷完卡店铺里的营业员帮忙把装衣服的箱子搬到后备箱以及后排的座位上。章琰静静地开车，没有说话。回到家打开电视看，仍没有说话。

刘国棉凑过来指责章琰：“你故意的。”

“什么？”章琰故意问。

“你故意到那家店买衣服，故意表演给我们看。”

“你这样理解？”章琰问。

“不然你为什么这么做？为什么要这样羞辱我们？”刘国棉到底年轻，沉不住气，此时已经有些气急败坏了。

“就这几句话，你已经说了两次‘我们’，看样子，在你眼里，你俩才是在一起的。那么，你现在就可以去找她，我不拦着。”天知道章琰有多生气，态度上却依然平静。

刘国棉沉默着不说话，只坐在章琰旁边，一动不动。

章琰起身，去洗澡，洗完澡出来擦着头发问：“你还没走？”

刘国棉说：“对不起！”

章琰没吱声。

刘国棉说：“我不会去找她，我心里喜欢的人是你。”

章琰在判断刘国棉这句话的可信度。过了几分钟问：“她身上有什么是我不能给你的？”

刘国棉看着章琰说：“是我鬼迷心窍，请你原谅我。”

“你要想清楚，她身上有什么是我不能给你的。你想明白了，就去找她。如果你想不明白，我想我们也没必要继续了。”章琰说完，起身走了。她打算回自己的家，回到她的别墅去。

刘国棉拉住了章琰：“对不起，我再也不会这样做了。”

章琰看着他：“年轻？漂亮？比我对你好？还是有什么，是我永远不可能为你做的？”

“老婆，不要生气好不好，我知道错了，我再也不会找她了。”自从两人确定关系，刘国棉就不叫章琰“章总”了，而是一口一个“老婆”。

章琰甩开刘国棉的胳膊，大踏步朝门口走。刘国棉再一次拉住她：“你真想知道为什么我会去找她吗？那我问你，你为什么不肯跟我结婚呢？我想结婚了。”

章琰愣住了，她没想到刘国棉一直在纠结不结婚这件事。

章琰问：“她肯跟你结婚？”

“她学历低，没有钱，崇拜我，如果我跟她求婚，她会答应的。”

章琰苦笑：“既然如此，为什么不早点儿把你们的关系告诉我呢？我不会拦着你。”

“我没打算离开你。你不肯跟我结婚，我心里没底，才去找了她。可我自己清楚，就算是她肯跟我结婚，我也是不愿意的。”

“备胎？”章琰问。

刘国棉不吭声，算是默认。章琰问：“怎么认识的？发展到什么阶段了？”

“QQ聊天认识的，才见了几面，吃过几次饭，拉过手。”

章琰叹了口气，觉得特别悲哀：“我跟你说得很清楚，我是不打算结婚的了。你毕竟年轻，我这样占着你不好。你遇到合适的人，随时可以离开，我不会拦你。只是下次不要做这种脚踏两只船的事情了。”

刘国棉点头：“再也不会了。”

两人就此和好。

刘国棉做小伏低了一段时间，章琰的肚子逐渐就比较明显了。刘国棉陪着章琰产检，依然是私立医院，没有人会多嘴问刘国棉和章琰是什么关系。有时候两人在小区散步，或者一起出去吃饭，别人看着刘国棉和章琰恩恩爱爱的样子，会问上一句，章琰只笑不说话，刘国棉却很大方地承认："这是我老婆。"

月份逐渐大起来，章琰倍感辛苦，公司去的就少了。她之前一直没给刘国棉买车，这次，不知道出于什么心理，给刘国棉买了辆牧马人。刘国棉喜滋滋地开着，而章琰依然开着她那辆速腾。

孩子出生了，是个女孩，章琰给她取名叫宝宝，托了很多关系给孩子上了户口，户口本上的名字叫章宝宝。刘国棉抗议，章琰只笑："谁规定孩子就一定得随父姓了？我辛苦怀胎十月，历经各种艰难生下来的如珠如宝的孩子，当然得跟我姓。"

刘国棉很不高兴。章琰不肯跟他结婚，生了孩子还不肯跟他姓，这让他很没存在感。刘国棉跟章琰怄了一阵子气，章琰转了两套房子到刘国棉名下，还跟他说："你是我的爱人，是我孩子的爸爸，我怎么都不会亏待你的。"便也让他消了气。

小生命的出生，是一件很神圣的事情，章琰请了两个阿姨照顾章宝宝，就这样做父母的依然觉得辛苦。好在孩子给父母的回报也很多，会笑了、会咿咿呀呀叫爸爸妈妈了、逐渐会走路了……随着孩子的一点点成长，章琰和刘国棉虽未结婚，看着却越发像夫妻了。

小白番外

是敌人还是镜子？

我特别讨厌外公家的邻居和亲戚。在我成长的过程中，他们用伪善的笑容，向我传达了他们满满的恶意。

我两三岁的时候就知道，当年我妈想把我生下来，没有一个人同意。

我是怎么知道的？当然是他们告诉我的。

他们用一种幸灾乐祸却又无比八卦的表情跟我说，我妈和一个台湾人鬼混，有了我，台湾人把我妈抛弃了，我妈非得生下我，为此还挨了外公的打。

他们说，你妈当初如果没有生下你，现在只怕也嫁人了，会幸福得多。

他们说，你看，都是因为你，你妈才嫁不出去。

他们又说，还好你外公有本事，不然像你妈这样的女人，只怕早就活不过去了。

他们还说，小白你不知道，像你妈这样的女人，在古代是要浸猪笼的。

他们在我面前肆无忌惮地说这些话，说完之后，都会给我糖吃。并叮嘱我，不要把这些话讲给我外公外婆、妈妈和舅舅听。任何人都不要讲。

他们的糖还没有外公家的好吃，我不肯要，他们硬塞给我，像是要收买我似的。不得已我只好收下那些糖，走到垃圾桶旁边就扔掉了，没扔掉的放口袋里久了，就化掉了。

我不喜欢去外公外婆家，总有些不怀好意的人，趁着外婆没看住我，跟我说这些难听话，又不许我讲给外婆听。可妈妈实在太忙了，她整天都在操心公司里的事。据说，她的公司一开始一场活动都接不到，亏了一套房子钱。后来好不容易赚钱了，她想赚更多的钱，就更没时间管我了。我喜欢苏奶奶，可是苏奶奶每个月要休息两天，她休息时，我就只能待在外婆家里。

一天晚上，妈妈接我回家，在车上我问妈妈："什么是私生子？"

妈妈身子一震，车撞到了绿化带上，她在医院躺了三天。

后来，妈妈跟我说，生活在这个世上，我们无法阻挡来自于同类的恶意，唯一能做的，就是要有一颗强大的内心，这样才能保护好自己。

虽然当时我没明白那句话是什么意思，但看妈妈说得郑重，我还是记住了。

那年我四岁，从此，我基本不去外婆家了。苏奶奶休息，我宁可一个人待在家里，妈妈怕我一个人待家里孤单，苏奶奶休息的时候就尽量不工作，在家里陪我。若她必须出去，外婆就到我们家照顾我。

我怎么没早想到这个办法，这样我小的时候就可以不必去外婆家了。

后来我上小学了，报名那天，我妈带我去的。收费的老师听见我叫妈，随口问了句："孩子跟你姓啊？"我注意到老师的眼神有些奇怪，有探究和好奇，而我妈的脸色瞬间变得苍白，她找了个借口，把我带了出来，我们回了家。

那天晚上我都睡着了，又被吵醒了。外公外婆都来了，他们和我妈之间发生了争吵，声音实在太大。我隐约听见外公说："这一切都是你自找的……你当初执意要生下她，就该料到今天这种局面……别人随便问一句你就受不了，当初干什么去了……"

我妈虽然一直在哭，但她的声音仍然很清晰地传到我耳朵里。我妈说：“若是说给我听的，多重的话我都能承受，可她不该当着小白的面儿说出来。有那样八卦的老师，小白会受到心理伤害！”

之后死一般的沉默，只有外婆和我妈的哭声时不时地传来。他们又说了些什么，再次爆发了争吵。最后，外公跟妈妈说：“这些事情，小白迟早会知道，她迟早得面对，这是她的命。你就算是想瞒，也瞒不了多久的……”

他们后面又说了些什么我就不得而知了，我实在是太困了，就又睡着了，连外公外婆什么时候走的都不知道。

第二天，妈妈特意没去上班，带我逛了游乐场，还去看了海底世界。回家吃完晚饭，妈妈到我房间，跟我说，有事情要跟我“谈一谈”。我看妈妈那严肃的样子，以为我做错了什么事情，就有些忐忑。妈妈摸着我的头，叹口气，跟我说：“你还这么小，我告诉你这些，实在太残忍。可是，我得告诉你，我不告诉你，别人也会跟你说的。”

我立刻联想到昨天晚上妈妈和外公的争吵，我问：“是关于爸爸吗？”

“是，我想跟你讲一讲你爸爸。”

“他们都说我是私生子，说爸爸不要妈妈了，他也不要我。”

“不，不是这样的。他有不得已的苦衷。”

我看着妈妈激动而又悲伤的样子，突然觉得，她应该很爱他。我不知道什么是爱，但电视剧里有演，一个女人爱一个男人，那个男人走了，女人就很痛苦，表情就变得和我妈妈一样悲伤。于是我问妈妈：“你是不是很想他？”

“是的，我很想他。我无时无刻不在想着他。”

我沉默了，我不知道该怎么安慰妈妈才好。

“幸好还有你。”妈妈摸着我的头，微笑着说，“我跟你讲一下你爸爸吧！”

“他是一个特别温柔、特别坦荡、特别慈悲的男人，跟我认识的所有人都不同。他很有教养，很有风度，他爱这个世界，对人有同情心。同时，他是那么的聪明，仿佛这世间所有的一切，他都能看透。而且，他爱你的妈妈，非常非常爱你的妈妈。”

“那么，他是好人吗？”我问。

“怎么这样问呢？”

“他不要我们。”我想到妈妈这么多年，那么辛苦地工作，那么疲累地回到家，还得帮我洗澡，哄我睡觉，而他却从来没有出现过，就觉得特别难过。

“我跟你说过，他有苦衷。”妈妈说，“评价你爸爸，不能用简单的好人和坏人来形容。起码我知道，他活在这个世界上，是顶天立地的，是无愧于心的……”

妈妈说着说着，声音就低了下去，我想她应该是想到了什么吧，其实，对爸爸的那些个评价，妈妈也不是那么确定。

“对了，你有个妹妹，叫悠悠，在台湾，她一岁的时候，我见过一次。你从来没见过她，但你得知道，你有个妹妹。如果将来有一天，有机会去台湾，你可以去见见她。她是你爸爸的孩子。”妈妈突然就转移了话题。

我默不作声，我没想过，我会去见爸爸和别的女人生的孩子。哦，那当然是他和别人生的孩子，妈妈曾经说过，我是她唯一的孩子。

“你还记得三岁那年，我带你去台湾给你爸爸扫墓吗？那是我第一次也是唯一一次带你去看他，回来之后，你生了很长时间的病。之后，我怕你旅途辛苦，从来没带你去过，明年，我再去的时候，就带你一起吧！”妈妈的思维有些混乱，她想到什么说什么。

“他是怎么死的？”

“他在肯尼亚的贫民窟建了一所学校，有一次发大水，他刚好在那边，他把新鲜的食物让给孩子们吃，他吃了变质的，食物中毒，又没有及时就医，就这样死了。”

妈妈的语气又遗憾又骄傲，我本来想再问点什么，可一时想不起来究竟该问些什么，就沉默不语。

妈妈也沉默不语，过了一会儿才又跟我说："拥有过你爸爸这样的爱人，我觉得特别骄傲。我希望，你将来也能为'你爸爸的女儿'这一身份感到骄傲。"

我会骄傲吗？我不知道。我从来没见过他，在我心里，他只是一个叫作"爸爸"的符号罢了。

我念的是一家私立小学。那所学校很贵，在那所学校，没有人会八卦关于我爸爸妈妈的事情。我想，这是妈妈对我的保护。老实说，我觉得妈妈有点多此一举，难听话很多年前我就听过了，她还以为我什么都不知道。由此可见，我妈有时候真挺傻的。

不光我认为我妈傻，夏叔叔也认为我妈傻。

夏叔叔喜欢我妈，连我都看出来了，我妈却假装不知道。我有一次问她，夏叔叔是不是喜欢她，她告诉我，她不喜欢夏叔叔。

我觉得夏叔叔挺可怜的。他怕我妈反感，就不来找我妈，倒是经常到学校看我，给我买些吃的。有时候周末我没上学，我妈去公司了，他悄悄来开车带我出去玩，还交代苏奶奶不要告诉我妈。

舅舅说，夏叔叔对我，比对他自己的孩子都好，不带自己的孩子去玩，反而在陪我。舅舅说，夏叔叔把我当成他的亲女儿看待。

我不知道爸爸究竟应该是什么样子，我觉得应该就是夏叔叔那样。那天，我叫了夏叔叔"爸爸"，夏叔叔激动得眼眶都红了，他抱着我语无伦次，说："我多希望你是我的女儿。"

那天回家，我破天荒地跟妈妈发了一次脾气。妈妈问我怎么了，我说："我要让夏叔叔做我的爸爸，为什么你就不肯接受他？"妈妈非常吃惊地跟我说："你夏叔叔有老婆孩子，你瞎说什么呢！"妈妈也由此知道，夏叔叔经常陪我，带我出去玩。从此，她再忙，我不上课时，她也尽量在家陪我了。她说："你这辈子无法得到的父爱，妈妈只能用加倍的母爱来补偿你。"

那次争吵之后，我好像突然就长大了。我意识到，大人的世界，比我想象的要复杂得多。他们判断一个人的标准，除了他是不是一个好人、对我好不好以外，还有喜欢不喜欢他，以及规则的束缚，比如说婚姻。

夏叔叔喜欢我妈，我妈却不喜欢夏叔叔，夏叔叔对我很好，他结婚了，他不仅不能做我爸爸，他对我好这件事，还会让妈妈为难。为了不让妈妈为难，夏叔叔再接我去玩的时候，我就硬着心肠拒绝了。

而我的拒绝，让夏叔叔很受伤。

我能看出来，妈妈特别不快乐。她一直在很努力地赚钱，她赚钱是为了能给我好的生活。她一直很努力地照顾我，仿佛我过得好，才是她生命的全部意义。她盯着我的脸的时候，会走神，一开始我挺害怕的，后来我才知道，她在想念我爸爸。据说，我长得和爸爸很像。

又过了几年，妈妈突然对"找个人嫁了"这件事非常热衷，她跟亲朋好友交代，让他们帮她介绍对象。没过多久，周叔叔就住到我们家了，还有他儿子。

我不喜欢周叔叔，虽然他一直对我笑，可那笑看起来特别假，像笑面虎似的。妈妈说，周叔叔有可能会成为我的爸爸，让我试着接受他。外婆说，妈妈成家的话，就会快乐的。妈妈问我喜欢不喜欢周叔叔，我想了想，就点了头。

周叔叔对妈妈和我都挺好的，可是他对苏奶奶不好。妈妈不在的时候，他总是支使苏奶奶做这个做那个，还总挑剔苏奶奶做得不好。苏奶奶一个人躲在厨房里唠叨："小姐一不在家，就作，使劲儿作，我看你能作到什么时候！"

我想起才学的一个成语，狐假虎威。周叔叔，根本就是狐假虎威嘛！

周叔叔越来越过分，对苏奶奶要求越来越高。他们在的时候，苏奶奶躲厨房里的时候越来越多。我看着好心疼，就陪着苏奶奶躲在厨房里。苏奶奶跟我说，这两个人，就像两只狼，进了羊窝里。我问苏奶奶："我和妈妈是羊吗？"苏奶奶说："是的，再也没有像你妈妈这样善良的绵羊了。"

苏奶奶去找妈妈，跟妈妈说完话之后，一个人躲在厨房偷偷哭。我问苏奶奶怎么了，苏奶奶说："我要走了，小白，你以后可怎么办哟！"

我问苏奶奶到哪里去，苏奶奶说："我也不知道到哪里，或许会去我女儿那里。"我这才明白，苏奶奶是不打算在我们家干了，她要走了。

我哭着说："苏奶奶，你不要走。"

苏奶奶说："家里有人容不下我。"

我知道她说的是周叔叔他们。我很生气地说："要走他们走，怎么能让你走呢！这不是鹊巢鸠占嘛！"

苏奶奶笑了："小白会的成语越来越多了。"

苏奶奶还是走了。每天周叔叔接送我上下学，他开着妈妈买给他的车。周叔叔每天给我和哥哥做饭，他从来不炒土豆丝，只炒番茄炒蛋。我说我要吃土豆丝，他说，家里就我一个人吃土豆丝，炒一盘吃不完倒掉浪费。家里只有哥哥一个人吃番茄炒蛋，他每顿饭还不是都炒一个番茄炒蛋？以前苏奶奶在的时候，每顿都炒土豆丝，我吃不完，妈妈和苏奶奶自己吃掉。而且，周叔叔也不是不吃土豆丝，上次妈妈炒的，他比我吃得还多。他只是不想做给我吃而已。

我问妈妈："苏奶奶还会回来吗？"妈妈还没说话，周叔叔就抢着说："那老太婆，不识抬举，还让她回来干吗呀！叔叔改明儿去家政公司找一个更好的。"

我没有作声，我想苏奶奶回来。

我趁着周叔叔不在，悄悄跟妈妈说："我要苏奶奶。"妈妈沉默很久，才跟我说："苏奶奶毕竟是家里请的阿姨。"

我哭了，妈妈只皱着眉头没有说话。我想，我让她为难了。

周叔叔和哥哥在家的话，我真不想待在家里。真的不想。

哥哥对我其实挺好的，我功课不会做的时候，他若看见，会主动过来教我。哥哥很沉默，不像周叔叔一样，总是说一些我不喜欢听的话。

那天，我跟哥哥一起做功课，哥哥说："小白你太瘦了，太瘦了不好看。"突然把手伸过来，放在我脖子下面，"你锁骨真漂亮，脖子又长。"

哥哥的手指在我脖子那儿动了动，像是在抚摸，我感觉特别怪异。哥哥的脸可疑地红了，手指有些颤抖，我问他："哥哥，你为什么脸红？"

哥哥说："没什么。"他拿开了手，转身做作业去了，他的脸红了好久。

我觉得哥哥挺奇怪的，可我不知道他哪里奇怪。

同桌刘姗姗跟我说，她妈妈让她看了一个电影，讲女孩子怎么保护自己的。她说，女孩子不能让除了爸爸以外的男性触碰自己的身体，如果有人触碰，一定要尖叫，要引起人注意，才有人来救我们。

我问她："为什么不能让男人碰？"

"那是犯罪行为，是猥亵。""猥亵"这个词我还没学过，刘姗姗就会说了。我让她把这个词的意思解释给我听。

我问刘姗姗："那舅舅呢？舅舅可以摸吗？"

"不可以。"

"舅舅是妈妈的哥哥。"

"他也是男性。不过你要分清楚他是怎样触碰的，他可以抱你，可以摸你的脸和手，其他地方就不可以了。"

"那哥哥呢？"

"你妈妈不是只有你一个孩子吗？"

我不作声了。

我一直在琢磨这件事。哥哥那天摸我脖子，好像就是“猥亵”。

我想了个好主意，一个怎样才能把周叔叔他们赶走的好主意。

我知道外婆每周六十点准时来，那天一早吃完早餐，妈妈去上班了，周叔叔去洗碗，我就跟哥哥说：“你到我房间，我们一起做作业好吗？我有几道题不会做。”哥哥很爽快地答应了。

我一直看着桌上的小钟，看着时间，快到十点的时候，我拉哥哥的手：“你跟我一起去那边，我们做个游戏，好吗？”

哥哥跟我一起到墙角，我半蹲下来，拉哥哥的手放在我脖子上：“哥哥，你摸摸我的脖子。”

哥哥很关切地问：“你的脖子怎么了？疼？”

“不是，我就是想让你摸摸我的脖子。”

我听见开门的声音，我听见外婆在跟周叔叔打招呼，我突然就大声叫起来：“哥哥，不要，哥哥不要……”哥哥愣住了，他显然被我的反应吓住了。

外婆快步走了进来，看见蹲在墙角哭的我和吓呆了的哥哥。外婆把我抱在怀里，问我怎么了。我边哭边说：“哥哥摸我……”

后来的事情，大家都知道了。

周叔叔和哥哥走得特别狼狈。临走的时候，哥哥回头看了我一眼，他的眼神好吓人，我忍不住抖了一下。他什么都没说，连句解释都没有。

我觉得，我对他挺抱歉的，我利用了他，可谁让他是周叔叔的儿子呢！

第二天，我跟妈妈说：“把苏奶奶接回来吧！”

妈妈说：“好。”

我问妈妈：“妈妈，你爱我吗？”

“当然了，你怎么会这样问？”妈妈紧紧抱着我，她以为，昨天那件事，对我造成了很大的心理伤害。她不知道，我现在心情好着呢！

“那你能不能再也不让苏奶奶走了。苏奶奶对我是真的好。”

“好。我们再也不让苏奶奶走了。”

我想，她一直都是爱我的，她只是一时间脑袋坏掉了而已。

秦音阿姨回来了。我有了一个秘密：我喜欢托马斯。

我跟苏奶奶说我喜欢托马斯，苏奶奶笑话我：“你才十来岁，哪里知道什么是喜欢？”

我当然知道。喜欢就是，没见到的时候，总想见到他，见到他了会眼睛发亮、会害羞、会脸红、会心跳加快。夏叔叔喜欢我妈妈，他每次见我妈妈，耳朵都红了。

托马斯说，他大学要去英国读，他要念剑桥。

那我也去，我将来也要念剑桥。

托马斯说：“我去英国了，洛伦斯可以在家里照顾妈妈。你走了，你妈妈怎么办呢？”

是啊，我要是走了，我妈妈怎么办呢？她就只有我一个啊！

一边是爱我的妈妈，一边是我喜欢的人，真纠结啊！

我总算发现了一个妈妈见了会脸红的人了：杰森，妈妈公司里的实习设计师。

妈妈说，他工作不行。

那有什么关系，妈妈喜欢他就够了。

妈妈很犹豫，她比他年龄大太多了。

唉，妈妈真是没劲儿透了。她这辈子不快乐，就是吃了太保守的亏。她这也不敢那也不敢，一会儿考虑这个人的感受，一会儿考虑那个人的感受。生怕别人指责她。她难道不知道，她得到的指责已经够多了吗？而且，别人的指责，关她什么事？自己高兴就好，不是吗？

连取悦自己都做不到，还怎么去取悦别人呢?

我建议妈妈勇敢一点，和杰森在一起。妈妈听从了我的建议，我真的很高兴。

老实说，我也觉得杰森配不上我妈妈，可是，他能让我妈妈快乐，这就足够了。

妈妈在四十多岁的时候怀孕了，是她和杰森的孩子。她犹豫着要不要生，她怕我会不高兴。我怎么会不高兴呢！我一直担心我走了，她会太孤单。现在有了杰森，还将再拥有一个孩子。这是多好的事情。

不管怎么说，我觉得，我妈这辈子挺圆满的。她爱过，也被人深深地爱着，有人说她特别善良，也有人骂她有伤风化。她有钱、有朋友、有两个孩子，已经相当幸福了。

秦音番外

不｜争｜之｜过

我特别后悔大学跑到北京上。

我当初怎么就一门心思想着，学音乐最好的地方是北京，我去北京学了音乐，再回上海来嫁他，人生就圆满了呢？

如果有前后眼，我宁可放弃我最爱的音乐，留在上海，和他在一起。

因为跟“和他在一起”相比，理想啊、爱好啊，根本就没那么重要。是的，他更重要。

我一直以为，他是我的。谁说不是呢？同时认识章冰和秦音的人都知道，秦音是章冰的小尾巴，比章琰还贴心的小尾巴。

所有人都知道，秦音将来是要嫁给章冰的。

小时候，叔叔阿姨们拿我俩打趣，他们问我：“音音，你长大了嫁给谁？”

“冰冰哥哥，我要嫁给冰冰哥哥。”我总是毫不犹豫地回答。

他们又去逗章冰：“冰冰，你长大了要娶谁？”

他只笑，不说话。他们又追问：“你长大了娶音音吗？”

“好啊。”他总是笑着这样回答。

就连我们的父母，都开玩笑说要给我们定娃娃亲。

我一直以为他是喜欢我的，从小到大，我和他，还有琰琰，我们在同一所学校读书，他比我和琰琰高几届，任何人欺负我，他都会第一时间冲上去帮我。我不会做的题，他主动教我，就连我受委屈了，也是他第一时间安慰我。他对我，和对琰琰一样好。

可我毕竟不是他的亲妹妹，我把他对我的好理解成喜欢。

虽然，他从来没跟我表白过，但是，我一直把他的没表白，当成是少年的羞涩。

我不过是去北京念了个书而已，他就交了女朋友。

那女孩，叫周梦君，我甚至比琰琰还先知道她的存在。我是怎么知道的？同时认识章冰和秦音的人，都知道秦音喜欢章冰，章冰谈了女朋友，他们自然会第一时间告诉我。

无论是想看我的笑话，还是等待我的反击，他们都非常八卦地第一时间告诉了我。

听到这个消息后，我一直在思考该怎么办，生生咬破了嘴唇，连续一周辗转反侧，夜不能寐。

我没有问他。他没给过我承诺不是吗？而且，我就算问了又能怎么样呢？我能跟他说，让他等我回来吗？我不能。小时候我能说“我长大了要嫁给冰冰哥哥”，所依仗的不过是童言无忌。现在我二十多岁了，再说这种话，就是没脸没皮了。从记事起，父母就一直以淑女的标准要求我，我未必长成了一个淑女，矜持这种性格却如影随形。我又怎么能做出质问一个男人，他爱的是我还是她呢？我又怎么能像一个泼妇一样，得知他恋爱的消息就大吵大闹，生生把他们逼分手呢？就算这样做了，我能马上回到上海吗？能立刻回到他身边吗？不能。那么，他还是有机会跟她相处，培养感情，我所做的一切，不过是无用功。

我只是深深地后悔，当初不应该去北京念书，一念就是四年，才让别的女人有机可乘。

妈妈总算是听说了章冰谈恋爱这件事，她最了解我对他的感情。她生气地大骂：“他这是始乱终弃！”

我却安慰妈妈：“他从来没说过喜欢我。”

妈妈问我：“要不要我去跟你章伯伯章伯母说这件事，他们一定会站在你这边的。”

我咬了很久的嘴唇，跟妈妈说：“不用了。如果我们出面，让他爸爸妈妈给他施加压力，他将来会讨厌我。”

“傻孩子，他都已经跟别人跑了，你还担心他讨厌你。你要真那么想嫁他，就去争取呀！”妈妈这时候不提“淑女”两个字了。

我最终还是没让妈妈主动做任何事，我也没有针对他谈恋爱这件事有任何举动。我坚信，他会主动来跟我讲清楚的。就算他不喜欢我，他也会主动来跟我讲清楚的。

他从小就知道我的心思，无论是歉疚还是什么，他终究会主动来跟我讲这件事的。

如果他来找我，我该怎么做呢？表白吗？哀求他不要跟她在一起吗？我模拟了一千种应对方式，心中却始终七上八下。最后我想明白了，我唯一能打动他的，不过是少年时的感情。我跟他谈感情，慢慢软化他。

总算是毕业了，有留校任教的机会。我放弃了这个机会，只想回到上海。我已经错过了四年，不能再错过了，我要知道，我还有没有机会跟他在一起。我要争取一次，用我自己的方式。

为了能尽快见到他，我主动约了琰琰几次，还到他家找过琰琰，只可惜，他不是忙着加班，就是忙着约会女友，我始终没见着他。准备跟他说的那些话，也始终没有机会说出口。

我听说，他的女朋友周梦君，第一次到章家就跟章伯母大吵一架，还害得琰琰和夏晓军分手。我一方面为琰琰遭受池鱼之殃可惜，另一方面却有些窃喜：这样不得体的女孩子，这样不为章家所喜，只怕是跟他成不了。

就在他们之间的事情没有任何转机的时候，他主动来找我了。他胡子拉碴，是那样落魄。他语无伦次地讲述了他们之间的爱情故事，他告诉我，他从来没有那么深地爱过一个人。他告诉我，他现在已经没有任何办法了，只能来求我。是的，他求我，请求我，或者说哀求我，求我跟他爸爸妈妈说些好话，让他爸爸妈妈接受她。

我始终低着头，一言不发，我的脑子很乱，他一直在说话，以至于我准备好的那些话，没有说出口。他语无伦次地说，我眼睛的余光一直在看着他的反应。他根本都不敢看我，在提出让我帮忙这种过分要求的时候，他的眼神有些躲闪，脸可疑地红了。

想必，他自己也觉得他的要求太过分吧？

我很愤怒。他怎么好意思跟我提出让我帮忙的要求呢？他搞不定的事，让我冲在前面帮他解决。别说这种要求了，他就算是让我主动退出，成全他俩，都过分。

他的声音越来越低，表情越来越羞愧，请求越来越没有底气，可他还是径自说着，说着他的那些请求，以及为了平息我的怒火而附带的废话。

他假装不知道我喜欢他，假装不知道我很难过，径自说着那些自私的请求。

他请求我的样子真是窝囊极了。为了一个女人，至于这样吗？

可是，我又很羡慕他背后的那个女人，尽管所有人都说她不好，她的男人却愿意为了她哀求另一个爱他的女人，哪怕看起来很窝囊也在所不惜。

我听够了他的那些废话和请求，我说："我一直想去维也纳好好学几年声乐，可能没多久就会走。"话说出口，我被自己吓着了，我的声音那么地嘶哑，像是在干旱的沙漠中，连续一周没有喝水。我是学音乐的，向来注意保养嗓子，这才听他说了半天话，嗓子就这样了，真让我害怕。我更害怕，准备好的那些话没有说出口，反而说出这种"深明大义”的话。

他松了一口气，像千斤重担被卸下了。他说：“你一直很有主见，又有追求，不像我们，只想守着一个人好好过日子。”

其实，我毕生的追求，就是能守着你，好好过日子呀！可是这句话，我不能说。大势已去，我说出来，又有什么意义呢?

他说：“你跟秦叔叔他们说一声，请他们不要怪我。咱俩的事儿，最好不要影响到老一辈的感情。”

我懂他的意思，我爸爸是药监局局长，他爸爸妈妈都在医院工作，如果因为这件事，章家得罪了秦家，想必大家面子都不太好看。

我好人做到底：“好，我去说。”

我说这句话的时候，盯着他的眼睛。我要看看，他怎样才能做到这么狠心。他被我盯得有些狼狈，见目的已经达到，找了个借口要走。我那么爱他，当然不会为难他，我告诉他，我约了同学，让他先走。

他落荒而逃。

看！我就是这么懂事。

听说他的她，是一个极不懂事的姑娘，我这么懂事，可他爱的是她。

出国之后，我过得非常不好。在章冰处受的伤尚未痊愈，贪恋男人给予的一点点温暖，我闪婚了。闪婚的结果就是：我因此莫名其妙地吃了很多苦，走了很多弯路。

我想过要离婚，他不肯，我的父母也不同意。为了寻找一个出口，我和我的教授在一起了。是的，教授已婚，我是他的情人，用我们中国话来说，我是小三。

我做了将近十年的小三，一方面，沉浸在他给我的好里无法自拔，另一方面，拼命自责。

经历复杂，做小三对人精神的消耗无法预估，我不再快乐，像一个漂亮的行尸走肉般，只贪恋短暂的欢愉，不求将来。

我终于和教授分手了，是他主动提出来的。

我终于离了婚，当我再一次主动提出来时，前夫爽快地签了字。

我回到了中国。最先见到的中国人是章琰。她是那么憔悴，那么不快乐。我心疼她。

我知道，她也走了很多弯路，而且直到现在，她仍然在死胡同里没办法走出来。我更知道，在怎样让自己快乐方面，她没有任何经验。我还知道，她之所以会如此，就是因为犯了个和我一样的错误：不争。

我不知道午夜梦回时，琰琰会不会后悔，后悔当初没有用孩子留下他。若能留下他，想必她现在会快乐许多吧？

我和琰琰有着一样的好教养，这份教养告诉我们，当男人选择别人时，不要主动去争。我现在才明白，太无私，是缺点。

我再次见到了章冰。没有心跳加快，只是那一刻，有些眩晕。他还是那么帅，笑起来依然灿烂。他的身体有些发福，一副成功人士的派头。他跟我说："妹妹，你回来了？"

那一声妹妹，我差点儿脱口而出："冰冰哥哥。"但是我没有，我不是黛玉，我是秦音，我摆出得体的笑，像每一个华丽归来的成功人士一样，云淡风轻地说："是的，我回来了。"

在他面前，我有最好的演技，我应该去角逐奥斯卡。

我听说了章冰和他的妻子之间的矛盾。是的，他那个不得体的妻子，终于给章家惹出事来了：她介绍了一个无赖给章琰，为章琰孤苦的人生增加了一笔浓重的墨。那个无赖，据说是她的本家哥哥。这件事，惹得章家人非常不满。她和章冰之间，也出现了嫌隙。

章伯母在我面前感叹："如果当年，是你嫁给我儿子就好了。"

章琰跟我说："你不知道我多希望你能做我的嫂子。"

我只是微笑，得体地微笑，而不对这样的感叹有任何反应。她再不好，也是他的妻子，他们还育有一个儿子。

我想过要不要把他给抢过来，现在的我可不同当年，当年我是一只小白兔，现在却是一个狐狸精。当年若不是我那么爽快地让步，她不会那么顺利地进入章家。那么现在，我去抢，也是拿回我该拿的吧?

我知道我现在够漂亮，才能在章冰的眼里投下一抹惊艳的光；我知道他们之间的感情早就"痒"了很多年，不然不会两相猜疑。我现在去抢，机会很大。

可是，我最终却打消了抢的念头。是的，就算再落魄，这种事我也做不出来。

而且，过了这么多年，他已是二手男人，育有一子，我不知道是第几手女人，我也有两个儿子。就算重新在一起，也恢复不了当年单纯的爱恋。既如此，何必去抢?

我带着琰琰出去玩，领着她一步步走向不归路。我只想醉生梦死。琰琰那么不快乐，我们一起相互取暖。

章冰看我的眼神不一样了，他始终是个传统的男人，在他看来，我伤害了他的妹妹，他怪我，甚至有些恨我。他却什么都没对我说，连一句责怪的话都没有。我知道，那只是因为他心里对我存有一丝歉意。而且，他不知道单独的时候，该以什么样的方式对待我，他怕单独和我相处。

逐渐地，我们再也不见面了，有秦音出现的场合，章冰会找借口不来。章冰在的场合，秦音通常也有别的事儿不能出席。

这样也好，做不成情侣，不如相忘于江湖。我再喜欢他，还是得过我自己的日子，而他也有他的人生，有他需要保护的人。

如果来生，还有机会做青梅竹马，我一定会主动争取。